ऐसी वाणी बोलिए

ऐसी वाणी बोलिए

प्रभावी बातचीत से जीतें परिवार, मित्रों, और व्यावसायिक सहयोगियों का दिल

डॉ. पॉल स्वेट्स

भूमिका
नॉर्मन विन्सेंट पील

अनुवाद : राहुल बृजमोहन

MANJUL
मंजुल पब्लिशिंग हाउस

MANJUL

मंजुल पब्लिशिंग हाउस

कॉरपोरेट एवं संपादकीय कार्यालय

द्वितीय तल, उषा प्रीत कॉम्प्लेक्स, 42 मालवीय नगर, भोपाल-462003

विक्रय एवं विपणन कार्यालय

7/32, अंसारी रोड, दरियागंज, नई दिल्ली-110002

वेबसाइट : www.manjulindia.com

वितरण केन्द्र

अहमदाबाद, बेंगलुरू, भोपाल, कोलकाता, चेन्नई,
हैदराबाद, मुम्बई, नई दिल्ली, पुणे

डॉ. पॉल स्वेट्स द्वारा लिखित मूल अंग्रेजी पुस्तक
*द आर्ट ऑफ़ टॉकिंग सो देथ पीपल विल लिस्टन-
गेटिंग थ्रो टु फेमिली, फ्रेन्ड्स ऐंड बिज़नेस असोसिएट्स* का हिन्दी अनुवाद

यह हिन्दी संस्करण 2007 में पहली बार प्रकाशित

8वीं आवृत्ति 2018

ISBN 978-81-8322-053-8

हिन्दी अनुवाद : राहुल ब्रजमोहन

मुद्रण व जिल्दसाज़ी : थॉमसन प्रेस (इंडिया) लिमिटेड

मेरी बेहतरीन संवाद साथी-
मेरी पत्नी जेनिस को

विषय-सूची

प्राक्कथन

काश, मैं इस किताब को अपने जवानी के दिनों में पढ़ पाता। तब संवाद अदायगी की मेरी योग्यता और बढ़ गई होती। *द आर्ट ऑफ़ टॉकिंग सो दैट पीपल विल लिसन* में पॉल डब्ल्यू. स्वेट्स ने लोगों के आपसी संबंधों में प्रभावशाली ढंग से बातचीत करने के महत्वपूर्ण कौशल को बताया है। वास्तव में, मेरी जानकारी में इस विषय पर यह किताब अपने आप में संपूर्ण है।

एक वक्ता के लिए या ऐसे किसी भी व्यक्ति के लिए जो बेहतर बोलना चाहता है, यह किताब बेहद उपयोगी है, क्योंकि कोई भी व्यक्ति बातचीत में शब्दों, चेहरे की प्रतिक्रियाओं, शारीरिक भाव-भंगिमाओं के अलावा अपने व्यक्तित्व का उपयोग भी करता है। इसके अलावा वक्ता या तो अपने श्रोताओं को आकर्षित करेगा या उनसे एक हद तक सूक्ष्म लेकिन वास्तविक भावनात्मक संबंध स्थापित कर लेगा।

कई साल पहले हॉलीवुड के एक महान अभिनेता को असफलता के

बाद सफलता तब मिली जब उन्होंने "अपने सुनने वालों से प्यार करना शुरू किया।" उन्होंने मुझसे कहा कि जब उन्होंने गंभीरतापूर्वक प्रेम को व्यक्त किया तब वे संबंधों की अनुभूति को समझ सके।

वे संवाद के मनोवैज्ञानिक सिद्धांत का उपयोग कर रहे थे, जिसमें वे लोगों को अपने दिल में जगह देकर दिमाग़ी तौर पर उन तक बेहतर तरीक़े से पहुँच रहे थे। जब आप किसी व्यक्ति से प्रेम प्रदर्शित करते हैं और जैसे ही आपकी भावनाएँ उस तक पहुँचती हैं तो ऐसा प्रतीत होता है कि आपसी तालमेल बन गया है। इसलिए विचारों का आदान-प्रदान यथार्थ का एक बड़ा सोपान दिलाता है। विचार अपनी इच्छानुसार प्रेषित हो जाते हैं और विकृति से बच जाते हैं, क्योंकि मस्तिष्क पूर्ण रूप से शांत हो जाता है।

इस प्रकार का उच्च श्रेणी का संवाद दरअसल एक वैज्ञानिक प्रक्रिया है, इसलिए यह कार्यप्रणाली अथवा सूत्र का विषय है। कहने का आशय है कि संवाद के कुछ निश्चित नियम और तरीक़े हैं, जिन्हें अवश्य ही सीखना चाहिए।

और निश्चित रूप से न सिर्फ़ श्रोताओं बल्कि आपसी बातचीत में भी प्रभावशाली ढंग से अपनी बात रख पाना हमें ज़िंदगी में सफलता के क़रीब पहुँचाता है। इसलिए, संवाद प्रक्रिया पर किए गए डॉ. स्वेट्स के अध्ययन को संपूर्णता से बताने वाली यह किताब अमूल्य है। मैं ऐसी किसी भी किताब के बारे में नहीं जानता, जो संवाद विषय पर इससे बेहतर प्रकाश डालती हो। इस किताब में लेखक ने स्पष्ट और बेहतर तरीक़े से अपनी बात कही है।

डॉ. स्वेट्स संवाद के बारे में न केवल स्पष्टता से लिखते हैं, बल्कि वे बातचीत भी स्पष्ट तौर पर करते हैं। वे जानते हैं कि कैसे लिखा जाए, जिसे लोग समझें और वाणी कैसी बोली जाए।

आपके अध्ययन के लिए इस पुस्तक की प्रशंसा करते हुए मुझे ख़ुशी है। मुझे विश्वास है कि इससे आप लाभान्वित होंगे, जैसे मैं हुआ।

नॉर्मन विन्सेन्ट पील

प्रस्तावना

बातचीत का स्वरूप सरल होना चाहिए। हम जन्म से ही इसका अभ्यास करते आए हैं और अभ्यास से ही दक्षता आती है। ठीक? ...जी नहीं, ग़लत।

हमने शब्दों को मिला-मिलाकर उपयोग करना सीखा, ताकि उनका कोई सार्थक अर्थ निकले। हम कई शब्दों के अर्थ जानते हैं, फिर अचानक ही पता चलता है कि हमारे कहने का आशय हर कोई नहीं समझ पाता। वस्तुतः कभी-कभी हमारे शब्द लोगों को हमसे दूर करने लगते हैं, जबकि हमारी कोशिश शब्दों के माध्यम से उन्हें क़रीब लाने की होती है।

अपने वैवाहिक जीवन के इक्कीस साल गुज़ारने के बाद डेवी मेरे कार्यालय में परामर्श के लिए आई, क्योंकि उसे लगता था कि उसके बिखरते जा रहे दांपत्य जीवन का आख़िरी पड़ाव तलाक़ है। उसने बताया कि उसकी समस्या पति के साथ बातचीत में पूरी तरह नाकाम

रहना थी। डेवी की समस्या असामान्य नहीं है। अनगिनत शादियाँ, परिवार और व्यवसाय इसीलिए बिखरते हैं क्योंकि लोग आपसी समझबूझ और जोड़ने के भाव पैदा करने के बजाय ऐसी बातचीत का उपयोग करते हैं, जो उन्हें एक-दूसरे से दूर ले जाती है।

हममें से ज़्यादातर के लिए लोगों से बात करना एक समस्या है क्योंकि वाक़ई हमें कभी बातचीत की कला सिखाई ही नहीं गई। शब्दावली और व्याकरण संबंधी प्रशिक्षण से हमें सिर्फ़ कलाकार के रंग और कैनवास की प्राप्ति होती है। इन दोनों की मदद से अपनी मनचाही तस्वीर लोगों के सामने पेश करने का यह प्रशिक्षण पूरी तरह अपर्याप्त है। सबको श्रोता बनाने वाले वार्तालाप की कला हमारी तालीम की इस कमी को पूरा करती है।

आप और मैं इस प्रकार बात कर सकते हैं कि लोग उसे समझें, साथ ही हम सुनने की ऐसी कला का विकास कर सकते हैं कि लोगों को हमसे चर्चा करते हुए ख़ुशी महसूस हो। इस रहस्य की कुंजी, पहले यह जानना है कि हम बातचीत में दरअसल करना क्या चाहते हैं और जो हम चाहते हैं, उसे कैसे संभव बनाया जाए।

बातचीत का स्पष्ट लक्ष्य तय करना हमारे बोलने और सुनने के बीच छोटा, किंतु महत्वपूर्ण तालमेल बनाने में मददगार होता है। सही समय पर सही सामंजस्य स्थापित करना एक कला है, पर एक बार में एक क़दम उठाते हुए कोई भी इस कला में महारत हासिल कर सकता है। इस पुस्तक का प्रत्येक अध्याय एक स्पष्ट लक्ष्य को प्रस्तुत कर आपका मार्गदर्शन करता है। आत्म-मूल्यांकन, व्यावहारिक रणनीतियाँ और कार्ययोजना द्वारा यह सुनिश्चित हो जाता है कि आप अपने लक्ष्य को जानें और उस दिशा में अग्रसर हों।

बातचीत के प्रत्येक लक्ष्य की प्राप्ति के साथ आप पाएँगे :

- बातचीत की प्रक्रिया में मुश्किलों पर नियंत्रण।
- अपने ख़ास रिश्तों में आत्मीयभाव जगाने की समझ।

- लोगों के बीच संवाद संबंधी रुकावटों के बनने के कारण और उन्हें दूर करने के तरीक़ों की जानकारी।
- व्यावसायिक सहयोगियों और मित्रों का सहयोग तथा ध्यान जीतना।
- सामाजिक स्थितियों में स्पष्ट एवं प्रभावशाली अभिव्यक्ति की क्षमता।
- व्यावसायिक तथा व्यक्तिगत जीवन में लक्ष्य प्राप्ति की सफलता का अनुभव।

इस पुस्तक में मैंने बातचीत और व्यक्ति से व्यक्ति के संबंधों का एक विशिष्ट पक्ष प्रस्तुत किया है। मेरा मानना है कि डपटने और तिकड़मबाज़ी से लोगों के साथ सार्थक संबंध नहीं बनाए जा सकते। ऐसे उपायों से प्राप्त ताक़त अथवा नियंत्रण आख़िर में स्पष्ट और ईमानदार बातचीत के आगे हार जाते हैं। एक असली जीत के एहसास के लिए हमें अपने आस-पास केंद्रित प्रवृत्तियों को छोड़कर बातचीत में दूसरों के प्रति समझबूझ और सहयोग के तरीक़े की तरफ़ बढ़ना होगा।

मेरा दृष्टिकोण मनोविज्ञान, नीतिशास्त्र और तार्किकता में मेरे प्रशिक्षण की पृष्ठभूमि से उपजा है। यद्यपि अपने निजी अनुभवों में भी मैंने इसे उपयोगी और परीक्षा की कसौटी पर खरा पाया है। मैं दूसरों से बातचीत की कोशिश और उसमें असफलता की पीड़ा से वाक़िफ़ हूँ। मुझे दिल से दिल के बीच होने वाले वार्तालाप और न सिर्फ़ समझे जाने, बल्कि दूसरों को समझने से मिली ख़ुशी का अंदाज़ा है।

अपने पुत्र के साथ एक ऐसी ही मर्मस्पर्शी चर्चा के दौरान मैंने पूछा "तुम्हें लगता है कि हमें इस पुस्तक की ज़ोरदार बिक्री के लिए प्रार्थना करनी चाहिए?" उसने जवाब दिया "नहीं डैड, हमें प्रार्थना करनी चाहिए कि यह लोगों के लिए मददगार साबित हो।" लिहाज़ा ऐसा ही हो!

आभार

मैं इन लोगों का विशेष रूप से आभारी हूँ :

- रिचर्ड यंग, मिशिगन यूनिवर्सिटी के मेरे प्रोफ़ेसर, जिन्होंने मुझे

प्रभावशाली संवाद के बारे में बहुत कुछ सिखाया;

- रॉबर्ट डीहान और रॉबर्ट ब्राउन, होप कॉलेज में मनोविज्ञान के प्रोफ़ेसर, जिन्होंने आपसी बातचीत और बच्चों के मनोवैज्ञानिक विकास जैसे विषयों में मेरी रुचि जागृत की;
- डेविड मायर्स, होप कॉलेज में मनोविज्ञान के प्रोफ़ेसर, जिन्होंने विश्वास पर आधारित अध्याय के लिए बेहतरीन सुझाव दिए;
- टॉड बोसर्ट, मनोचिकित्सक, जिन्होंने विवाद हल करने पर आधारित 10वें अध्याय में मेरी मदद की;
- वॉस्टन डंकन III, पाम बीच जूनियर कॉलेज में कम्यूनिकेशन डिपार्टमेंट के चेयरमैन, जिन्होंने मुझे इस विषय के लिए प्रेरित किया;
- जॉर्ज फ्रोहलिच, जिन्होंने पूरी पुस्तक को कई बार पढ़ा और उसमें सुधार किया और पूरी प्रक्रिया में मुझे सहयोग दिया;
- ब्लेज़ लिवाय, केट सैम्सन और वैनिला फ़ोन वूर्थूयज़ेन, जिन्होंने कई उपयोगी सुझाव दिए;
- बेकी रॉबर्टसन, एन्ना कूपमैन्स और मैरी वैंडर कैम्प, जिन्होंने उत्साहपूर्वक अनेक पृष्ठों को टाइप किया;
- मैरी केनन और अल्बर्टा बॉडी, प्रेंटिस-हॉल के मेरे संपादक, जिन्होंने अपने विश्वास से मेरे संकल्प को दृढ़ किया;
- जैनीस, जड और जेसिका, जिन्होंने मेरे रचनात्मक लेखन के लिए हद से ज़्यादा प्यार दिया; और
- नॉर्मन विन्सेन्ट पील, जिन्होंने मुझे विश्वास, सकारात्मक दृष्टिकोण की शक्ति और कार्य करने की आस्था से ज़िंदगी को बदल देने वाली ताक़त के बारे में बताया।

1

जीतने के लिए खेलिए
बातचीत का खेल

अगर आप सोचते हैं कि आप कर सकते हैं, तो आप ज़रूर कर सकते हैं।[1]

नॉर्मन विन्सेन्ट पील

हमारे समय की एक महानतम खोज यह है कि व्यक्ति अपने सोचने के तरीक़े से अपनी कथनी और करनी को नियंत्रित कर सकता है। दुर्भाग्यवश कई लोग यह मानते हैं कि ख़ुद को अभिव्यक्त करने के तरीक़े पर उनका नियंत्रण नहीं है। दिन-पर-दिन वे वार्तालाप संबंधी ग़लतियाँ दोहराते चले जाते हैं। वास्तविकता यह है कि कोई भी व्यक्ति सफल बातचीत की "रुकावटों" को पार कर जीत सकता है। यह मानते हुए कि आपमें जीतने की चाह है, डॉ. पील द्वारा व्यक्त सिद्धांत आप पर भी लागू होता है : "अगर आप सोचते हैं कि आप कर सकते हैं, तो आप ज़रूर कर सकते हैं!"

प्रभावी बातचीत की ऊँचाई तक पहुँचने के लिए आपको कुछ स्पष्ट लक्ष्यों का निर्धारण करना होगा कि आप क्या पाना चाहते हैं? तब आपका मस्तिष्क एक "वाहन चालक" की भाँति ज़रूरी फेरबदल के प्रति

सजग रहते हुए मंज़िल तक पहुँचने के लिए आपका मार्गदर्शन करता है। जब नासा ने *अपोलो 17* और इसके सदस्यों को चन्द्रमा पर भेजा, तो प्रक्षेपण यान को सही परिपथ में रखने और लक्ष्य तक पहुँचने के लिए उसमें कुछ मामूली फेरबदल करने पड़े। अगर यह फेरबदल सही समय पर नहीं किए जाते, तो यान अपने लक्ष्य से लाखों मील दूर चला जाता। *विजयी वार्तालाप भी लक्ष्य प्राप्ति के लिए आपके कथन और उसके स्वरूप में छोटे, किंतु महत्वपूर्ण बदलाव करने का नतीजा है।*

विजय का आनंद

दूसरों से सकारात्मक प्रतिक्रिया दिलाने वाली बातचीत आपके जीवन को नई राह दिखा सकती है। आपके जीवन के किसी भी क्षेत्र में सफलता के लिए सार्थक चर्चा से बढ़कर कुछ भी महत्वपूर्ण नहीं है। प्यार ज़ाहिर कर पाने, पूरी तरह सुने और समझे जाने, दूसरों के दिमाग़ से वाक़िफ़ होने अथवा अपने विचारों को एकाग्रचित होकर सुनते श्रोताओं तक पहुँचने से मिलने वाला आनंद अतुलनीय है। इससे हमारे विचारों का दायरा बढ़ता है, रुझान का विस्तार होता है, विश्वास गहरे होते हैं, नज़रिया स्पष्ट होता है, आशाएँ फिर से जागने लगती हैं, हताशा मिटने लगती है, मन के घाव भरने लगते हैं। रूएल हाव इसे ही "संवाद का चमत्कार" कहते हैं। थैरेपिस्ट अक्सर अपने परामर्श के दौरान कई चमत्कार घटते देख चुके हैं। शायद आपने भी ऐसे चमत्कार घटते देखे हों, जब कभी आपकी अपनी चर्चा सफल रही हो। जब आप चर्चा के खेल को जीतने के लिए खेलते हैं, तो सबसे बढ़िया नतीजा यह मिलता है कि आपके सहयोगी की भी जीत होती है!

पराजय की पीड़ा

हमारी चर्चा हमेशा सफल नहीं होती। कहा जाता है कि जब पोप जॉन पॉल द्वितीय 1959 में अमेरिका पहुँचे, तो एक पत्रकार ने उनसे न्यूयॉर्क

की गो-गो गर्ल्स (खेल में हौसला बढ़ाने वाली लड़कियों) के बारे में राय लेनी चाही। अपने सहयोगी द्वारा दी गई चेतावनी को याद कर कि पत्रकार बात का बतंगड़ बना सकते हैं, पोप ने झिझकते हुए जवाब दिया – "क्या न्यूयॉर्क में गो-गो गर्ल्स हैं?" अगले दिन सुबह के अख़बार में पहले पृष्ठ पर समाचार छपा "पोप ने आते ही पहला प्रश्न पूछा, 'क्या न्यूयॉर्क में गो-गो गर्ल्स हैं?'"

यह वाक़या सचमुच हुआ या नहीं, यह तो नहीं मालूम, पर इससे साफ़ है कि किसी को भी ग़लत समझा जा सकता है – यहाँ तक कि पोप को भी। चर्चा में असावधानी की वजह से राष्ट्रों के बीच जंग छिड़ गई, व्यापारी दिवालिया हो गए, परिवार बिखर गए। यद्यपि चर्चा की तकनीक ने आज बाहरी देशों तक पहुँचकर दुनिया को विश्वग्राम बना दिया है, पर हम मानव मस्तिष्क और मन के भीतर पहुँचने में अब तक असफल ही रहे हैं।

कभी-कभी हमारे शब्द अपने मूल आशय के बजाय ठीक उसका विपरीत प्रभाव पैदा कर समझबूझ और अंतरंगता की संभावनाओं को ही ख़त्म कर देते हैं। हमारे शब्दों से दूसरों की भावनाओं को ठेस पहुँचती है, आक्रोश उपजता है और दिलों में दूरी उत्पन्न होती है, जबकि वास्तव में हम आपसी समझ, आत्मीयता और दोस्ती बढ़ाना चाहते हैं। स्वाभाविक रूप से हम इस दुःखद स्थिति से बचने की कोशिश करते हैं। हम नाकाम चर्चा के दोहराव से बचने के लिए बातचीत को "टालने" लगते हैं। चर्चा के विषय सीमित हो जाते हैं। ज़्यादा आकर्षक दिखने की कोशिश में हम अपनी भावनाओं को दबाने लगते हैं। मगर जब वास्तविक भावनाओं की अभिव्यक्ति नहीं होती, तो हमारे संबंधों की गर्माहट ख़त्म होने लगती है। धीरे-धीरे संवाद की मात्रा भी घटने लगती है और कुछ मामलों में यह ठंडी ख़ामोशी के दर्द में तब्दील हो जाती है।

हमें किसी भी तरह इस दुष्चक्र से बच निकलना है। हमें अपनी ग़लतियों का वस्तुपरक, समुचित विश्लेषण कर उनसे सीखने की आवश्यकता है।

तुरंत दोबारा खेलना

खेल जगत में खिलाड़ी और प्रशिक्षक अपनी कमज़ोरियों को दूर करने और ख़ूबियों का लाभ उठाने के लिए खेल की रिकॉर्डिंग को बार-बार देखते हैं। इस पुस्तक की कार्यपद्धति भी खेल चित्र या तुरंत दोबारा खेलने की तरह है। यह आपको अपने वार्तालाप की बिंदुवार पड़ताल करने में मदद कर सकती है और आप इस बारे में दोबारा सोच सकते हैं कि क्या कारगर रहा या क्या नहीं रहा। अनुभवों के परीक्षण के ज़रिये आप बातचीत का खेल खेलने और जीतने के लिए आवश्यक फेरबदल कर सकेंगे।

खेल के सिद्धांत

क्या हम विचारों की स्वतंत्र एवं सफल अभिव्यक्ति के अवसरों की संख्या बढ़ा सकते हैं? क्या हम बातचीत को आगे बढ़ाने और रोकने के मौक़ों के बीच फ़र्क़ कर सकते हैं? क्या हम अपने नज़रिये, शब्दों के चुनाव और अपने आपको बदलने में सक्षम हैं? बिलकुल! प्रभावी चर्चा को जारी रख पाना संभव है।

इस पुस्तक में शामिल तीन प्रमुख सिद्धांत आपको बताते हैं कि यह किस प्रकार संभव है। पहला - *चर्चा एक सीखा हुआ व्यवहार है*। यदि आपने चाहे अनचाहे बातचीत के नकारात्मक तरीक़े को अपनाया है, तो आप सकारात्मक तरीक़े को भी अपना सकते हैं, बशर्ते आप जानें कि सकारात्मक चर्चा क्या है और इसे कैसे विकसित किया जाए। दूसरा - *आप लोगों से बातचीत की गुणवत्ता में उल्लेखनीय सुधार कर सकते हैं*। यद्यपि दूसरे व्यक्ति के बातचीत के तरीक़े पर आपका नियंत्रण नहीं होता, फिर भी उस व्यक्ति के कथन पर अपनी प्रतिक्रिया व्यक्त कर आप वार्तालाप का परिणाम प्रभावित कर सकते हैं। तीसरा - *जब आप नई अंतर्दृष्टि का प्रयोग करते हैं, तो आपकी समझ विकसित होती है*। समझ का यह सिद्धांत आज भी प्रासंगिक है -

मैंने सुना - मैं भूल गया।

मैंने देखा - मैं याद रख पाया।

मैंने किया - मैं समझ गया।

आपके ज्ञान को सक्रिय बनाने के लिए प्रत्येक अध्याय में रणनीतियाँ दी गई हैं।

एक चेतावनी : बातचीत में तुरंत सफलता जैसी कोई चीज़ नहीं होती है, किंतु यदि आप इस पुस्तक में बताए गए सिद्धांतों पर अडिग रहते हैं, तो आपको सकारात्मक परिणाम मिलेंगे। आपको शुरू करना होगा :

कमज़ोरियों और ख़ूबियों को ध्यान में रखते हुए अपने बातचीत संबंधी अनुभव का बिंदुवार परीक्षण।

समझबूझ के साथ सुनना।

डर, ग़ुस्सा, आहत भावनाओं से रुके बग़ैर चर्चा की समस्या सुलझाने वाले कौशल का विकास।

आत्मविश्वास के साथ अपने विचारों की अभिव्यक्ति और भावनाओं का आदान-प्रदान करते हुए ख़ुद को दृढ़ता से प्रस्तुत करना।

इंकार के समय इंकार और स्वीकृति के समय स्वीकृति व्यक्त करने की कला।

बच्चों से चर्चा के दौरान परस्पर आदर का भाव।

परिवार तथा मित्रों के साथ आत्मीयभाव।

सामाजिक मेल-मिलाप में सार्थक बातचीत की पहल।

लोगों को अपने साथ सहयोग हेतु प्रेरित करना।

यदि इस पुस्तक को पढ़ते वक़्त आपको कहीं-कहीं दोहराव का अनुभव हो, तो यह अच्छा संकेत है कि आप विचारों को ठीक प्रकार से ग्रहण कर रहे हैं। इस पुस्तक की संरचना में ही दोहराव का प्रयोग किया गया है। शोध से पता चलता है कि विचार जब बार-बार प्रस्तुत किए जाते

हैं, तो उन्हें ग्रहण करने में उल्लेखनीय रूप से बढ़ोतरी होती है। "क्रमिक दोहराव" के ज़रिये दिमाग़ को किसी विचार या रणनीति को बेहतर तरीक़े से काम में लाने तथा ज़्यादा से ज़्यादा स्थितियों में इस्तेमाल करने में मदद मिलती है।

सीखने योग्य कौशल

यदि हमें बात समझने या समझाने में दिक्क़त पेश आ रही है, तो हम बातचीत की प्रक्रिया का कोई पक्ष ज़रूर नज़रअंदाज़ कर रहे हैं। अब यह हम पर निर्भर करता है कि किस प्रकार समस्या को पहचानें और इसका निदान करें। यह करना आसान नहीं है।

निम्नलिखित आत्म-मूल्यांकन आपकी ज़रूरत के ख़ास दायरों और रुचियों को पहचानने तथा प्रगति के आकलन में मददगार हो सकता है। अपने अनुभव के आधार पर प्रत्येक बिंदु की आवृत्ति को सर्वाधिक प्रभावी ढंग से व्यक्त करने वाले अंक के आस-पास घेरा बनाएँ। (**1**- बहुत कम, **2**- कभी कभी, **3**- अक्सर और **4**- सामान्यतः)

आत्म-मूल्यांकन

1 2 3 4 1. लोग मेरी भावनाओं और विचारों को समझते हैं।

1 2 3 4 2. जब बातचीत में समस्या आती है, मैं उसे सुलझाने का निश्चय करता हूँ।

1 2 3 4 3. मुझे बातचीत में रुकावट के प्रमुख कारणों की जानकारी है।

1 2 3 4 4. मैं अपने व्यक्तित्व के उन गुणों को प्रदर्शित करता हूँ, जो दूसरों को आकर्षित करते हैं।

1 2 3 4 5. मैं मुश्किल परिस्थितियों में सोच-समझकर ख़ुद को अभिव्यक्त करना पसंद करता हूँ।

1 2 3 4 6. चर्चा के दौरान मेरी आवाज़ और शब्दों का स्वरूप

ठीक वैसा होता है, जैसा सामने वाले के प्रति मैं महसूस करता हूँ।

1 2 3 4 7. जीवनसाथी और मित्रों द्वारा व्यक्त की गई भावनाओं को गंभीरतापूर्वक सुनने की क्षमता मुझमें है।

1 2 3 4 8. मेरे मित्र कहते हैं कि मैं अच्छा श्रोता हूँ।

1 2 3 4 9. मैं बता सकता हूँ कि चर्चा में समस्या मूलतः व्यक्ति के कथन से उपजी है, संदेश से पैदा हुई अथवा श्रोता द्वारा संदेश ग़लत समझे जाने से सामने आई है।

1 2 3 4 10. मैं अपने साथ बात करने वाले व्यक्ति की भावनाओं और विचारों का भलीभाँति विश्लेषण कर सकता हूँ।

1 2 3 4 11. जब मैं बोलता हूँ, लोग मुझे सुनते हैं।

1 2 3 4 12. लोगों के अनुसार मैं अच्छी बातचीत कर लेता हूँ।

1 2 3 4 13. मुझे जब इंकार करना हो, मैं ना कहने की क्षमता रखता हूँ।

1 2 3 4 14. मैं ज़ोर देकर अपनी बात रखता हूँ क्योंकि मुझे अपने और दूसरों के नज़रिये का आदर करना आता है।

1 2 3 4 15. बच्चों के साथ परेशानी हल करना मुझे आता है।

1 2 3 4 16. मैं बच्चों से उसी शैली में बात करता हूँ, जैसी मैं उनसे अपेक्षा रखता हूँ।

1 2 3 4 17. मैं आत्मीयजनों को अपने वास्तविक स्वरूप को जानने का मौक़ा देता हूँ।

1 2 3 4 18. अपने नज़दीकी मित्रों को यह बताने की क्षमता

मुझमें है कि मैं सचमुच उनकी परवाह करता हूँ।

1 2 3 4 19. किसी व्यक्ति के साथ समस्या पैदा होने पर मैं जानता हूँ कि उसे कैसे हल किया जाए।

1 2 3 4 20. तनाव के क्षणों में क्या कहना है, यह मुझे आता है।

1 2 3 4 21. दूसरों से सहयोग लेने की कला मुझमें है।

1 2 3 4 22. जब मैं लोगों को कारण बताकर अपना चाहा हुआ काम करने को कहता हूँ, तो वे उसे करते हैं।

1 2 3 4 23. परिवार, मित्रों और व्यावसायिक सहयोगियों के साथ चर्चा का सर्वोच्च स्तर मुझे रास आता है।

1 2 3 4 24. सफल बातचीत के मूल्य से परिचित होने के नाते, मैं चर्चा का कौशल विकसित करने के लिए तत्पर रहता हूँ।

यहाँ एक निर्धारित अंक मार्गदर्शन है, जिससे आपको आत्म-मूल्यांकन में मदद मिलेगी। ऊपर घेरा बनाए गए अंकों को जोड़कर निम्नलिखित तालिका से अपने पूर्णांक का मिलान करें :

92-96 *सर्वश्रेष्ठ* आप वाक़ई "सर्वोत्कृष्ट" बातचीत करने वाले हैं। यह पुस्तक किसी मित्र को भेंट कर दें।

78-91 *श्रेष्ठ* आप सही राह पर हैं। आप उन क्षेत्रों पर ध्यान दें, जहाँ आपको अपने कौशल में सुधार की ज़रूरत महसूस होती है।

50-77 *साधारण* बेहतर संवाद के ज़रिये प्राप्त होने वाले संतोष से आप काफ़ी हद तक दूर हैं। इस पुस्तक में बताए गए चर्चा के लक्ष्यों पर केंद्रित होकर अमल करने से आप अपने परिवार, मित्रों तथा व्यावसायिक सहयोगियों से बेहतर संबंध विकसित कर पाएँगे।

24-49 *ख़राब* चिंतित न हों! शायद आप अपने लिए अपेक्षा से

> अधिक ऊँचे मानक निर्धारित कर रहे हैं और चीज़ों को वास्तविकता से ज़्यादा बुरे स्वरूप में देखने के आदी हैं। इस पुस्तक में बताए गए लक्ष्यों और रणनीतियों के प्रति खुद को संकल्पित कर आप अपनी बातचीत के कौशल में धीरे-धीरे सुधार कर पाएँगे। आप शिखर की ओर अग्रसर हैं। आप यह कर सकते हैं!

बातचीत में कुशल लोग अच्छे एथलीट की तरह होते हैं : वे इसका अभ्यास कर दक्षता प्राप्त करते हैं। एक मानक का निर्धारण होता है, मूलभूत नियम सीखे जाते हैं, सिद्धांतों का अभ्यास किया जाता है, कौशल विकसित होता है। पेशेवर खिलाड़ी जानते हैं कि महत्व इस बात का नहीं है कि उनमें कितनी प्रतिभा है, वे अपने कौशल का विकास कर सकते हैं... यदि प्रयास करें। मगर यही बात आपके समक्ष प्रश्न खड़ा करती है : क्या आपके प्रयासों के अनुरूप आपकी बातचीत सफल है?

बातचीत की समस्या सुलझाना *ही चाहिए* क्योंकि चर्चा जीवन की हर गतिविधि का माध्यम है। चाहे वह विवाह हो, कामकाज, बच्चों का पालन-पोषण, प्रशासन, कूटनीति या कुछ और – हमारे जीवन की गुणवत्ता और संभवतः भावी अस्तित्व भी बातचीत के कमाल पर निर्भर करता है।

जब मेरे एक मित्र को पता चला कि मैं प्रभावी संवाद पर पुस्तक लिख रहा हूँ, तो उसने कहा – "मुझे दस वर्ष पहले इसकी ज़रूरत थी।" हम अतीत को मिटा नहीं सकते, पर दूसरों को समझकर और अपनी बात समझाकर हम अपने वर्तमान पलों का बेहतर इस्तेमाल कर सकते हैं।

इस पुस्तक का अभिप्राय आपको बातचीत के खेल में प्रशिक्षित करना ... और जीतने में मदद करना है!

विजय पाने की दिशा में कार्ययोजना

प्रत्येक अध्याय के अंत में कार्य चरण बताए गए हैं, जो आपको चर्चा के "खेल" में जीतने और अभ्यास करने के लिए अध्याय में वर्णित रणनीतियों और सिद्धांतों को सार रूप में याद दिलाएँगे। इस पुस्तक से सर्वाधिक लाभ पाने के लिए काग़ज़-क़लम तैयार रखें, ताकि चर्चा के लक्ष्य की तरफ़ आप तेज़ी से बढ़ सकें।

1. महत्वपूर्ण व्यक्तियों (परिवार, मित्र एवं व्यावसायिक सहयोगियों) की सूची बनाएँ, जिनके साथ आपको बातचीत बेहतर बनाना है।

2. सूची में शामिल किसी एक या अधिक व्यक्ति से संबंधित चर्चा के लक्ष्य को लिखें। शुरुआत ऐसे करें : ____________________, के साथ बातचीत में सुधार के लिए मैं निम्न कार्य करूँगा : (उन ख़ास क़दमों की सूची बनाएँ, जिन्हें उठाना आप आवश्यक मानते हों।)

3. चुने हुए व्यक्ति से चर्चा में सुधार के फलस्वरूप मिलने वाले फ़ायदों के बारे में सोचें। जितने लाभ संभव हों, सभी लिखें। ये आपको चर्चा के "खेल" में विजय तक पहुँचने के लिए प्रेरित करेंगे। "अगर आप सोचते हैं कि आप कर सकते हैं, तो आप ज़रूर कर सकते हैं!"

2

अपनी सर्वश्रेष्ठ अभिव्यक्ति दर्शाएँ

हमारे पीछे जो मौजूद है और हमारे सामने जो मौजूद है, वह उसकी तुलना में कुछ भी नहीं, जो हमारे भीतर मौजूद है।[1]

राल्फ वॉल्डो इमर्सन

आप एक विशिष्ट व्यक्ति हैं! यह सच है कि हर किसी में ख़ामियाँ होती हैं। किंतु जब आप अपने सर्वश्रेष्ठ स्वरूप को अभिव्यक्त करने का चुनाव करते हैं - वह स्वरूप, जो सबसे खुलकर मिलता है, जो दिलचस्प है, जो दूसरे व्यक्तियों में रुचि रखता है, जिसे विचार और भावनाओं के आदान-प्रदान में दिक़्क़त नहीं होती, जो सीखना चाहता है, जो गहराई से सुनने की क्षमता रखता है - जब *ऐसा* व्यक्ति बात करता है, तो लोग उसे सुनते हैं।

लोगों द्वारा सुना जाने वाला व्यक्ति

ऐसे क्षण, जब आप अपने सर्वश्रेष्ठ स्वरूप को व्यक्त करते हैं, उनसे प्रमाणित होता है कि आप ऐसी वाणी बोल *सकते हैं* जिसे लोग सुनें।

और ये क्षण यह भी बताते हैं कि यदि आप अपने संवाद की क्षमता बढ़ाना चाहते हैं, तो आपको ख़ुद से शुरुआत करनी होगी। आप कौन हैं, यह इससे भी सुनिश्चित होता है कि आप दूसरे व्यक्तियों से किस तरह पेश आते हैं। इमर्सन ने कहा था, "तुम्हारा आत्म-स्वरूप तुम्हारे ऊपर मँडराता है... और गरजता है, इसीलिए इसके विपरीत तुम क्या कह रहे हो, मैं सुन नहीं पाता।"[2] आप जो हैं, वह आपके शब्दों से ज़्यादा मज़बूती से व्यक्त होता है।

अपनी अभिव्यक्ति को सुधारने की कोशिश आपको असहज कर सकती है। अपनी बातचीत के श्रेष्ठ पलों की तुलना बुरे क्षणों से करते हुए आप ख़ुद को बेहतर न कर पाने के लिए कोस सकते हैं। मगर स्वयं को (या किसी अन्य व्यक्ति को) दोषी ठहराना पीछे हटने वाली सोच है। अपने आप को (और इसी तरह अपनी बातचीत की क्षमता को) सुधारने के तरीक़ों की खोज उस राह पर चलने के समान है, जो संतुष्टि भरे संबंधों की तरफ़ ले जाए। अपनी पुस्तक *आय एम ओके - यू आर ओके* में थॉमस हैरिस लिखते हैं :

> कहा जाता है कि अपने स्वभाव की ख़ामियों को कोसने से आपकी ख़ामियों का स्वभाव नहीं बदल सकता। लिहाज़ा "मैं ऐसा ही हूँ" से कुछ भी बदलाव नहीं हो सकता। "मैं बदल सकता हूँ" यह भाव सबकुछ बदल सकता है।[3]

यदि हम "मैं बदल सकता हूँ" वाला दृष्टिकोण अपनाएँ, तो अपनी बातचीत संबंधी समस्याओं को सुलझाने की बेहतर स्थिति में होंगे।

चर्चा में रुकावट के कारण

चर्चा संबंधी हमारी मुश्किल समस्याएँ व्यक्तिगत होती हैं; इनकी उत्पत्ति हमारे भीतर होती है। समझ संबंधी बाहरी रुकावटों (जैसे अन्य व्यक्ति, समय का दबाव, तनाव भरी स्थितियाँ) की चर्चा आसान है, पर लाभदायक नहीं। जब हम बातचीत की रुकावटों के भीतरी कारणों को नज़रअंदाज़

करते चले जाते हैं, तो लगातार असफलता जन्म लेती है- ऐसी असफलता, जो हमारी क्षमता के शिखर तक पहुँचने में बाधक हो, जो हमारे संबंधों के बारे में सुखद अनुभूति न होने दे, हमारे व अन्य व्यक्तियों के बीच मनोवैज्ञानिक दूरी कम न कर पाए। अपने स्वरूप की सर्वश्रेष्ठ अभिव्यक्ति के लिए हमें संतोषजनक चर्चा के दुश्मनों को पहचान कर उन्हें ख़त्म करना होगा। हमारे मुख्य शत्रु इस प्रकार बताए जा सकते हैं :-

F - फ़ियर डर
A - एज़म्पशन्स मान्यताएँ
I - इंसेंसेटिविटी संवेदनहीनता
L - लेबलिंग वर्गीकरण की पहचान
U - अनसर्टेनिटी अनिश्चितता
R - रिज़ेंटमेंट नाराज़गी
E - इगोटिज़्म अहंकार

1. डर - मार्क ट्वेन अपने अलावा अन्य लोगों को भी इस कथन के ज़रिये काफ़ी कुछ बताना चाहते थे - "मैं प्रेतों में विश्वास नहीं रखता, पर मुझे उनसे भय लगता है।"[4] कई बार यह जानते हुए भी कि हमारा डर वास्तविक नहीं है, हम उसे अन्य व्यक्तियों से कट कर रहने का ज़रिया बनने देते हैं।

वस्तुतः कुछ डर हमारे अस्तित्व की ख़ातिर ज़रूरी हैं, जैसे असुरक्षित रफ़्तार से वाहन चलाने का डर। किंतु यहाँ हम उन डरों की चर्चा करेंगे, जो हमें अपने स्वरूप की सर्वश्रेष्ठ अभिव्यक्ति और अन्य व्यक्तियों से स्वाभाविक संबंध बनाए रखने में बाधक बनते हैं। यहाँ कुछ ऐसे ही स्थायी डर वर्णित हैं, जो कई व्यक्तियों को घेरे रहते हैं। मसलन :

व्यक्तियों, भीड़, नई स्थितियों का डर

ग़लत समझे जाने, किसी अस्पष्ट मानक पर खरे न उतर पाने या किसी व्यक्ति की उम्मीदों पर खरा न उतरने का डर

हकलाने, ग़लत शब्द या उच्चारण का डर

असल भावनाओं के ज़ाहिर होने पर खिल्ली उड़ने का डर
किसी को न समझ पाने पर उसकी नज़रों में मूर्ख साबित होने का डर
भावनाओं की अभिव्यक्ति या उन पर नियंत्रण न कर पाने का डर
किसी दूसरे व्यक्ति की राय के विपरीत राय रखने का डर

यह सभी डर कहाँ से उपजते हैं? मनोवैज्ञानिकों के अनुसार बच्चा सिर्फ़ दो प्रकार के डर के साथ जन्म लेता है। व्यवहार विज्ञान के जनक जॉन बी. वॉटसन के अनुसार "सिर्फ़ दो चीज़ें डर पैदा करती हैं, तेज़ ध्वनि और सहारे का अभाव।"[5] अन्य सभी डर सीखे जाते हैं, उनकी जड़ें हमारे मूलभूत स्वरूप में नहीं रहतीं। वे हमारी इच्छा के बग़ैर हमारे साथ हमेशा के लिए नहीं रह सकते। हानिकारक डरों को त्यागा जा सकता है।

जब हम भयभीत होते हैं, तो हमारा संवाद गड़बड़ा जाता है और ग़लत समझे जाने के डर से हम बोलना ही बंद कर देते हैं। भावनाओं पर नियंत्रण न रख पाने के डर से हम उन्हें दबाने लगते हैं। नापसंद दृष्टिकोण की आलोचना से बचने के लिए हम ऐसी बात ढूँढ़ते हैं, जो दूसरे सुनना चाहें। अपने आप को नकारने की कोशिश में दुनिया के बारे में हमारा नज़रिया विविधता से समृद्ध नहीं होता, बल्कि संकुचित होने लगता है और हम अपने सीमित दायरे में क़ैद होते चले जाते हैं।

2. मान्यताएँ - सुनने और देखने से मतलब निकालने में मान्यताएँ हमारे मस्तिष्क की मदद करती हैं। अक्सर वे सही होती हैं, पर कभी-कभी उनसे चर्चा में रुकावट पैदा होती है, जब हम बग़ैर सोचे उन पर विश्वास करने लगते हैं।

अपनी मान्यताओं की सच्चाई को परखने के लिए निम्नांकित चित्र का अर्थ खोजने की कोशिश करें :

चित्र 1.1

इस चित्र को अन्य नज़रिये से देखें। क्या आपको तीन अक्षरों का कोई शब्द नज़र आता है? क्या आप काले और सफ़ेद अक्षर देखते हैं? यदि आपको तुरंत कोई शब्द नहीं नज़र आता, तो समझिए आप ग़लत तात्पर्य निकाल रहे हैं।* (जवाब के लिए पृष्ठ के नीचे दी गई टिप्पणी देखें।)

जब हम किसी व्यक्ति को बोलते हुए सुनते हैं, तब हमारा मस्तिष्क उसके सैकड़ों तरह के मतलब निकालता है। प्रत्येक शब्द, चेहरे के भाव, आवाज़ के उतार-चढ़ाव की व्याख्या की जाती है, पर यह ज़रूरी नहीं कि वह वक्ता के वास्तविक अर्थ से मेल खाए। हम अक्सर नहीं जानते कि हज़ारों संभावनाओं में से कोई एक मतलब निकलता है। वक्ता भी ज़्यादातर चीज़ों को सहज मानकर चलते हैं। वेंडेल जॉन्सन के अनुसार, "उन्हें लगता है कि वे सुने और समझे जा रहे हैं, जबकि ऐसा नहीं होता और फिर भी लोग चर्चा संबंधी असफलता और ख़ामियों को दूर नहीं करते। अस्पष्ट चर्चा, ग़लत मतलब वाले कथनों को लेकर वे मासूमियत के साथ अनजान बने रहते हैं।"[6]

हम अक्सर शब्दों के अर्थ को लेकर अनावश्यक धारणाएँ बना लेते हैं। अंग्रेजी शब्दावली के 500 सर्वाधिक प्रचलित शब्दों के अध्ययन से पता चला कि इनकी 14,070 व्याख्याएँ शब्दकोश में मिलती हैं। अर्थात् प्रतिशब्द 28 से भी ज़्यादा। उदाहरण के लिए शब्द *'रन'* को लें।

ही विल गिव यू अ रन फ़ॉर योर मनी
(वह आपके पैसे का पूरा प्रतिशत देगा)

इन्वेस्टमेंट्स आर बेस्ट इन द लाँग रन
(दीर्घकालिक निवेश फ़ायदेमंद है।)

माईक इज़ अ मैन ऑन द रन
(माईक हड़बडी में घिरा व्यक्ति है।)

रन अलांग नाऊ
(अभी शुरुआत करें)

* यहाँ शब्द FLY *सफ़ेद* अक्षरों में चित्रित है, न कि काले में।

शीला हैज़ अ रन इन हर स्टॉकिंग
(शीला काफ़ी कुछ छुपाती है।)

द एक्सपोज़ जस्ट गॉट अ रन
(यह ख़ुलासा अब शबाब पर है)

डू यू हैव अ रन-डाउन फ़ीलिंग?
(क्या आप निराश हैं?)

इतना काफ़ी है। हम 'रन' शब्द के भावार्थ की लंबी सूची बना सकते हैं, मगर बात साफ़ है – शब्दों के भावार्थ अनेक प्रकार से संभव हैं। एक शब्दकोश *रन* शब्द के 87 अलग-अलग उपयोग बताता है।

इसमें कोई आश्चर्य नहीं कि जब हम किसी वाक्य में मौजूद कई शब्द और फिर कई वाक्य सुनते हैं, तो वक्ता द्वारा कहे गए कुछ शब्दों का ग़लत मतलब निकाल लेते हैं। यदि श्रोता माने कि उसके द्वारा सुने गए शब्दों का वही अर्थ है, जो उसने ढूँढ़ा और वक्ता भी यह मानकर चले कि उसके द्वारा कहे गए शब्दों का वही मतलब निकाला जा रहा है, जो वह चाहता है, तो ग़लतफ़हमी ज़रूर पैदा होगी।

3. संवेदनहीनता – कई बार दूसरों की भावनाओं को समझने में नाकामी की वजह उनकी फ़िक्र न करने की प्रवृत्ति होती है। कभी-कभी यह दूसरी "दुनिया" में मानसिक रूप से मौजूद होने के कारण भी होता है। एक संगीतकार अपने संगीत में इतना खो सकता है कि उसे किसी के साथ की ज़रूरत महसूस नहीं होती। एक माँ खाना बनाने में इस क़दर व्यस्त हो सकती है कि वह अपने बच्चे के इस प्रश्न का महत्व नहीं समझती "मुझे कोई भी क्यों नहीं चाहता?" एक पति अपनी पत्नी की हताशा और आक्रोश से बेख़बर टी.वी. पर आ रहे फ़ुटबॉल मैच में खोया रह सकता है। कंपनी का प्रेसीडेंट नई मार्केटिंग नीति से इतना उत्साहित हो सकता है कि उसे अपनी कंपनी की उत्पादन क्षमता से संबंधित गंभीर समस्याओं का आभास भी नहीं रहता। प्रत्येक मामले में संवदेनहीनता का परिणाम संवादहीनता ही होता है।

कोई भी अतिसंवेदनशील नहीं होना चाहता। हम दैनिक जीवन की ज़रूरतों और आक्रमण से मुक़ाबले के लिए कुछ हद तक भावनात्मक आवरण और सुरक्षाकवच चाहते हैं। फ़ुटबॉल के एक खिलाड़ी की तरह हमें भी सुरक्षाकवच चाहिए, लेकिन यह इतना अधिक भी न हो कि हम अपनी क्षमता का पूरी तरह इस्तेमाल ही न कर पाएँ। संवेदनहीनता *ज़बर्दस्त* क़िलेबंदी है। यह नए यलोस्टोन राष्ट्रीय उद्यान के सौंदर्य के सामने आँख बंद कर लेने जैसा है। संगीत की किसी जादुई धुन के सामने कान ढँक लेने जैसा है। किसी अंतरंग व्यक्ति के आगे दिल के दरवाज़े बंद कर लेने जैसा है।

4. वर्गीकरण - हमारा मस्तिष्क एक वस्तु को दूसरी से अलग करके देखने का आदी है। बाइबल की रचना की कथा में आदम का पहला काम पशुओं का वर्गीकरण था। मान्यता की तरह वर्गीकरण भी मस्तिष्क द्वारा अनियोजित से नियोजित ढूँढ़ निकालने का ज़रिया है। हम इसके विशेषज्ञ बन जाते हैं।

मगर दूसरे व्यक्ति को वर्गीकृत करना बाधक हो सकता है। यह कहावत कि "छड़ी और पत्थर मेरी हड्डियाँ तोड़ सकते हैं, किंतु पहचान नहीं" सच नहीं है। स्कूली विद्यार्थी एक-दूसरे को ग़लत तरीक़े से वर्गीकृत करते हैं। कुछ परिवारों, दफ़्तरों और कार्यशालाओं में एक-दूसरे को नीचा दिखाने वाले नामकरण करने की प्रवृत्ति होती है। कई लोग इसे गंभीरता से नहीं लेते, पर कुछ की व्यक्तिगत छवि इससे बुरी तरह प्रभावित होती है। कुछ व्यक्ति सामान्य नामकरण जैसे "लल्लू बच्चा", "सरपट घोड़ा" या "सुस्त कछुआ" से भी निजात पाने के लिए काफ़ी वक़्त बर्बाद कर देते हैं।

वाक़ई, शब्द हमेशा अपने द्वारा व्यक्त वस्तु से मेल नहीं खाते। सूज़न नाम का मतलब सूज़न व्यक्ति नहीं है, पर कई बार हमारा मस्तिष्क यह फ़र्क़ नहीं कर पाता और हम बेरुख़ी दर्शाते हुए उन व्यक्तियों से बुरा बर्ताव करने लगते हैं, जिनके साथ नकारात्मक विशेषण

लगा हो। यदि कोई पिता अपने बच्चे को अक्सर "मूर्ख" कहकर पुकारता है, तो धीरे-धीरे वह उसे वाक़ई मंदबुद्धि मानने लगेगा। इससे भी बुरी बात यह है कि बच्चा भी अपने बारे में ऐसा ही सोच सकता है।

5. अनिश्चितता - अरे, आह, ठीक है, शायद, मुझे पता नहीं, मेरे ख़्याल से - यह भाव किसी भी वार्तालाप में सामान्य हैं, पर *हमेशा* नहीं! यह सच है कि निश्चितता हमेशा ख़ूबी नहीं होती। किसी अवास्तविक या जिसके विषय में जानकारी न हो, उसके बारे में सबकुछ जानने का दावा करना बेवक़ूफ़ी है, मगर अनिश्चितता आदत बन सकती है जब आप कोई निश्चयात्मक रुख़ रखने के बजाय ग़लत निर्णय लेने से बचने के बहाने के तौर पर इसे एक "सुरक्षित" उपाय की तरह प्रयोग करते हैं।

अनिश्चित चर्चा की आदत अक्सर भय, मानसिक थकान या इस दोष की वजह से उपजती है कि आप अपना नज़रिया ठीक तरह से नहीं रख पाएँगे। यदि कोई अभिभावक या शिक्षक बच्चे की राय को लगातार ग़लत ठहराए, तो बच्चा भयभीत और ज़्यादा सतर्क रहने लगता है। कई वयस्क व्यक्ति इसलिए कोई निर्णय नहीं ले पाते हैं क्योंकि उनके साथ बचपन से ग़लत निर्णय लेने का भय जुड़ा होता है। अन्य की चर्चा संबंधी अनिश्चितता इस वजह से जन्म लेती है क्योंकि उन्हें अपनी वैचारिक क्षमता और नज़रिये को लेकर प्रोत्साहित नहीं किया गया।

सामाजिक और अंतरंग वार्तालाप के क्षणों में भी एक अनिश्चित व्यक्ति अक्सर ख़ामोश, तनावग्रस्त और भयभीत रहता है। इन स्थितियों में प्रभावी बातचीत या सुनना संभव नहीं होता।

6. नाराज़गी - नाराज़गी आपके मन की कड़वाहट है, जो अपने आप पलती है। यह हमेशा व्यक्ति और स्थितियों में बुरा खोजने की कोशिश करती है... और प्रायः खोज भी लेती है। मैं ऐसे लोगों को जानता हूँ, और शायद आप भी जानते होंगे, जिन्होंने अपनी पूरी ज़िंदगी

किसी व्यक्ति से भिड़ने, कभी-कभी किसी से भी झगड़ने, जीवन की छोटी-मोटी परेशानी या कभी कही गई बात का बदला लेने में खपा दी। ऐसे व्यक्ति एकाकी और दुखद जीवन व्यतीत करते हैं, क्योंकि वे अपने और बाक़ी दुनिया के बीच दीवार खड़ी कर लेते हैं। झल्लाहट से भरे व्यक्ति से कोई भी बात नहीं करना चाहता, क्योंकि क्या पता यह लावा कब उस पर उबल पड़े।

7. अहंकार - अहंकारी स्वभाव अन्य व्यक्ति के प्रति आदर या उसकी बात सुनने में दिलचस्पी नहीं रखता। अहंकार लोगों के दरमियान गंभीर रुकावटें खड़ी करता है क्योंकि इसका दायरा हमेशा संकुचित होता है, दूसरों तक पहुँचने की कोशिश नहीं करता। श्रोता को लगता है कि उसका सिर्फ़ इस्तेमाल हो रहा है और वक्ता के शब्द महज़ एक सतही स्वार्थपूर्ण उद्देश्य की पूर्ति करते हैं।

ऐसे व्यक्ति का सरसरी तौर पर विश्लेषण करने पर लगता है कि वह आत्ममुग्धता की अधिकता से ग्रस्त होगा, किंतु यह भाव आत्मिक घृणा या दूसरों द्वारा पहचाने जाने की तीव्र आकांक्षा से भी उपज सकता है। कभी-कभी कोई व्यक्ति अहंकारी भाषा का प्रयोग दूसरों का ध्यान आकर्षित करने के लिए भी करता है।

उस व्यक्ति से कोई भी बात करना पसंद नहीं करता जो हमेशा ख़ुद के बारे में ही बात करता हो, भले ही उसकी बातें काफ़ी दिलचस्प हों। उसके शब्द दूसरे व्यक्तियों से संपर्क बनाने के सूत्र नहीं, बल्कि व्यक्तिगत प्रतिबिंब ही होते हैं। वह संबंध बनाने के बजाय आईने से ही मुख़ातिब रहता है।

यह सभी सात समस्याएँ स्वभावतः *व्यक्तिगत* हैं। मगर अपने वार्तालाप की असफलता के इन कारक तत्त्वों की पहचान ही समझ के पुल का निर्माण करती है और अपनी बातचीत की असफलता को सफलता की ओर मोड़ने की दिशा में पहला क़दम है।

असफलता को सफलता में बदलना

असफलता से यदि हम सीख लें, तो यह सफलता की सीढ़ी साबित हो सकती है; यह हमें सतर्क कर सकती है कि किससे बचना चाहिए और बता सकती है कि किस दिशा में आगे बढ़ना चाहिए। हमारे वार्तालाप के संदर्भ में भी यह बात विशेष रूप से सही है क्योंकि चर्चा की असफलता को सफलता में बदलने के गुण हमारे भीतर ही छुपे हुए हैं। निश्चित तौर पर बातचीत में हमारा साथी सफल वार्तालाप का महत्वपूर्ण अंग है, मगर अरस्तू ने काफ़ी पहले यह जान लिया था कि वार्तालाप के दौरान वक्ता के व्यक्तित्व से अधिक प्रभावी कोई चीज़ नहीं होती। चर्चा की असफलता को सफलता में बदलने के लिए हमें अपने भीतर सफलता के इन निजी गुणों को विकसित करना चाहिए :

S – सेल्फ़ अवेयरनेस	(आत्म–जागरूकता)
U – अंडरस्टैंडिंग	(समझबूझ)
C – केयर फ़ॉर अदर्स	(दूसरों का ध्यान रखना)
C – कंट्रोल ऑफ़ इमोशंस	(भावनाओं पर नियंत्रण)
E – एस्टीम ऑफ़ वन्स सेल्फ़	(आत्म–गौरव)
S – सेल्फ़ कॉन्फ़िडेंस	(आत्मविश्वास)
S – शेयरिंग ऑफ़ वन्स सेल्फ़	(अपने आप को दूसरों के साथ बाँटना)

1. आत्म–जागरूकता – डेल्फ़ी के भविष्यवक्ता ने दो शब्दों में बड़ी बुद्धिमानी भरी बात कही – "अपने आपको जानो।" अफ़सोस कि उसने यह नहीं बताया कि जाना किस तरह जाए। सदियों से लोग ख़ुद को बाहरी स्रोतों से जानने की कोशिश करते रहे हैं। कभी हस्तरेखा विशेषज्ञ, तो कभी मनोविशेषज्ञों से। इस मामले में वक्ता द्वारा बताए गए विचारों के प्रतिबिंब आईने या ध्वनियों की तरह मददगार साबित हुए हैं। अच्छे मित्र भी ऐसे ही होते हैं। किसी ने कहा है "मित्र वह है, जिसके समक्ष मैं – मैं रह पाऊँ।"

प्रतिबिंब का दूसरा आईना आपके भीतर है। आप अपनी आत्म-जागरूकता विकसित कर सकते हैं - ख़ुद से यह बार-बार पूछकर कि किसी मुद्दे पर आप क्या सोचते हैं और आपका यह दृष्टिकोण क्यों है। अभ्यास की सहायता से आप अपने नज़रिये के प्रति सहज महसूस कर सकते हैं। इससे नई जानकारी के प्रति खुला नज़रिया विकसित होगा और उनका संग्रह तथा ज़रूरत पड़ने पर उल्लेख करने में मदद मिलेगी। आप महसूस करेंगे : "मैं यह हूँ। मैं यह सोचता हूँ। ये मेरे विश्वास और मूल्य हैं। चूँकि मैं इन्हें जान चुका हूँ, इसलिए मुझे इनका महत्व पता है और मैं इनसे सहमत हूँ। मुझे पता है कि मैं सबकुछ नहीं जानता और लोग मेरी हर बात से सहमत नहीं होंगे। मगर मैं हर दिन कुछ नया सीख रहा हूँ और मेरे पास दूसरों के साथ बाँटे जा सकने वाले अनुभव, विचार और विश्वास हैं।"

2. **समझबूझ** - मेरी एक प्रिय कहानी उन व्याख्याता के बारे में है, जिन्होंने अपने विद्यार्थियों को शराब पीने के घातक प्रभाव का संदेश देने की कोशिश की। अपने संदेश को प्रायोगिक व नाटकीय स्वरूप देने के लिए उन्होंने पानी से भरे गिलास में एक कीड़े को डाला और दूसरे कीड़े को जिन (शराब) से भरे गिलास में। कक्षा में उन्होंने दिखाया कि पानी का कीड़े पर कोई दुष्प्रभाव नहीं हुआ, पर शराब के गिलास वाला कीड़ा तुरंत मर गया। उन्होंने पूछा "इसका क्या मतलब निकला" कक्षा में पीछे से आवाज़ आई "यदि आप शराब पियेंगे, तो कीड़ों से बचे रहेंगे!"

वाक़ई कई लोग जान-बूझकर आपकी बात का ग़लत अर्थ निकालते हैं, पर जब वास्तविक समझबूझ की ज़रूरत हो, वहाँ प्रतिक्रिया ज़रूरी है। अपने विचार को दोहराकर और स्पष्टीकरण माँगकर हम अपनी ग़लती या अनुचित मान्यता को सुधार सकते हैं। फ़ीडबैक लेने का कौशल पैदा कर हम सैकड़ों - शायद हज़ारों बेकार तर्कों, भावनात्मक उबाल, चर्चा के गतिरोध इत्यादि से बच सकते हैं।

3. दूसरों का ध्यान रखना - जब श्रोताओं को लगता है कि वक्ता को उनकी परवाह नहीं है, तो वे उसे सुनना बंद कर देते हैं। मगर यदि उन्हें लगे कि वक्ता उन्हें नकार नहीं रहा है, तो भले ही वह अप्रभावी वार्तालाप कर रहा हो - उसकी बात सुनी जाती है। व्यक्ति से व्यक्ति संवाद पर भी यह बात लागू होती है।

लोगों में यह जानने की अद्‌भुत क्षमता होती है कि आप उनके बारे में क्या सोच रहे हैं। वे सिर्फ़ आपके शब्द ही नहीं, बल्कि चेहरे के हाव-भाव, आवाज़ की शैली से भी संकेत ग्रहण करते हैं। यह संभव है कि आक्रोश और वाणी की कड़वाहट के बीच भी आप अपनी वास्तविक भावनाओं को छुपा लें, जिससे लोग आपको ग़लत समझेंगे और आपके प्रति नकारात्मक नज़रिया रखेंगे। मैं एक ऐसे बुज़ुर्ग को जानता हूँ, जो वाक़ई बच्चों के प्रति प्रेमभाव रखते हैं, पर उनके चेहरे पर मौजूद स्थायी आक्रोश और उदासी के भाव बच्चों को भयभीत कर देते हैं। एक ऐसे व्यक्ति को भी मैंने देखा, जो लोगों में अपने प्रति दिलचस्पी तो जगाना चाहता था, पर बेहूदे ठहाके लगाकर उन्हें दूर कर देता था।

कभी-कभार आईने में ख़ुद को देखकर यह जानने की कोशिश करें कि आप अपनी सही अभिव्यक्ति दे पा रहे हैं या नहीं। अपने बोलने की आवाज़ को सुनें। किसी ऐसे व्यक्ति के बारे में सोचें, जिसके बर्ताव को लेकर आपको खीझ होती हो। अपनी इस नाराज़गी को दूर कर कल्पना करें कि वह व्यक्ति मृत्युशैया पर है और आप उसके प्रति सद्‌भाव रखते हैं। *इस* भाव को फैलने दें - जीवन को फूलों की सौगात दें।

4. भावनाओं पर नियंत्रण - कुछ लोग सोचते हैं कि उनका अपनी भावनाओं पर उतना नियंत्रण नहीं है, जितना एक कम्प्यूटर पर उसके प्रोग्रामर का होता है। वे मानकर चलते हैं कि उनके भाव जैसे आक्रोश, झल्लाहट, अवसाद, ईर्ष्या, नाराज़गी तथा द्वेष उनके मस्तिष्क में पहुँचकर विचारों को निर्धारित करते हुए बातचीत पर प्रभाव डालते हैं। उनका रवैया भावनाओं के आगे हार मानकर चलने वाला होता है। वे अपने

आपको ऐसी बातें कहते हुए पाते हैं, जो वे अपनी सही मनोदशा में कभी कल्पना में भी नहीं कहते। वे संबंधों को बिगड़ते देखते रहते हैं, वे ख़ुद ही अपने शिकार बन जाते हैं।

शायद आपका दायरा सीमित है। ग़ुस्सा एक आदत बन सकता है, तनाव से मुक्ति पाने की एक राह हो सकता है। पर क्या आप जानते हैं कि ग़ुस्सा कभी भी कोई सकारात्मक लक्ष्य या दीर्घकालिक लाभ नहीं देता? ग़ुस्सा ऐसी चीज़ नहीं है जो बस आपके साथ हो जाए, जैसे यह कोई बाहरी वस्तु हो, जिस पर आपका नियंत्रण नहीं हो। यह भले ही आदत हो, पर यह आपका चयन भी है। इसलिए आक्रोश और अन्य भावनाओं पर नियंत्रण किया जा *सकता है*। अपने आप में बदलाव लाने के लिए प्रेरित होने से पहले इस बात पर यक़ीन कर लें।

5. आत्म-गौरव - आत्म-गौरव का अर्थ अहंकार नहीं, बल्कि अहंशक्ति है। ऐसी शक्ति वाला व्यक्ति ख़ुद को भूलकर दूसरों पर ध्यान केंद्रित करता है। लोग आत्म-गौरवशाली व्यक्ति से बात करना पसंद करते हैं क्योंकि ऐसा व्यक्ति अड़ियल, खीझा हुआ और जल्दी भयभीत होने वाला नहीं होता।

आत्म-गौरव की कमी अक्सर व्यक्तिगत मूल्य को किसी दूसरे व्यक्ति के मानक पर आँकने से जन्म लेती है। उनके मानक सतही होते हैं जैसे सुंदरता, पैसा, लोकप्रियता, शारीरिक कौशल आदि, पर आप अपने लिए सही मानकों का चुनाव कर सकते हैं। उदाहरण के लिए आप ख़ुद को विशिष्ट व्यक्ति मान सकते हैं। आप सृष्टिकर्ता द्वारा ख़ुद को दी गई मानवीय गरिमा स्वीकार कर अपने नज़दीकी मित्रों से शीर्ष गौरव प्राप्त कर सकते हैं।

अभिभावकों की सबसे महत्वपूर्ण ज़िम्मेदारियों में से एक है कि वे अपने बच्चे में स्वस्थ आत्म-गौरव की भावना भरें। इसके लिए बच्चे के प्रति ऐसे स्वीकार्य भाव का विकास ज़रूरी है, जो उसके द्वारा किए गए

कार्य के बजाय इस पर निर्भर हो कि वह क्या है। दक्षिण कैलिफ़ोर्निया विश्वविद्यालय में फ़ुटबॉल के प्रशिक्षक जॉन मैक्के ने अपने बेटे जॉन जूनियर के शानदार प्रदर्शन पर ऐसी ही टिप्पणी की थी। जब उनसे पूछा गया कि क्या वे अपने बेटे की उपलब्धियों पर गर्व करते हैं, कोच मैक्के ने जवाब दिया :

> हाँ, मैं ख़ुश हूँ कि जॉन का पिछला सत्र अच्छा रहा। वह अच्छा खेला और *मैं* गौरवान्वित हूँ। पर मैं तब भी गौरव का अनुभव करता, यदि मेरे बच्चे ने कभी फ़ुटबॉल खेली ही नहीं होती।[7]

6. आत्मविश्वास - आत्म-गौरव की चट्टान पर आत्मविश्वास की भव्य संरचना खड़ी होती है, जिसका अर्थ है किसी भी परिस्थिति में अपने आंतरिक संसाधनों पर पूर्ण विश्वास और निर्भरता। आत्मविश्वास ख़तरे उठाने की इच्छा को दर्शाता है क्योंकि व्यक्ति जानता है कि असफलता पर भी वह बिना हिचक के, अपने आपसे आँखें मिला सकता है। विश्वास अपरिचित व्यक्तियों से चर्चा और नई स्थितियों से मुक़ाबले का साहस है क्योंकि वह व्यक्ति के *भीतर* कभी नाकाम न होने वाले तंत्र का सृजन करता है।

वार्तालाप के दौरान आत्मविश्वास व्यक्ति को अपनी बात कहने और दूसरे की बात सुनने में मदद करता है। अनुचित माँग, तीखी स्थितियाँ, फ़तवेनुमा सुझाव - ये सभी आत्मविश्वास के उसी प्रकार विरोधी हैं जैसे रात और दिन। किसी झूठी छवि को संरक्षित करने या प्रचारित करने की ज़रूरत के बग़ैर एक आत्मविश्वासी व्यक्ति अपने से भिन्न दूसरों के नज़रिये को खुले दिमाग़ से लेता है और ईमानदारी से अपनी बात रखता है।

आत्म-गौरव की तरह आत्मविश्वास भी एक दिन में पैदा नहीं होता। इस प्रक्रिया की शुरुआत आप क्या हैं? क्या होना चाहते हैं? कैसे लोगों से पेश आना चाहते हैं? के प्रारूप की रचना से होती है। एक

बार में एक ही चरण तय करें, फिर आत्मविश्वास की रचना आसान हो जाएगी। विकास के लिए निर्धारित स्पष्ट कार्ययोजना पर अमल कर कोई भी आत्मविश्वास की प्राप्ति कर सकता है।

7. अपने आपको दूसरों के साथ बाँटना - कई लोग अपने बारे में बातें करते हैं, पर बहुत कम अपने वास्तविक स्वरूप को दूसरों के साथ बाँटते हैं। कुछ लोगों को "गोपनीय व्यक्ति" कहलाने में गौरव की अनुभूति होती है। अन्य व्यक्ति बचपन से जुड़े मूक स्वभाव और भय तले दबकर रहना पसंद करते हैं। दूसरों के साथ अपने अतिरिक्त स्वरूप की साझेदारी से बचने के कई कारण हैं। चार्ल्स शुल्ट्ज़ ने ऐसे ही एक कारण को बताया है। देखें चित्र 2-1 (अगले पृष्ठ पर)

लूसी बता रही है कि क्यों दूसरों के साथ अपनी भीतरी बातें बाँटना बेवक़ूफ़ी है, पर अगर हम *तुरंत* मान लें कि दूसरों पर भरोसा नहीं किया जा सकता, तो हम संवाद के ज़रिये ख़ुद को पाने के लाभ खो देंगे। स्विस मनोचिकित्सक पॉल तॉर्निएर के शब्दों में -

> "कोई भी अपनी ही खोज के ज़रिये ख़ुद को जानने का दावा नहीं कर सकता... यह सिर्फ़ चर्चा से ही संभव है। इसके लिए दूसरों के साथ वार्तालाप आवश्यक है। दूसरों के सामने अपने विचार अभिव्यक्त करके ही वह इनके प्रति सचेत रह पाता है। अपने बारे में स्पष्ट दृष्टि रखने वाले को एक स्वतंत्र, वैचारिक सुझाव वाले विश्वासपात्र व्यक्ति का चयन करना चाहिए, जो इस विश्वास के क़ाबिल हो। यह कोई मित्र, जीवन साथी अथवा चिकित्सक भी हो सकता है।"[8]

चर्चा संबंधी असफलता को सफलता में बदलने के लिए बड़बोलेपन या बुद्धिमत्ता से कहीं ज़्यादा ज़रूरी व्यक्तित्व संबंधी ये गुण हैं। कोई भी इन्हें निजी लक्ष्य बनाकर हासिल कर सकता है। इसके लिए ज़रूरी है कि ये लक्ष्य निरंतर दिमाग़ में रखे जाएँ और दृढ़तापूर्वक इनका अनुसरण किया जाए।

अपनी सर्वश्रेष्ठ अभिव्यक्ति दर्शाएँ

चित्र 2–1

विजय पाने की दिशा में कार्ययोजना

1. समस्या सुलझाने वाले जानते हैं कि यदि वे समस्या को भली भाँति जान लें, तो यह उसके समाधान की ओर बड़ा क़दम माना जाता है। इस अध्याय के द्वितीय खण्ड "चर्चा में रुकावट के कारण" की समीक्षा करने के पश्चात अपनी संवाद संबंधी कठिन समस्याओं की सूची बनाएँ। अब उन समस्याओं पर काम करें, जिन्हें आज ही सुलझाया जा सकता है।

2. कभी-कभी हम बातचीत के नकारात्मक तरीक़े अपना लेते हैं जिनके बारे में हमें ख़ुद भी पता नहीं होता (जैसे ज़्यादा बोलना या निर्णायक की तरह व्यवहार करना) इसे जानने के लिए सप्ताह भर तक अपने वार्तालाप को रिकॉर्ड करें या काग़ज़ पर लिखें। अपने निष्कर्ष का ब्यौरा रखें।

3. आपसी समझबूझ के लिए प्रतिक्रिया ज़रूरी है, अपने किसी भरोसेमंद दोस्त से इसके लिए मदद लें। उदाहरण के लिए उससे पूछें : "मेरे बातचीत के तरीक़े में तुम्हारे लिहाज़ से क्या कमियाँ और ख़ूबियाँ हैं?" उसका जवाब ध्यानपूर्वक सुनें। सुरक्षात्मक होने की कोशिश न करें। याद रखिए, नकारात्मक तरीक़े के प्रति सजग होना ही उसे दूर करने का प्रथम चरण है।

3

चर्चा की नकारात्मक आदतों को दूर करें

मानव प्रजाति अपने आप में अनूठी है क्योंकि सिर्फ़ उसके पास ही विकल्प रचने, पहचानने और इस्तेमाल करने की क्षमता है...। यह मानवीय विशिष्टता का अंग है कि हमें चयन की दीक्षा मिली हुई है।[1]

नॉर्मन कज़िन्स

हमारे वार्तालाप में, जितना हम समझते हैं उससे कहीं ज़्यादा आदतों का प्रभाव होता है। टेलीफ़ोन पर बात करते हुए, बच्चे को अनुशासित करते हुए, किसी समस्या पर प्रतिक्रिया दर्शाते हुए या भावनाओं की अभिव्यक्ति के समय हम अवचेतन में कई तरीक़े विकसित कर लेते हैं। ऐसे कई सामान्य घटनाक्रमों से हमारी आदतें बनती हैं।

जब आदतें संवाद की प्रक्रिया में समस्या बनने लगें, तो इसका कारण अन्य व्यक्ति द्वारा हमें किस तरह लिया जा रहा है, इसके प्रति हमारा अनजान रहना होता है। यदि एक पुत्र अपने पिता से किसी व्यक्तिगत समस्या, किसी सपने या महज़ दिनचर्या को लेकर बात करने की कोशिश करता है और पिता अख़बार में खोए हुए उदासीनतापूर्वक

जवाब देते हैं, तो वे पुत्र के साथ अपने संबंध को आदत के ज़रिये ख़राब कर रहे हैं। एक पत्नी अगर अपने पति से भी उसी तरह बात करे, जैसे वह अपने बच्चे से करती है, तो इस आदत की वजह से वह उस अंतरंगता को नष्ट कर देगी, जिसकी उसे तलाश है। किसी संस्था का अध्यक्ष अपने कर्मचारियों से आदर की अपेक्षा रखने के बावजूद अड़ियल रुख़ या दृष्टिकोण रखने की आदत से इस संभावना को ख़त्म कर देगा।

क्या हम बदल सकते हैं? क्या हम अपने शब्द और बोलने के अंदाज़ का चयन कर सकते हैं? कई व्यक्ति यह दोनों नहीं कर पाते। अपनी चर्चा में रुकावट का कारण न समझ पाने की वजह से वे तनाव, एकाकीपन और सबसे ख़तरनाक निराशा का अनुभव करते हैं, किंतु जैसे-जैसे हम प्रयास करते हैं और अपने कहे शब्दों तथा कहने की शैली के चयन को वक़्त देते हैं, हमारी चर्चा की नकारात्मक आदतें बदलने लगती हैं।

कम्प्यूटर प्रोग्रामर एक संकेत "जी.आई.जी.ओ." का प्रयोग "गार्बेज इन, गार्बेज आउट" की अभिव्यक्ति के लिए करते हैं। अर्थात् जो आप कम्प्यूटर में प्रोग्राम करेंगे, वही बाहर आएगा। अगर बातचीत आपकी इच्छानुसार नहीं है, तो अपने मस्तिष्क को *डिप्रोग्राम* कर ऐसा कार्यक्रम तय कर सकते हैं, जो आपको विजयी परिणाम दे। बातचीत में जिताने वाली "प्रोग्रामिंग" इसलिए संभव है क्योंकि आप अपनी बातचीत को प्रभावित करने वाले इन चार प्रमुख कारकों पर नियंत्रण कर सकते हैं:

आपके शब्द
आपका लक्ष्य
आपकी रणनीति
आपकी प्रतिबद्धता

अपने शब्द चुनें

सबसे पहली बात, आप अपने लिए *शब्द* चुन सकते हैं। सैकड़ों विचार सूत्रों और अनुभव से जुड़े प्रभावों में से आप एक विचार और फिर उसकी

अभिव्यक्ति के लिए शब्दों का चुनाव करते हैं। यह चयन आदत अथवा अवचेतन पर आधारित हो सकता है। इसे चेतन स्वरूप में लाने के लिए आपको सिर्फ़ उन पर केंद्रित होना है।

शब्द चयन बातचीत को कैसे प्रभावित कर सकता है, इसका एक उदाहरण यहाँ दिया गया है -

टेलीफ़ोन पर बातचीत

डिक : हेलो ज़ेन, मैंने एक घंटे पहले भी तुमसे संपर्क करना चाहा पर कोई जवाब नहीं मिला।

पहला विकल्प

ज़ेन : प्रिय, मैं ख़रीदारी पर गई थी। तुमने क्या सोचा है?

डिक : बॉस ने मुझे पिक्चर के दो टिकट दिए हैं। मैं जानना चाहता हूँ यदि आज रात तुम ख़ाली हो तो क्या तुम साथ चलना पसंद करोगी?

ज़ेन : हाँ, मेरे पास समय है और मैं ज़रूर चलना चाहूँगी। कब चलेंगे?

दूसरा विकल्प

ज़ेन : तुम फिर मेरी जासूसी कर रहे हो! तुम यह सब कब बंद करोगे?

डिक : नहीं! मैं तुम्हारी जासूसी नहीं कर रहा था! तुम इतनी विचलित क्यों हो?

ज़ेन : ठीक है। तुम क्या चाहते हो?

डिक : अब छोड़ो भी, जाने दो।

पहला विकल्प सीधा-सादा है, जिसमें दूसरे व्यक्ति से बातचीत में पूर्वाग्रह रखे बग़ैर जवाब दिया गया है। दूसरे विकल्प में आक्रोश और निष्कर्षवादी मानसिकता दर्शाई गई है। किंतु इन दोनों मामलों में कहे गए शब्दों का अपने सहयोगी पर असर साफ़ नज़र आता है।

अपने लक्ष्य निर्धारित करें

दूसरा क़दम यह कि आप अपनी चर्चा को दिशा और सार्थकता प्रदान करने के लिए *लक्ष्य* निर्धारित कर सकते हैं। लक्ष्य के बग़ैर आपके विचार, बोलने का तरीक़ा, ध्वनि की रफ़्तार और शारीरिक भाषा सिर्फ़ समय पर केंद्रित एक आदत बनकर रह जाएँगे, किंतु सुस्पष्ट लक्ष्य के साथ आपकी अभिव्यक्ति मंज़िल से नहीं भटकने पाएगी।

लक्ष्य निर्धारित करना बातचीत की कला के विकास में आपके लिए महत्वपूर्ण सहायक तत्व हो सकता है - किंतु यदि आपके लक्ष्य अस्पष्ट और अयथार्थवादी हों, तो इससे झल्लाहट भी हो सकती है। *पीपुल इन क्वान्ड्रीस* के लेखक वेंडेल जॉन्सन ने इसे आई.एफ़.डी. बीमारी नाम दिया। *आई.* अर्थात् आइडियलाइज़ेशन या आदर्शवादीकरण, *एफ़* यानी फ्रस्ट्रेशन या खीझ, *डी* का मतलब डिमॉरेलाइज़ेशन या हताशा है। जॉन्सन के अनुसार जब आप पहुँचने की राह बनाए बग़ैर अति आदर्शवादी लक्ष्य निर्धारित करते हैं, तो आपको खीझ और हताशा हाथ लगती है और अंततः आप हार मान लेते हैं।

आई.एफ़.डी. बीमारी का इलाज करने और अपने अंतर्वैयक्तिक संबंधों में एक गहरी उपलब्धि का एहसास पाने के लिए आपको अपनी चर्चा के लक्ष्य स्मार्ट रखने होंगे। स्मार्ट (SMART) यहाँ दिए गए लक्ष्यों का आधार शब्द है :

स्पेसिफ़िक (विशिष्ट) - आपका लक्ष्य दूसरे कार्यों से अलग कार्य करने वाला होना चाहिए। उदाहरण के लिए "मैं लोगों से चर्चा के दौरान ज़्यादा सुनना चाहती हूँ," कहने के बजाय आप कह सकती हैं - "मैं अपने पति से चर्चा के दौरान उन्हें पूरा महत्व देना चाहती हूँ।"

मेज़रेबल (मापने योग्य) - आपका लक्ष्य आपके कार्य या बर्ताव की परिमाप दर्शाने वाला होना चाहिए। यह कहने की अपेक्षा कि "मैं अपने पति की बात और ज़्यादा सुनना चाहती हूँ" आप कह सकती हैं, "मैं

अपने पति को कम से कम पंद्रह मिनट तक प्रतिदिन पूरे ध्यान से सुनना चाहती हूँ"

अफ़र्मेटिव (निश्चयात्मक) : आपके लक्ष्य से सकारात्मक क्रिया नज़र आनी चाहिए, जो आपको बेकार के कामों के बजाय सीधे लक्ष्य की ओर ले जाए। जैसे यह कहने के बजाय कि "जब पति मेरे आस-पास रहते हैं तो मैं परेशानी महसूस करना नहीं चाहती।" आप अपने विशिष्ट और मापने योग्य लक्ष्य में जोड़ सकती हैं "मैं अपने पति को बताऊँगी कि मैं उनकी परवाह करती हूँ और उनके साथ रहना मुझे अच्छा लगता है।"

रियलिस्टिक (यथार्थपरक) : अपने लक्ष्य को प्राप्त करने योग्य बनाए रखने के लिए उसे फ़ौरन काम में आने लायक़ बनाएँ। ऐसा लक्ष्य वास्तविक नहीं होता, जहाँ पहुँचना आपके नियंत्रण से बाहर हो। लिहाज़ा यदि आप अपने पति से सवाल के ज़रिये वार्तालाप शुरू करना चाहती हैं, तो इसे तुरंत कर डालें, आपका लक्ष्य पूरा हो जाएगा, फिर भले ही पतिदेव आपके प्रश्नों का कैसा भी जवाब दें। एक यर्थाथपरक लक्ष्य आपको नई चुनौतियों के साथ यह विश्वास भी देता है कि आप उस तक पहुँच सकते हैं।

टाइम-कांस्ट्रिक्टेड (समय केंद्रित) : आपका लक्ष्य आपके कार्य की समय सीमा निर्धारित करने वाला होना चाहिए। यह कहने के बजाय कि "मैं इस लक्ष्य पर निकट भविष्य में काम शुरू करना चाहूँगी" यह कहें कि "मैं इस लक्ष्य को आज रात ही डिनर पर अपनाऊँगी।"

इन सभी को एक साथ रख, आप अपने स्मार्ट लक्ष्य को इस प्रकार लिख सकते हैं –

> मैं अपने पति पर कम से कम पंद्रह मिनट प्रतिदिन पूरा ध्यान दूँगी। मैं उन्हें बताऊँगी कि मुझे उनके साथ रहना अच्छा लगता है और मैं उनकी परवाह करती हूँ। मैं आज डिनर पर अपने प्रश्नों से उनके साथ वार्तालाप शुरू करूँगी।

स्मार्ट लक्ष्य के उपयोग का एक सरल और उपयोगी तरीक़ा यह है कि आप अपना एक लक्ष्य चुनें और हफ़्तेभर उस पर कार्य करें। जब इसमें दक्षता हासिल हो जाए, तब दूसरा लक्ष्य लें। शुरुआत में एक ऐसे लक्ष्य को चुनें, जो पूरा किए जाने योग्य हो, उसकी पूर्ति पर अपने आप को ख़ास तरीक़े से इनाम दें। अपने लक्ष्य की ओर यात्रा और उसकी उपलब्धि में ख़ुद आनंद महसूस करें। बातचीत में जीत की प्राप्ति की ओर बढ़ने में गौरव का अनुभव करें।

अपनी रणनीति बनाएँ

सैन्य शब्दावली में *रणनीति* का अर्थ शत्रु को पराजित करने वाली मुठभेड़ की योजना बनाने के विज्ञान या कला से होता है। चर्चा में नकारात्मक आदतें ही हमारी शत्रु हैं। इस शत्रु पर विजय के लिए सुनिश्चित योजना या रणनीति ज़रूरी है। आपका लक्ष्य जीत को पाना है। आपकी रणनीति बताती है, इसे कैसे हासिल किया जाए।

व्यवहार विज्ञान के विशेषज्ञ बताते हैं कि निम्न रणनीतियाँ हमेशा प्रभावी साबित हुई हैं। इन्हें किस प्रकार अपने लक्ष्य पर लागू किया जाए, यह बताने के लिए हम यह काल्पनिक स्थिति निर्धारित करते हैं। आप और आपका जीवनसाथी ठीक प्रकार से बात नहीं करते। छोटे मनमुटाव बड़ी बाधाओं की शक्ल ले लेते हैं। दर्दनाक ख़ामोशी तोड़ने के लिए आप बोलते हैं पर साथी की शिकायत है कि आप सुनने को तैयार नहीं होते। लिहाज़ा आप यह लक्ष्य निर्धारित करते हैं :

> आज रात सोने से पहले मैं अपने साथी से प्रश्न पूछूँगा और कम से कम पंद्रह मिनट तक उसकी बात शांतिपूर्वक सुनूँगा।

फिर आप निम्न रणनीति पर काम करते हैं :

अपनी बाधाओं को स्पष्ट करें – जब तक आप अपनी बाधाओं को पहचान नहीं लेते, आप जान नहीं पाएँगे कि उनको कैसे दूर किया जाए। काग़ज़ पर तमाम बाधाओं को लिखकर समान बाधाओं के समूह बनाइए।

फिर प्रत्येक समूह को प्राथमिकता या महत्व के आधार पर नंबर देकर तय करें कि किस समूह से पहले पार पाना है।

उपरोक्त लक्ष्य से संबंधित कुछ संभावित बाधाएँ इस प्रकार हैं। समान नंबर से समान बाधा वाले समूह रेखांकित किए गए हैं और 1 से 5 तक के पैमाने पर उनका उल्लेख है, जिन्हें पहले दूर किया जाना है।

2. हमारी दिनचर्या में पर्याप्त समय नहीं है।
1. मैं अपने साथी के पसंदीदा वार्तालाप-उनके कार्य के तकनीकी विवरण में रुचि नहीं रखती।
2. जब आख़िरकार हमारे पास समय होता है, हम दोनों ही स्पष्ट रूप से सोचने के लिए थक चुके होते हैं।
4. मेरे बोलने का तरीक़ा जीवनसाथी को दूर कर देता है।
3. बोलते वक़्त मैं बचाव करने लगती हूँ।
3. पति के विचार महत्वपूर्ण लगते हैं, मेरे इतने नहीं।
1. बोलते वक़्त मैं गंभीरता से यही सोचती रहती हूँ कि आगे क्या कहना है, पर वक़्त आने पर कुछ सूझता ही नहीं।
1. कभी-कभी मुझे लगता है कि मेरे पास बोलने के लिए ज़रूरत से ज़्यादा चीज़ें हैं।
5. मुझे सचमुच पता नहीं, मेरा साथी मुझसे बात क्यों नहीं करना चाहता।

समाधान विकसित करें - अब आसान चरण सामने हैं। एक बार जब आप अपनी समस्या स्पष्ट रूप से निर्धारित कर लेते हैं, समाधान अपने आप सामने आने लगता है। यहाँ प्रत्येक बाधा का समाधान है -

1. मैं क्या कहने जा रही हूँ, इसकी चिंता नहीं करूँगी। सिर्फ़ ध्यानपूर्वक बात सुनकर प्रश्न पूछूँगी। मैं जानना चाहूँगी कि मेरे साथी को उसके कार्य में क्या उत्साहित करता है।

2. हमारे पास एक-दूसरे के लिए समय है। मैं पति को पंद्रह मिनट तक बग़ैर ध्यान खोए निश्चित रूप से सुन सकती हूँ। यदि ज़रूरी हुआ, तो मैं बात करने से पहले आराम कर सकती हूँ, ताकि उनकी बात पर पूरा ध्यान दे सकूँ। यदि एक-दूसरे के लिए वक़्त निकालने की ज़रूरत पर पति से बात करूँ, तो मुझे पूरी उम्मीद है कि हम इसका समाधान ढूँढ़ सकते हैं।
3. इस बाधा का समाधान मूलतः एक रुझान है। मैं यह रुख़ रखूँगी कि पति से स्पर्धा करने की आवश्यकता नहीं है। एक व्यक्ति के बतौर मेरी ख़ुद की पहचान है। मुझे इसे साबित करने की ज़रूरत नहीं है। मैं अपने पति के विचारों का लुत्फ़ उठाऊँगी।
4. मेरे बोलने का नकारात्मक तरीक़ा संभवतः मेरे सुरक्षात्मक रवैये और इस एहसास की वजह से है कि मैं क्या बोलूँगी। इसका मुक़ाबला अपनी शक्ति के बल पर करते हुए अपने पति की भूमिका में ख़ुद को रखकर सुनूँगी कि मैं क्या कह रही हूँ। मैं अपने पति को रोज़ाना सराहने का अभ्यास करूँगी।
5. उपरोक्त उपायों के बाद भी यदि बाधा क्र. 5 बाक़ी रहती है, तो मैं पति से चर्चा करूँगी कि अपनी बातचीत की समस्या को दूर कर वार्तालाप को एक-दूसरे के पसंद आने लायक़ कैसे बनाया जाए।

वाक़ई, आपकी बाधाओं के श्रेष्ठ समाधान आपके भीतर ही हैं। वस्तुतः आप यह जानकर हैरत में पड़ जाएँगे कि आपकी समस्या दूर करने की क्षमता आपके समक्ष समझबूझ के नए द्वार खोलती है। कुछ समय में आपको समस्या दूर करने की प्रक्रिया आनंददायक लगने लगेगी। तब समझें कि आप प्रगति पर हैं।

अनुकरणीय व्यवहार को आदर्श बनाएँ - यदि आपसे कहा जाए कि अपने आदर्श वक्ता को चुनें, तो आप किसे चुनेंगे? वह आदर्श वक्ता

क्यों है? ख़ासतौर पर वह सुनता किस प्रकार है? उसकी बॉडी लैंग्वेज क्या कहती है? अपनी आँखों से वह क्या संकेत देता है? वह किस प्रकार के प्रश्न पूछता है? अपने श्रोताओं को वह किस प्रकार सहज रखता है? किसी दूसरे व्यक्ति की ख़ूबियों का अनुसरण कर उसे अपने लिए आदर्श व्यवहार की शक्ल में ढालना आसान है, क्योंकि एक बार ऐसा व्यवहार देख लेने के बाद उसे दोहराना आसान हो जाता है।

सफलता की कल्पना करें - आपका मस्तिष्क एक शक्तिशाली सहयोगी है। अपने लक्ष्य से मिलने वाले लाभ को लिख डालें। अपने सर्वश्रेष्ठ आत्म-स्वरूप की अभिव्यक्ति की कल्पना करें। उस आनंद की कल्पना करें, जो आपके साथी को आपकी कही बात सुनने - समझने से प्राप्त होता है।

सकारात्मक स्वीकृति लिखें - नकारात्मक आदतों को दूर करना और नई को अपनाना मुश्किल होता है। कई लोग कोशिश करते हैं, असफल होते हैं, फिर मैदान छोड़ देते हैं। किंतु यदि वे कोशिश और असफलता के बाद अपने आपको समायोजित करें और फिर सुस्पष्ट लक्ष्य के लिए प्रयास करें, तो सफलता की संभावना काफ़ी बढ़ जाती है।

सकारात्मक स्वीकृति से मस्तिष्क को "फिर प्रयास करने" के लिए प्रोत्साहन मिलता है। वह आपको मनचाही दिशा में आगे बढ़ने के लिए प्रोत्साहित करती है। वह संकेत पत्र की तरह है, जो आपको सही रास्ते पर क़ायम रखे। यहाँ मेरी कुछ पसंद उल्लेखित हैं -

मैं किसी से नहीं डरूँगा।
मैं लोगों से बात करना पसंद करता हूँ।
मैं एक कुशल श्रोता हूँ।
मैं अपने विचार और भावनाएँ विश्वासपूर्वक बाँटता हूँ।
मैं जब बोलता हूँ, लोग सुनते हैं।
मैं असफल होने पर खुद को समायोजित कर फिर प्रयास करता हूँ और सफल होता हूँ।

स्वीकृति को लेकर एक सकारात्मक बात यह है कि उसका आपके अनुभव में मौजूद होना कोई ज़रूरी नहीं। इसके बावजूद वह आपकी प्रगति के स्तर में शक्तिशाली *उपकरण* साबित होती है। उन पर काम कर और उन्हें दोहराकर वास्तविक बनाया जा सकता है।

खुद को इनाम दें - अपनी अच्छी आदतों को नज़रअंदाज़ कर नकारात्मक आदतों के लिए खुद को सज़ा देना खुद को सुधारने का ठीक तरीक़ा नहीं है। यह दुष्परिणाम दे सकता है। व्यवहार विज्ञानी तीन 'आर' की चर्चा करते हैं: रीइनफ़ोर्स्ड रिस्पॉन्सेज़ रिक्योर अर्थात् मज़बूत प्रतिक्रिया खुद को दोहराती है। दूसरे शब्दों में यदि आप नए कौशल को लागू करते हुएं अपने आप को पुरस्कृत करते हैं और नकारात्मक आदत दूर रखते हैं, तो दरअसल आप अपनी सकारात्मक आदत को मज़बूत करते हुए उस कौशल के बार-बार इस्तेमाल की संभावना बढ़ा रहे हैं। लिहाज़ा किसी प्रकार से खुद को पुरस्कृत करने की कोशिश करें। यह पुरस्कार कुछ भी हो सकता है - सुबह-सुबह पिज़्ज़ा का ऑर्डर जैसी दिल्लगी या फिर वह सबकुछ जो आपको अपने लक्ष्य तक पहुँचने में मिली सफलता के अनुभव का फ़ायदा पहुँचाए।

अपनी प्रतिबद्धताओं पर काम करें

न्यूयॉर्क लॉटरी 'इंस्टेंट मिलियनेयर्स' पर एक सर्वेक्षण किया गया। कमोबेश सभी मामलों में, जहाँ लाभार्थी अपने जीवन में महत्वपूर्ण प्रगति नहीं कर पाया था, उनको मिला पैसा शीघ्र ही ख़त्म हो गया। यहाँ कमज़ोर कड़ी क्या थी? *प्रतिबद्धता* - निजी लक्ष्य के लिए आवश्यक अनुसरण की ख़ूबी।

संवाद में भी नकारात्मक आदतों को दूर करने के लिए प्रतिबद्धता ज़रूरी है। मज़बूत प्रतिबद्धता के अभाव में बचाव की आदत महत्वपूर्ण निष्कर्ष को छुपा देगी। चर्चा की रणनीति पर काम करते हुए छोटी परेशानियाँ अंततः बड़ी बाधाओं की शक्ल ले लेती हैं। यहाँ चार प्रतिबद्धताएँ हैं, जो आपको पिछली बाधाओं से उबरकर सकारात्मक आत्म-अभिव्यक्ति में मददगार होंगी :

चर्चा की नकारात्मक आदतों को दूर करें

1. मैं अपनी संवाद समस्याओं का ईमानदारी से सामना करूँगा, ताकि उनका समाधान करना शुरू कर सकूँ।
2. चर्चा के दौरान अपने सर्वश्रेष्ठ आत्म-स्वरूप की अभिव्यक्ति का पूरा प्रयास करूँगा।
3. परिवर्तन की ताक़त का परिचय देकर लोगों से संबंध के तरीक़े विकसित करूँगा।
4. ज़रूरत के मुताबिक़ क़दमों पर अमल कर लोगों से वैसे संबंध विकसित करूँगा, जैसे अपने लिए अपेक्षा करता हूँ।

ऐसी प्रतिबद्धता करने के प्रत्यक्ष रूप से कई बेहतर कारण हैं। आप तभी सीखते हैं, जब सीखने को प्रतिबद्ध हों।

जब आप इन प्रतिबद्धताओं पर नियमित रूप से काम करना शुरू करते हैं, तो सकारात्मक परिवर्तन के शत्रुओं जैसे स्वार्थीपन, सुरक्षात्मकता, पराजित सोच और अपनी निरर्थकता के एहसास पर विजय पाएँगे। जब आप नकारात्मक आदतों को दूर कर उद्देश्यपूर्ण, सकारात्मक आत्म अभिव्यक्ति को सामने लाते हैं, तो आपका मस्तिष्क रचनात्मक, समस्या दूर करने वाली ऊर्जा प्रवाहित करना शुरू कर देगा। आप देखेंगे कि आप कैसे अपनी ज़िंदगी में महत्वपूर्ण व्यक्तियों से तालमेल और सार्थकता के नए स्तर प्राप्त कर सकते हैं। आपकी बातचीत का नया अंदाज़ चुस्त पोशाक की तरह आप पर जँचने लगता है। सफल बातचीत एक "आदत" बन जाएगी।

विजय पाने की दिशा में कार्ययोजना

1. अपनी नकारात्मक संवाद आदतों की सूची बनाएँ। यदि तुरंत याद न आए, तो मित्र या परिवारजनों से पूछें। वे जो भी कहें, उनसे तर्क न करें। बस मुस्कराएँ और लिखें। मुस्कराएँ इसलिए क्योंकि आप जानते

हैं कि आप इन नकारात्मक आदतों को दूर कर सकते हैं। और अपने लक्ष्य के पहले क़दम के रूप में उन्हें लिख लें।

2. अपने महत्वपूर्ण व्यक्ति के साथ संवाद हेतु स्मार्ट लक्ष्य लिखने की शुरुआत इस प्रकार करें : ________________, से संवाद सुधार के लिए मैं निम्न कार्य करूँगा : [उन ख़ास क़दमों की सूची बनाएँ, जिन पर काम करने की ज़रूरत आपको महसूस होती हो]।

3. यदि उस व्यक्ति से संवाद का अनुभव संतोषजनक न रहे, तो अपने लक्ष्य, रणनीति व प्रतिबद्धता का विश्लेषण करें। "नकारात्मक आदत" शीर्षक के अंतर्गत आपने जो कहा, आपके लक्ष्य क्या थे इत्यादि लिखें। "सकारात्मक आदत" में उन परिवर्तनों का उल्लेख करें, जो आप बातचीत में सुधार के लिए करेंगे।

	नकारात्मक आदतें	*सकारात्मक दिशा*
शब्द :		
लक्ष्य :		
रणनीति :		
प्रतिबद्धता :		

4. विजय की दिशा में बढ़ते चरण को 3x5 आकार के कार्ड पर लिखकर वहाँ रखें, जहाँ आपकी नज़र बार-बार पड़ती हो। उदाहरण के लिए "मैं ________________ से बात करना और उनकी बात सुनना पसंद करता/करती हूँ।" "मैं ऐसा व्यक्ति बन रहा हूँ, जिससे बात करने में लोगों को अच्छा लगता है।" यह सोचें कि आप अपने चर्चा के लक्ष्य की ओर बढ़ रहे हैं। उस पर काम करें, तो सचमुच उस लक्ष्य तक पहुँचेंगे!

4

सुनने की कला सीखें

सिर्फ़ एक दिन... एक घंटे... एक पल के लिए मेरी बात सुनो। इसके पहले कि मैं अपने भयावह उजाड़ में, अपने सूने अकेलेपन में मर जाऊँ। हे ईश्वर, क्या यहाँ मुझे सुनने वाला कोई नहीं है?[1]

सेनेसा, ई.पू.4

बाइबल के अनुसार सैमसन ने एक गधे के जबड़े की हड्डी से दस हज़ार फ़िलिस्तीनियों को मार डाला था। मुझे यक़ीन है कि इसी उपकरण से रोज़ाना इससे कहीं ज़्यादा संवादों की मौत होती है।

आदर्श रूप में वार्तालाप आपसी आदान-प्रदान अर्थात् बोलने और सुनने पर निर्भर होता है। दुर्भाग्यवश बोलने वाले तो बहुत मिलते हैं, पर सुनने वाले कम। आप याद करें, पिछली बार जब आप किसी से बात कर रहे थे और श्रोता किसी सोच-विचार में डूबा हुआ था। तब आपने पाया होगा कि वह आपको सुनने के बजाय ये सोच रहा था कि आपकी बात ख़त्म होते ही उसे क्या बोलना है।

क्या आप ऐसे दस नाम बताएँगे, जो आपकी बात सोच समझकर

सुनते हों... ऐसे लोग, जो आपकी बात पर सुनने के बाद विचार करते हों, आपकी तरह सोचते हों और आपके कहने से पहले मन की बात समझ जाते हों? कुछ लोग सिर्फ़ पाँच नाम ही गिना सकेंगे। ज़्यादातर लोगों को ऐसे व्यक्तियों की तलाश रहती है, जिनसे वे अपने मन की बात कह सकें और जो उनकी बात सुनें।

आख़िर सुनने के लिए इतने कम लोग तैयार क्यों होते हैं? सुनने का गहरा, काला राज़ क्या है, जो लोगों को इस कला में महारत पाने से रोकता है? ऐसा कोई राज़ नहीं है! अलबत्ता कुछ सरल उपाय हैं, जो अच्छा श्रोता बनने के लिए ज़रूर अपनाए जाने चाहिए। ये मुश्किल नहीं हैं। कोई भी इनका अभ्यास कर अच्छा श्रोता बन सकता है।

इन चरणों की चर्चा से पहले जानना ज़रूरी है कि बेहतर ढंग से सुनना *क्यों* महत्वपूर्ण है। स्पेरी कॉरपोरेशन ने पाया कि सुनने की कला में प्रशिक्षण के बग़ैर हम अपने सुने हुए का सिर्फ़ 25 प्रतिशत ही समझ पाते हैं। और व्यावसायिक व निजी दोनों ही संबंधों में बात पूरी तरह न सुनने की महँगी क़ीमत चुकानी पड़ती है। सुनने की साधारण ग़लतियों से व्यवसाय जगत को हर साल करोड़ों डॉलर की हानि होती है। निजी रिश्तों में सुनने की सामान्य ग़लतियों के फलस्वरूप बातचीत में रुकावट उपजने से लोगों की आपसी समझबूझ बिगड़ जाती है। यहाँ इसे स्पष्ट करने के लिए घर से भागे एक किशोर का पत्र है –

प्रिय अभिभावक,

हर चीज़ के लिए आपका शुक्रिया, मगर मैं नए सिरे से ज़िंदगी की शुरुआत के लिए शिकागो जा रहा हूँ।

आपने पूछा था कि मैंने इतनी तकलीफ़ें क्यों दीं और वह बातें क्यों कीं। मेरे लिए इसका जवाब आसान है, पर मैं नहीं जानता, आप मेरा स्पष्टीकरण समझ पाएँगे।

याद है, जब मैं छह या सात साल का था और मैं केवल ये चाहता था कि आप मेरी बात सुनें? मुझे याद है, वे सारी चीज़ें जो आपने

क्रिसमस और मेरे जन्मदिन पर मुझे दी थीं और उन्हें पाकर मैं वाक़ई ख़ुश हुआ था ... हफ़्ते भर के लिए ... मगर वर्ष के शेष समय में मैं उपहार नहीं, सिर्फ़ इतना चाहता था कि आप मुझे यह महसूस कर सुनें कि मैं भी भावनाएँ रखता हूँ, मैं भी कुछ हूँ। बचपन में कई चीज़ें मुझे महसूस होती थीं, पर आपका कहना था कि आप व्यस्त हैं।

माँ, आप शानदार खाना पकाती हैं, आपकी हर चीज़ साफ़-सुथरी रहती थी, पर इन सब कामों में आप इतनी ज़्यादा व्यस्त रहती थीं कि आप थक जाती थीं; पर, माँ क्या आप जानती हैं? – मैं केवल बिस्कुट और मक्खन खाकर भी ख़ुश रहता यदि आप कुछ देर के लिए दिन में मेरे पास बैठतीं और मुझसे पूछतीं : "मुझे सबकुछ बताओ ताकि मैं तुम्हारी मदद कर सकूँ!"

डोना के जब कभी बच्चे हों, तो उसे बताना कि वह उस बच्चे पर ध्यान दे, जो मुस्कराता नहीं है, क्योंकि भीतर से उसे रोना आ रहा होगा। छह दर्जन बिस्किट पकाने में व्यस्त होने से पहले उसे यह जाँच लेना चाहिए कि कहीं उसके बच्चे के पास उसे सुनाने के लिए कोई सपना, कोई उम्मीद या ऐसी ही कोई चीज़ तो नहीं है क्योंकि छोटे बच्चों के लिए भी विचार महत्वपूर्ण होते हैं, भले ही अपनी बात कहने के लिए उनके पास ज़्यादा शब्द न हों।

मेरे ख़्याल से हर बच्चा अपने वयस्कों को व्यस्त देखते हुए उस व्यक्ति की तलाश करता है, जो उसकी बात सुने, उससे नर्मी से पेश आए। आपने यदि कभी मुझे टोकते हुए खेद व्यक्त किया होता, तो मैं ख़ुशी से बिछ जाता।

अगर कोई पूछे कि मैं कहाँ हूँ, तो कहना, मैं ऐसे लोगों की तलाश में निकला हूँ, जिनके पास समय हो क्योंकि मेरे पास कई ऐसी बातें हैं, जिनके बारे में मैं चर्चा करना चाहता हूँ।

प्यार सहित,
आपका पुत्र[2]

एक के बाद एक धीरे-धीरे, क्रमशः अड़ियल होकर की गई ग़लतियाँ लोगों के बीच दीवार खड़ी कर देती हैं।

सुनने के मामले में ग़लती नहीं होनी चाहिए; और सुनने का सकारात्मक कौशल सीखा जा सकता है। सुनने के शोध और प्रशिक्षण पर 50 से 60 लाख डॉलर प्रतिवर्ष ख़र्च करने वाले स्पेरी कॉरपोरेशन के अनुसार विद्यालयों में, जहाँ सुनने की तकनीक सिखाई जाती है, सुनने की समझ महज़ कुछ महीनों में दो गुनी हो जाती है। बेहतर सुनने की दिशा में निम्न छह क़दम उठाकर आप भी अपने सुनने के कौशल को विकसित कर सकते हैं।

पहला क़दम :

सुनने का चयन करें

जब तक हम यह पहला क़दम नहीं उठाएँगे, हमारे बेहतर सुनने के प्रयास की दिशा में बाधाएँ आती रहेंगी। प्रभावी श्रवण में तीन सामान्य रुकावटें ख़ासतौर पर चिंताजनक हैं, जिनमें पहला है *तनाव*। शोध के अनुसार हृदय रोग, कैंसर, दुर्घटना, हृदयाघात, श्वसन रोग और कई अन्य बीमारियों से तनाव का किसी न किसी प्रकार का संबंध है। रिश्तों पर भी इसका प्रभाव पड़ता है। थोड़ी सी शांति की तलाश में मस्तिष्क एक साथ कई विपरीत दिशाओं में भागने लगता है ... नतीजतन कोई सार्थक प्रगति नहीं होती। ऐसी स्थिति दूसरे व्यक्ति की बात पर पर्याप्त ध्यान देने में बाधक बनती है, जब तक कि सामने वाला व्यक्ति सुनने को लेकर अतिरिक्त रूप से एकाग्रता न दर्शाए।

सुनने की राह में दूसरा अवरोध *"मैं" ग्रंथि* है। कुछ सामाजिक विश्लेषकों के अनुसार आजकल एक "नई आत्ममुग्धता" विश्व में पैर पसार रही है, जिसका एकमात्र लक्ष्य व्यक्तिगत अस्तित्व और आनंद है। इससे इंकार करना मुश्किल है कि आज हज़ारों अमरीकियों का नज़रिया व्यक्तिगत चिंताओं तक सीमित है। इसी आत्मकेंद्रित रुझान

की वजह से कुछ विश्लेषकों ने 1970 के दशक को "मैं" दशक का नाम दिया है।

जब कोई व्यक्ति "मैं" ग्रंथि से घिरता है, तो वह दूसरों की परवाह नहीं करता। वह अपने सिवाय किसी अन्य के नज़रिये को जायज़ नहीं मानता। वह अपने व्यक्तित्व को लाभ पहुँचाने वाली बातें ही सुनता है। वह वही सुनता है, जो उसे पसंद हो। वह कितना ही चाहे, उसके आत्मीय संबंध विकसित नहीं हो पाते क्योंकि उसकी सारी चिंता अपने विचार सामने रखने, अपने आपको सही ठहराने एवं दूसरों की क़ीमत पर अपने उत्थान तक ही सीमित रहती है।

बेहतर सुनने का तीसरा अवरोध *मस्तिष्क की रफ़्तार* है। व्यक्तियों के बोलने की औसत दर 200 शब्द प्रति मिनट होती है, जबकि हममें से कई इससे चार गुना तेज़ी से सोच सकते हैं। इस अतिरिक्त समय में अप्रभावी श्रोता अनावश्यक दिशा में दिमाग़ ख़र्च करता है। उसका मस्तिष्क गुज़रे कल की बातों के बारे में विचारने, आने वाले कल की योजना बनाने या व्यावसायिक परेशानी सुलझाने ... अथवा "सोने" में व्यस्त रहता है।

सचेत रहकर सुनने की कला सीखने से ये तीनों अवरोध दूर किए जा सकते हैं। उदाहरण के लिए, जब एक श्रोता सुनने की दृढ़ प्रतिज्ञा करता है, तो वह अपने साथी की बात सुनने से पूर्व कुछ समय तक ख़ुद को आराम की स्थिति में ले आए। उसका सुनने का चयन मस्तिष्क को तनावरहित अवस्था में ले आएगा। उसका यह चयन उसे आत्मकेंद्रित करने में भी मदद करेगा और वह सामने वाले की बातों पर ध्यान दे पाएगा। इससे बढ़कर उसका मस्तिष्क इसे चुनौती की तरह लेकर उस अतिरिक्त श्रवणकाल का उपयोग वक्ता की बात के समुचित विश्लेषण में करेगा। अच्छा श्रोता गहराई से बात सुनकर बोले गए शब्दों और मौन संकेतों के ज़रिये वक्ता के वास्तविक अभिप्राय को समझने की कोशिश करता है।

दूसरा क़दम :
सक्रियता से सुनें

निष्क्रिय श्रवण में मस्तिष्क बातचीत की प्रक्रिया में आंशिक रूप से ही भाग लेता है। सक्रिय श्रवण में उसकी पूर्ण भागीदारी होती है। जब आप सक्रियतापूर्वक सुनते हैं, तो आप कही जा रही बात पर ध्यान केंद्रित करते हैं और आप उस पर सार्थक प्रतिक्रिया दर्शाते हैं। इससे आपसे चर्चा करने वाला व्यक्ति अपनी बात गहराई से जारी रखने के लिए प्रोत्साहित होता है। आप तब *स्वीकृति की भाषा* संचारित करते हैं – अर्थात् एक ऐसा अचूक संकेत, जो वक्ता के कथन से सहमति के बग़ैर भी उसे अपनी महत्ता का आभास दिलाता है। उसके विचार को अहमियत देता है।

सतही स्तर पर कुछ साधारण प्रतिक्रियाएँ सक्रिय बातचीत जारी रखने के द्वार खोलती हैं। "द्वार खोलने वाली" ऐसी ही कुछ टिप्पणियाँ इस प्रकार हैं –

दिलचस्प!
मुझे इसके बारे में बताएँ।
मुझे और जानकारी दें।
क्या आप इस पर चर्चा करना पसंद करेंगे?
चलो इस पर चर्चा करें।
आपके दिमाग़ में कुछ ज़रूर है।
आपके विचार मेरे लिए महत्वपूर्ण हैं।

खुले द्वार से प्रवेश और गहराई से बात समझने के लिए आपको चर्चा में शामिल साथी से अपनी प्रतिक्रिया (फ़ीडबैक) व्यक्त करनी ही चाहिए। स्पष्टीकरण के लिए कहें या अपने शब्दों में वह बात दोहराएँ, जो साथी ने कही हो, ताकि स्पष्ट हो सके कि उसकी बात का वही संदेश जा रहा है, जो वह चाहता है। इस प्रकार बात को दोहराया जाना बातचीत के प्रति आपका मूल्यांकन या राय ज़ाहिर नहीं करता, पर अद्भुत तरीक़े से

यह आपके साथी को अपनी चर्चा जारी रखने, उसके अनुभव के मूल तक जाने और परस्पर समझबूझ के विकास में मदद करता है।

सामने वाले के आशय के बारे में कल्पना कर लेने की हमारी सामान्य प्रवृत्ति फ़ीडबैक से सुधरती है। उदाहरण के लिए यदि कोई बच्चा कहे "मैं स्कूल नहीं जाना चाहता।" अभिभावक ये मान सकते हैं कि बच्चा आलसी है या वह सीखना नहीं चाहता। कई बार अभिभावक इसे अपनी सत्ता पर आघात मानकर कहते हैं – "तुम पागल हो क्या? तुम चाहो न चाहो तुम्हें स्कूल जाना ही है!" परिणाम? अक्सर यह इच्छा का संघर्ष, कड़े शब्दों का प्रयोग, चीख़-चिल्लाहट, ग़ुस्से, रोने-पीटने या नाख़ुशी में बदल जाता है। पर क्या यह टकराव ज़रूरी था?

निम्न संवाद पर यह जानने के लिए नज़र डालें कि किस प्रकार अभिभावक सक्रिय श्रवण के ज़रिये बच्चे की ज़रूरत को समझकर अनावश्यक विवाद से बच सकते हैं।

बच्चा : मैं स्कूल नहीं जाना चाहता!

अभिभावक : तुम स्कूल नहीं जाना चाहते।

बच्चा : मैं स्कूल से नफ़रत करता हूँ।

अभिभावक : तुम स्कूल का होमवर्क नहीं करना चाहते?

बच्चा : नहीं होमवर्क नहीं, मैं दूसरे बच्चों से परेशान हूँ।

अभिभावक : दूसरे बच्चे?

बच्चा : हाँ... ख़ासकर रिक, टॉम और स्टीव।

अभिभावक : तुम रिक, टॉम और स्टीव को पसंद नहीं करते?

बच्चा : वे मुझे नहीं चाहते।

अभिभावक : ठीक है।

बच्चा : वे मेरा मज़ाक उड़ाते हैं और मुझे "टेढ़ा टट्टू" कहते हैं।

अभिभावक : टेढ़ा टट्टू?

बच्चा : उन्हें लगता है मैं अजीब तरीक़े से दौड़ता हूँ।

अभिभावक : तुम्हें पता है एक प्रसिद्ध फ़ुटबॉल खिलाड़ी को भी लोग इसी नाम से पुकारते थे।

बच्चा : नहीं... सचमुच?

अभिभावक : हाँ। वह दूसरों से अलग तरीक़े से दौड़ता था। फिर भी कोई उसका पीछा नहीं कर पाता था।

बच्चा : मैं बहुत तेज़ दौड़ सकता हूँ।

अभिभावक : हाँ, मैं जानता हूँ, तुम तेज़ दौड़ सकते हो। अब स्कूल का वक़्त हो रहा है। जल्दी से तैयार हो जाओ।

बच्चा : ठीक है।

यद्यपि यह वार्तालाप संक्षिप्त है, पर इसकी प्रभावशीलता देखिए। अभिभावक ने क्या किया? बच्चे की आत्मछवि किस प्रकार परिवर्तित हुई? सक्रिय श्रवण में रक्षात्मक रुख़ दूर करने, चोटिल भावनाओं की मरहमपट्टी और आत्म-गौरव का भाव बढ़ाने की क्षमता है। शुरुआती तौर पर यह तकनीक यथार्थ से दूर और अटपटी लग सकती है, पर ये वाक़ई काम करती है। इसे सतत एक हफ़्ते तक अपनाएँ। आपका क्या जाएगा? इससे बढ़कर आप बहुत कुछ पाएँगे।

ग़लतफ़हमी के मामले बहुत जटिल होते हैं क्योंकि हमें पता ही नहीं रहता कि हम सामने वाले व्यक्ति की सही बात को ग़लत समझ रहे हैं। हम मानकर चलते हैं कि हमारे निष्कर्ष सही हैं। समस्या तब और बड़ा रूप ले लेती है, जब कोई व्यक्ति सिर्फ़ दूसरे की ही नहीं, *ख़ुद अपनी भावनाओं* का भी ग़लत मतलब निकाल लेता है। बच्चे ने शुरू में सोचा कि उसकी परेशानी की जड़ स्कूल और फिर तीन दोस्त हैं। वास्तव में उसकी समस्या ख़ुद के प्रति तीनों सहपाठियों के नज़रिये को लेकर थी। जब उसने अपनी छवि को बदला (सुधारा), तो स्कूल के प्रति उसका नज़रिया बदल गया। अभिभावक की सक्रिय सहभागिता के बग़ैर बच्चे का अपनी वास्तविक भावनाओं को समझकर अपनी छवि को सँवारना नामुमकिन था।

सक्रिय श्रवण के लिए इन बातों का ध्यान रखें :

1. गहरे भाव वाले कथन, जिनका कोई अर्थ न निकलता हो, विषय विशेष से जो संबंधित न हों, अटपटे, उबाऊ या आलोचनात्मक लगते हों - ऐसे वार्तालाप को ध्यानपूर्वक सुनें।
2. किसी वक्तव्य के एक से अधिक अर्थ निकलने पर या जब आपको उसका विश्लेषण सही न लगता हो, उसे ध्यान से सुनें।
3. सक्रिय श्रवण का इस्तेमाल टोका-टाकी में न करें।
4. शब्दों या तथ्यों को रटते न चले जाएँ, बल्कि एक कथन में मूल भाव को उजागर करने की कोशिश करें।
5. समय का ख़्याल रखें। जब पति थका-हारा घर आया हो, तो पत्नी उससे सक्रिय श्रवण की अपेक्षा नहीं करे।

सक्रिय श्रवण किसी व्यक्ति के वास्तविक भावार्थ को समझकर ग़लतफ़हमी और अनावश्यक विवाद से बचने का श्रेष्ठ उपाय है।

तीसरा क़दम :
विचारों और भावों के लिए सुनें

आर्ची बंकर के अनुसार एडिथ को उसके स्तर पर सुनकर समझने में समस्या है। "तुम मेरी बात नहीं समझ पा रहे एडिथ, क्योंकि मैं अंग्रेज़ी में बात कर रहा हूँ और तुम किसी दूसरी भाषा में उसे समझ रहे हो!"[3] हम सभी यही करते हैं। जब हम सिर्फ़ शब्दों के घिसे-पिटे रूप और तथ्य सुनते हैं, तो उनके वास्तविक भाव या विचार नहीं समझ पाते।

सभी श्रवण एक प्रकार या एक स्तर का नहीं होता। इसे होना भी नहीं चाहिए। हम टी.वी. विज्ञापन को उतनी गंभीरता से नहीं सुनते जितना किसी के द्वारा कहा गया वाक्य "मैं तुमसे प्यार करता हूँ।" श्रवण के भिन्न स्तर समझकर हम अपना स्तर जान सकते हैं और मूल्यांकन कर सकते हैं कि यह पर्याप्त है अथवा नहीं।

श्रवण के पाँच स्तर इस प्रकार रेखांकित किए जा सकते हैं :

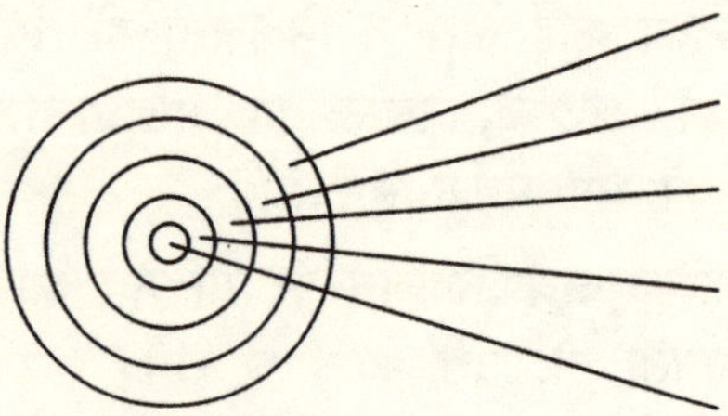

चित्र- 4.1

घिसे-पिटे शब्द वह प्रकार हैं, जिनका ख़ास मतलब नहीं होता जैसे- "हाय ... कैसे हो? ... बढ़िया ... तुम? ... दिन शानदार है ... हाँ, मौसम ख़ुशगवार है ... और नया क्या है?" शायद आपने देखा होगा ऐसे बोरियत भरे जाने-पहचाने सवालों का मज़ा लेने के लिए लोग उल्टा-सीधा जवाब भी देते हैं जैसे "कैसे हो?" पूछे जाने पर वे जवाब दे सकते हैं - "मैं मरने जा रहा हूँ।" श्रोता ने बग़ैर सोचे-समझे रटा-रटाया वाक्य बोल दिया- "वाह! फिर तुम्हारा दिन शानदार रहे।" सामान्यतः ये रटे-रटाए वाक्य न्यूनतम शालीनता के प्रतिनिधि की तरह काम करते हैं। पर कभी-कभी ये दरवाज़ा खोलने की कुंजी की तरह कार्य कर वार्तालाप को गहरे स्तर तक भी ले जाते हैं। "कैसे हो?" पूछते वक़्त आप पूरे जवाब में गहरी दिलचस्पी भी दर्शा सकते हैं।

तथ्य सामान्यतः बाहरी घटनाओं से संबंधित होते हैं। "वैज्ञानिक आज भी विचार-विमर्श कर रहे हैं कि वाइकिंग यान ने मंगल पर जीवन की खोज की थी या नहीं।" "जूडसन ने अपनी वर्तनी में ए अक्षर का प्रयोग किया है।" इस स्तर पर गहरा सोच-विचार होता है।

विचार किसी घटना या तथ्य की व्याख्या का प्रतिनिधित्व करते हैं। जैसे "मैं सोचता हूँ कि हमारी टैक्स प्रक्रिया मध्यम आय वालों के लिए अनुचित है।" "मेरे विचार से अर्थव्यवस्था प्रगति पर है।" "हम इस मकान को ख़रीदने में घाटा नहीं उठाएँगे।" एक विचार हमें बताता है कि किस प्रकार कोई व्यक्ति वास्तविकता को ढूँढ़ निकालता है। कई बार हम

यह जानने के लिए विचार को सुनते हैं कि वक्ता की बात पर हमारी सहमति है या नहीं।

भावों को दो श्रेणियों में बाँटा जा सकता है: बाहरी घटनाओं से उपजे भाव और अपने बारे में व्यक्तिगत भाव। दोनों प्रकार के भाव बहुत गहरे हो सकते हैं। उदाहरण के लिए एक व्यक्ति यह कहते हुए ज़ोर देकर ग़ुस्सा ज़ाहिर कर सकता है : "मेरे विचार से गर्भपात हत्या के समान है!" "मुझे लगता है कि स्त्रियों के साथ अभी भी भेदभाव किया जाता है!" व्यक्तिगत भाव एक क़दम और गहरे उतरकर भय, ग्लानि या आघात के रूप में दिखाई देते हैं : "मुझे अब लगता है कि जो गर्भपात मैंने करवाया, वह हत्या से कम नहीं था।" "मैं सोचती हूँ मेरे साथ भेदभाव किया जा रहा है।" अपनी गहनता के कारण भावों का सुनना कई बार ख़तरनाक और मुश्किल होता है। हम ठगे रह जाते हैं। हम जानते हैं कि यदि हम किसी व्यक्ति के भाव की ग़लत व्याख्या करते हैं, तो या तो हमें जवाबी हमले के लिए तैयार रहना होगा या फिर हम किसी असहाय को और चोट पहुँचा देंगे। अंततः दोनों तरफ़ हार की स्थिति से बचने के लिए हम कन्नी काटने लगते हैं और वक्ता की मूल भावना को सुनने-समझने की चेष्टा ही नहीं करते। समस्या यह है कि इस स्थिति का दोहरा प्रभाव पड़ता है। जिस स्तर पर हम किसी की बात को गहराई से सुनना बंद करते हैं, उसी स्तर से हमारी बात भी दूसरों द्वारा नहीं सुनी जाती।

अच्छा श्रोता विचार और भावों को सुनने में कभी नहीं घबराता। (असल दिक़्क़त तब आती है जब हम ध्यान से नहीं सुनते हैं।) नकारात्मक विचार और भाव नकारात्मक प्रतिक्रिया ही उत्पन्न करते हैं – ख़ासकर जब वह आपके *विरुद्ध* हों। आप निम्न बातों पर ग़ौर कर अपनी श्रवण क्षमता को विस्तृत कर सकते हैं :

1. एक श्रोता के बतौर आप वक्ता को आँकने या विश्लेषित करने से इंकार कर सकते हैं। आप सिर्फ़ ध्यानपूर्वक सुन सकते हैं।

2. यदि आप महसूस करें कि आपको जाँचा-परखा जा रहा है, तो आप चर्चा कर रहे सहयोगी से कह सकते हैं कि "मैं आपको परखना नहीं चाहता हूँ, न ख़ुद जाँचा जाना पसंद करता हूँ। यदि हमारी चर्चा इस आधार पर आगे बढ़ सकती है, तो मैं ध्यानपूर्वक सुनूँगा।
3. समझबूझ और सहयोग की तलाश करें, न कि तिकड़मबाज़ी और नियंत्रण की। यदि आपका सहयोगी अनभिज्ञ हो, तो अपना अभिप्राय खुलकर कहें।
4. गहरे भावों से भयभीत न हों। ऐसी प्रतिक्रिया न दर्शाएँ, जैसे वह कभी न बदलने वाली सच्चाई हो। भाव बदलते हैं, कभी-कभी एक पल में ही। ग़ुस्से या खीझ में कहा गया कोई शब्द किसी व्यक्ति की वास्तविक शख़्सियत और निष्ठा से सर्वथा विपरीत होता है। अधिकतर मामलों में गहरे भाव उपचार की तरह होते हैं और व्यक्ति इसे व्यक्त करने के पश्चात अपनी असली छवि में लौट आता है।
5. जब भाव प्रभावी श्रवण की दृष्टि से काफ़ी प्रबल हो जाएँ, तो अपने साथी से कहें कि आपको थोड़े आराम की ज़रूरत है और फिर से बातचीत शुरू करने के लिए दोनों की सुविधा से कोई समय तय करें।

चौथा क़दम :
दिल से सुनें

सुनना और *श्रवण* (ध्यान से सुनना) दो अलग चीज़ें हैं, यद्यपि हम दोनों शब्दों का एक ही अर्थ में प्रयोग करते हैं। *सुनना* एक *शारीरिक* प्रक्रिया है, जिसके तहत कानों द्वारा संकेत ग्रहण कर मस्तिष्क तक भेजे जाते हैं।

एक पल के लिए सोचें कि सुनना कितनी अद्‌भुत प्रक्रिया है। बाह्य कान, जो तुरही के आकार का होता है, ध्वनि तरंगों को ग्रहण कर ध्वनि

नलिका तक निर्देशित करता है। इस नलिका के आख़िरी सिरे पर ध्वनि तरंगें कम्पन उत्पन्न करती हैं, जिससे मध्यकर्ण की तीन हड्डियाँ गतिशील होती हैं और आंतरिक हड्डी अंदर-बाहर हिलती है। फिर एक द्रव ध्वनि तरंगों को तंत्रिका स्पंदनों में बदलकर मस्तिष्क के श्रवण केंद्र तक संकेत पहुँचाता है। अद्भुत! वैज्ञानिकों को भी नहीं मालूम कि यह ध्वनि प्रक्रिया भिन्न आवृत्तियों वाली ध्वनि में फ़र्क़ कैसे करती है!

श्रवण इससे भी बढ़कर है। *श्रवण* तंत्रिका संवेगों की व्याख्या और समझ के आधार पर निष्कर्ष देने वाली एक जटिल *मनोवैज्ञानिक* प्रक्रिया है। एक बच्चे का रोना, समुद्र की गड़गड़ाहट, प्रेरणादायक भाषण, मधुर संगीत - ये ध्वनियाँ हमारे भीतर विचार, भाव और क्रियाओं की सृष्टि करती हैं, जिनसे हमारा जीवन समृद्ध हो सकता है।

अंग्रेज़ी शब्द *लिसन* का मूल अर्थ है लिस्ट अर्थात् एक तरफ़ झुकना। वास्तविक रूप से समझ की दरकार रखने वाला एक व्यक्ति वक्ता की बात का अभिप्राय समझने के लिए उसकी *ओर* मानसिक तथा शारीरिक रूप से *रुझान रखकर* सुनने की प्रक्रिया को अंजाम देता है। लिसन का विपरीत शब्द है लिस्टलेस अर्थात् बेपरवाह, जो समझ के प्रति रुझान न रखे। अपने वार्तालाप में हम कभी सुनने, कभी लापरवाह रहने और कभी इनके बीच की स्थिति में होते हैं।

दिल से सुनने की स्थिति में आगे जाने के लिए व्यक्तित्व के दो कारकों का विकास ज़रूरी है। पहला, *समान अनुभूति* - अर्थात् दूसरे व्यक्ति को बेहतर समझने के लिए अपने व्यक्तित्व को उस व्यक्ति के व्यक्तित्व में ढालना। उदाहरण के लिए, श्रोता अपने आपसे यह पूछ सकता है कि, "मैं उस व्यक्ति की स्थिति में कैसा महसूस करूँगा ? यदि मुझे उसके घर में रहना पड़े, उसके बॉस के साथ काम करना पड़े, उसके समान वेतन मिले, उसके बीवी-बच्चों की परवाह करनी पड़े, उसकी समस्याओं से जूझना पड़े ... क्या तब मेरी भी वैसी ही भावनाएँ होंगी, जैसी वह अभी मेरे प्रति दर्शा रहा है ?" समान अनुभूति का अर्थ है दूसरे व्यक्ति के जूते पहनकर चलना; उसकी आँखों से दुनिया देखने का

प्रयास – अपना नज़रिया बदलने के उद्देश्य से *नहीं,* हालाँकि ऐसा हो सकता है, किंतु दूसरे को पूरी तरह समझने के लिए जितना संभव हो यह कोशिश की जानी चाहिए।

दिल से सुनने के लिए दूसरा आवश्यक गुण है चर्चा में आपका साथी जैसा है, उसे वैसा ही *स्वीकार करना*। कुछ मामलों में यह बहुत मुश्किल होता है क्योंकि हम साथी द्वारा कही बात पसंद नहीं करते। हम उसे बदलना चाहते हैं, उसे अपने अनुरूप ढालना चाहते हैं। फिर भी व्यक्ति को स्वीकार करना सामान्यतया उसे बदले जाने के लिए भी अपेक्षित है। यदि हम व्यक्ति और उसके कार्यों के बीच के भेद को मानसिक रूप से स्वीकार करते चलें, तो उस व्यक्ति को स्वीकारना आसान हो जाता है। वास्तव में एक व्यक्ति के *कार्य* असफल होना और एक *व्यक्ति* का ही असफल हो जाना, इन दोनों बातों में बहुत बड़ा अंतर है। यदि हम उस व्यक्ति के कार्य को नापसंद करते हुए भी उसके प्रति स्वीकारबोध रख पाएँ, तो हम मनोवैज्ञानिक रूप से श्रवण के लिए अधिक तैयार होंगे।

पाँचवाँ क़दम :

ख़ुद को सुनें

विलियम शेक्सपियर ने लिखा है "अपने दिल पर दस्तक दो और पूछो, वह क्या जानता है?"[4] हम अपने बच्चों, जीवनसाथी, भाषण, टेलीविज़न रेडियो, मित्र और हज़ारों अन्य आवाज़ों को सुनते हैं, पर अपनी भीतरी आवाज़ को नज़रअंदाज़ करते हैं। यदि व्यक्ति अपने दिलोदिमाग़ को जानने के लिए समय नहीं निकालेगा, अपनी भीतरी भावनाओं को नहीं खोजेगा, विषय विशेष पर अपनी राय नहीं बनाएगा, अपने सपनों और आकाँक्षाओं को नकारेगा, तो वह किसी दूसरे की बात भी नहीं समझेगा।

अपने आप को सुनने की क्षमता उस व्यक्तिगत एकीकरण और मनोवैज्ञानिक तैयारी को आकार देती है, जो दूसरे व्यक्ति के नज़रिये के

प्रति खुलने और उसे ग्रहण करने के लिए ज़रूरी है। *योर मोस्ट एनचांटेड लिसनर* में वेंडेल जॉन्सन इस बिंदु पर प्रकाश डालते हैं :

> एक व्यक्ति तब सबसे शांतचित्त होता है, जब वह अपने आप को सुनता है, ख़ुद को आत्म-प्रताड़ना के भय से परे बोलने की आज़ादी देता है। ऐसा नहीं कि शर्मनाक कहने से ख़ुद को रोकते वक़्त वह अस्वस्थ है, किंतु अपने स्तर पर भीतरी आवाज़ को रोक कर हम आंतरिक शांति प्राप्त नहीं कर पाते, बल्कि हमारे भीतर बेचैन करने वाली एक अस्वस्थ चेतना की अशांति हावी हो जाती है।[5]

जब आप ख़ुद को ध्यानपूर्वक सुनते हैं, तभी आपको पता चलता है कि आपका रवैया दूसरों के प्रति कैसा है। आपने कभी अनौपचारिक चर्चा की रिकॉर्डिंग कर फिर से सुनने की कोशिश की, और तब किसी ने टिप्पणी दी हो - "मुझे पता नहीं था मैं ऐसे बात करता हूँ। कहीं इस रिकॉर्डर में तो कोई ख़राबी नहीं?" मुझे यक़ीन है कि ज़्यादातर अभिभावकों ने अपनी रिकॉर्ड की हुई आवाज़ कभी नहीं सुनी होगी, जब वे अपने बच्चों से बात करते हैं। वे अपने शब्दों पर ग़ौर नहीं करते हैं। वे कल्पना भी नहीं कर सकते कि क्यों उनके "सीधे-सादे" कथन किसी को इतना विचलित कर देते हैं।

अपने आप को सुनना परेशानी भरा भी हो सकता है क्योंकि यह हमारे व्यक्तित्व के उन क्षेत्रों को उजागर करता है, जिनमें सुधार की ज़रूरत है। किसी के दिल में झाँककर हम हैरान रह जाएँगे कि वहाँ कितनी कुरूपता छुपी है। मगर खोज ही सकारात्मक परिवर्तन की ओर ले जा *सकती* है। यदि कोई अपनी ग़लतियों, ख़ामियों को सकारात्मक प्रतिबद्धताओं एवं क्रियाकलापों से परिवर्तित करना पसंद करता है, तो वह समग्र व्यक्ति बनने की दिशा में अग्रसर है। पॉप मनोविज्ञान, जो सिर्फ़ व्यक्ति की मनपसंद चर्चा कर उसे बताता है कि वह कितना अच्छा है, दरअसल आत्मा पर पट्टी बाँधने जैसा है। जबकि सही उपचार के लिए हमें शल्य चिकित्सा की ज़रूरत होती है।

जब आप ख़ुद को सुनते हैं, आपको पता चलता है कि आप क्या बदलाव चाहते हैं? आप आगे क्या विकास चाहते हैं?

छठवाँ क़दम :
कब चुप रहना है, यह जानें

ख़ामोशी बात करती है, पर संदेश अलग-अलग होते हैं। *पीछे हटने वाली* ख़ामोशी खीजने वाला नज़रिया है, जो कहता है, "मैं आपसे बात करना ज़रूरी नहीं समझता। मैं अपनी ही बात सोचूँगा और ख़ुद को आपसे अलग कर लूँगा।" *आक्रोश* की ख़ामोशी अपने विचार दबाकर दूसरे का साथ देने से इंकार करने का प्रयास है। फिर *अटपटेपन* की ख़ामोशी लगभग चीख़ती है "बचाओ! मुझे इस स्थिति से निकालो! मुझे नहीं पता क्या कहना है! कोई दूसरा इस पर कुछ कहे!" *सहयोग* की ख़ामोशी समय को छोटे वार्तालाप से भरने के बजाय जताती है "मैं तुम्हें बिना टोके तुम्हारी बात सुनने के लिए समय निकालना चाहता हूँ। मैं जानना चाहता हूँ कि तुम अपने बारे में, अपनी सफलता, असफलता और भविष्य की योजनाओं के बारे में क्या सोचते हो।" इस प्रकार की ख़ामोशी के दूसरी तरफ़ होने का अनुभव अद्‍भुत है!

आपकी सहयोगात्मक ख़ामोशी किसी मित्र को संकट से उबारने में मददगार हो सकती है। गंभीर मनोवैज्ञानिक समस्या वाले व्यक्तियों को यद्यपि चिकित्सक की ज़रूरत होती है, पर कोई भी प्रभावी ढंग से बात सुनकर अपने मित्र की संकट में सहायता कर सकता है। सहायक की सबसे साधारण (और गंभीर) ग़लती यहाँ मित्र की समस्या के *समाधान* करने की कोशिश होती है। भटका हुआ सहायक तुरत-फुरत मित्र का भार कम करने के लिए सलाह, निर्देश, तर्क, दिशादर्शन इत्यादि देने लगता है। जब वह कारगर नहीं होता, तो "सहायक" समस्या की गंभीरता को न समझ खिल्ली उड़ाने और व्यंग्यात्मक टीका-टिप्पणी पर उतर आता है। किंतु सहयोगात्मक ख़ामोशी में सहायता करने और उपचार करने की शक्ति होती है।

अपने परामर्श के दौरान मैं सहयोगात्मक ख़ामोशी के उपचार प्रभाव से हैरान रह गया। इस उपचार से फ़ायदा पाने वाली एक स्त्री ने कहा- "मदद के लिए शुक्रिया। मैं अब बेहतर महसूस कर रही हूँ।" मैंने क्या किया? एक अवसादग्रस्त, चिंतित व्यक्ति को दोबारा आत्मविश्वास से परिपूर्ण और शांत बनाने में मैंने किस विवेक का इस्तेमाल किया? मैं बहुत कम बोला। मैंने सिर्फ़ कुशलतापूर्वक उसे सुना।

बेलिस के तीन बच्चे कुछ सालों के अंतराल में मर गए थे। जोए बेली ने अपनी पुस्तक *द लास्ट थिंग वी टॉक अबाउट* में अपनी भावनाएँ व्यक्त की हैं, जब उसके एक बच्चे की मृत्यु पर दो तरह के मित्रों ने मदद करने की कोशिश की थी:

> मैं उदास बैठी थी। एक व्यक्ति आया, उसने ईश्वर की लीला की चर्चा की, ऐसा क्यों हुआ यह बताया, दुख से परे आशा की बात की, वह बोलता ही गया। उसने वे बातें कीं, जो मैं जानती थी कि सच हैं।
>
> मुझ पर कोई असर नहीं हुआ। मैं चाहती थी, वह चला जाए, वह चला गया।
>
> दूसरा व्यक्ति मेरे समीप आकर बैठा, वह कुछ नहीं बोला, उसने मुझसे इधर-उधर के सवाल नहीं पूछे। एक घंटे से ज़्यादा समय तक वह चुपचाप बैठा रहा, मैंने जो कहा, उसे सुना। संक्षिप्त जवाब दिए। सरलतापूर्वक प्रार्थना की और चला गया।
>
> मैं भावविह्वल थी। मुझे राहत का अनुभव हुआ। मुझे उसका जाना अच्छा नहीं लगा।[6]

विजय पाने की दिशा में कार्ययोजना

1. उन लोगों की सूची बनाएँ, जो आपको गंभीरता से सुनते हों।

2. उन कारणों की सूची बनाएँ, जिनकी वजह से कुछ लोग आपको नहीं सुनते। (जैसे "मैं एक बार में एक मिनट से ज़्यादा बोलता हूँ।" "मैं दूसरों के नज़रिये को ज़्यादा महत्व नहीं देता।") आप इन कारणों को

दूर करने के लिए क्या कर सकते हैं?

3. इस अध्याय में वर्णित श्रवण के पाँच स्तरों में से आप किस स्तर का श्रवण पसंद करते हैं? आप जिस प्रकार के संबंधों का अनुभव करना चाहते हैं, उस पर क्या यह स्तर पर्याप्त है?

4. अपने भीतरी विचार, स्वप्न, आकाँक्षा के ज़रिये अपने आप को सुनें। अपने उत्तर एक "विचार संग्रह" में लिखें।

5. मित्र या परिवार के सदस्य को गहनता से सुनने के लिए समय निर्धारित करें। दोनों को मिलने वाले फ़ायदे लिख लें।

6. 1 (ख़राब) से 100 (श्रेष्ठ) के पैमाने पर आप ख़ुद को बतौर श्रोता कितने अंक देंगे? ....

7. निम्न व्यक्ति आपको कैसे आँकते हैं?

माँ	....	नियोक्ता	....
पिता	....	कर्मचारी	....
पत्नी	....	मित्र	....
बच्चे	....		

8. श्रवण क्षमता बढ़ाने के लिए आपके द्वारा उठाए जाने वाले तीन या अधिक क़दमों की सूची बनाएँ। उन पर आज से ही काम शुरू करें।

5

पता लगाएँ कि बातचीत कैसे असर डालती है

मैं जानता हूँ कि तुम इस पर विश्वास करते हो कि तुम उस बात को समझ गए हो, जो तुम सोचते हो कि मैंने कही, मगर मुझे नहीं लगता तुम्हें इसका एहसास है कि तुमने जो सुना, मेरा वह अभिप्राय नहीं था!

अज्ञात

चर्चा में गतिरोध की मरम्मत मुश्किल है क्योंकि उनके होने के कई कारण हैं। जब हमें समस्या की सही जानकारी नहीं होती और उपयुक्त जानकारी जुटाने में मस्तिष्क की मदद करने का कोई उपाय नहीं होता, तो यह कुछ वैसा ही है, जैसे हम किसी अपरिचित इलाक़े में बग़ैर नक़्शे के खो जाएँ।

बातचीत की प्रक्रिया का मॉडल नक़्शे की तरह है। एक नक़्शा किसी विशाल भू–भाग को उजागर करता है, ताकि हम उसका अध्ययन कर बाहर निकलने का ज़रिया ढूँढ़ पाएँ। इसी तरह बातचीत प्रक्रिया का मॉडल एक बेहद जटिल प्रक्रिया को उस सीमा तक स्पष्ट करता है, जहाँ तक हम इसे परख सकें, गतिरोध पैदा करने वाली चर्चा से बचने का

रास्ता तलाश सकें और उस राह पर आगे बढ़ें, जो समझबूझ तक ले जाती हो। नक़्शे की तरह मॉडल भी हमें यह नहीं बताते कि क्या करना है, लेकिन वे लक्ष्य तक पहुँचने के लिए आवश्यक राह पर लौटने में हमारी मदद करते हैं।

जिस प्रकार एक शहर का नक़्शा हमें देश की सैर नहीं करा सकता, उसी प्रकार चर्चा में भी एक मॉडल से हमें पूरी तस्वीर नहीं मिल सकती। इस अध्याय में हम संवाद समस्याओं से बचने और उनके समाधान के लिए तीन परीक्षण मॉडलों का उपयोग करेंगे। हम विश्लेषण करेंगे :

1. संवाद प्रक्रिया के महत्वपूर्ण घटक :
2. पारस्परिक विश्लेषण के ज़रिये हमारी चर्चा के स्वरूप का आकलन, और
3. जीवन की स्थितियों का विस्तृत इतिहास किस प्रकार हमारे संवाद पर प्रभाव डालता है।

प्रत्येक मॉडल में सामान्य प्रश्नों के ज़रिये समस्या के निर्धारण और समझ बढ़ाने की कोशिश की जाएगी।

घटक विश्लेषण

पहला मॉडल बातचीत की प्रक्रिया के प्रमुख घटकों पर प्रकाश डालता है (1) वक्ता, (2) बातचीत और (3) श्रोता। यद्यपि यहाँ प्रत्येक घटक दूसरे को प्रभावित करता है, हम उनके सरलतम संबंध को इस प्रकार दर्शाएँगे :

चित्र – 5.1

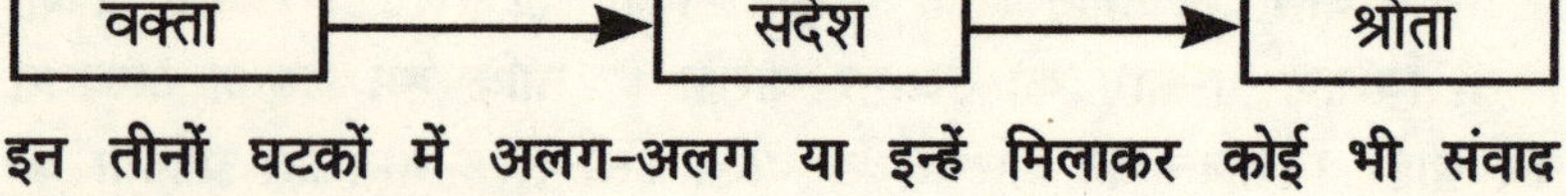

इन तीनों घटकों में अलग-अलग या इन्हें मिलाकर कोई भी संवाद गतिरोध उपज सकता है।

जब हम प्रत्येक घटक को अलग-अलग देखते हैं, तो अपनी भूमिका

को प्रत्येक घटक से जोड़कर देखें। उदाहरण के लिए अपने आपसे ये प्रश्न पूछें :

1. एक *वक्ता* के बतौर मैं संवाद समस्या में किस प्रकार योगदान देता हूँ?
2. मेरे कथन और कथन के तरीक़े से मेरा *संदेश* किस प्रकार प्रभावित होता है?
3. एक *श्रोता* के बतौर मैं संवाद समस्या में कैसे योगदान देता हूँ?

1. वक्ता की समस्याएँ : संवाद को प्रभावित करने में संभवतः वक्ता के व्यक्तित्व से बढ़कर कोई चीज़ नहीं होती अर्थात् वह व्यक्तिगत रूप से कैसा है और श्रोता से उसका संबंध कैसा है। उदाहरण के लिए, यदि वक्ता ईमानदार, निष्ठावान और सबका चहेता है, तो उसका संदेश भली प्रकार से ग्रहण किया जाएगा। यदि उसे विश्वास योग्य नहीं माना जाता, तो उसका संदेश स्पष्ट तर्क या बोली कौशल के बावजूद नकार दिया जाएगा।

दूसरे अध्याय में हमने व्यक्तित्व के उन कारकों की समीक्षा की, जिनकी वजह से संवाद असफल होता है। यहाँ हम उस प्रमुख समस्या की चर्चा करेंगे, जो सभी समस्याओं का मेल है अर्थात् संकोच या शर्मीलापन। पुस्तक *शायनेस* के रचयिता और स्टेनफ़ोर्ड शायनेस क्लिनिक के निदेशक फिलिप जिम्बार्डो के अनुसार अमेरिका में 84,000,000 लोग ऐसे हैं जो ख़ुद को शर्मीला मानते हैं - ये जनसंख्या का 40 प्रतिशत है! अक्सर शर्मीला स्वभाव हीनभावना और ख़तरा उठाने से डरने के कारण लोगों से कम मेल-जोल रखने के रूप में उभरता है। शर्मीलापन वह अलगाव तत्व है, जो व्यक्ति को अन्य लोगों के साथ संबंध बनाने की अपनी पूरी क्षमता पर विश्वास करने से रोकता है और उसे अपनी ही सोच की दुनिया तक सीमित कर देता है। शर्मीले व्यक्ति अपना प्रदर्शन ठीक प्रकार से नहीं करते और निम्न आत्म-गौरव के फलस्वरूप लोगों को अपने नकारात्मक आकलन का मौक़ा देते हैं। विडंबना यह है कि नकारात्मक आकलन से ही वे बचना चाहते हैं। किंतु

नकारे जाने के भय से दूसरे व्यक्तियों से कटने की प्रवृत्ति उनमें जागती है और अक्सर यही क़दम उनके नकारे जाने का कारण बनता है।

यदि शर्मीलापन आपकी समस्या है, अथवा व्यक्तित्व का कोई अन्य कारक आपके आड़े आ रहा है, तो आप निम्न रणनीति पर कार्य कर वक्ता के बतौर अपनी प्रभावशीलता को बढ़ा सकते हैं।

- खुद को ऐसे व्यक्ति के रूप में स्वीकारें, जिसके पास काफ़ी कुछ कहने योग्य है। तनकर खड़े हों, सामने वाले व्यक्ति की आँखों में देखें और दर्शाएँ कि आप भयभीत नहीं हैं।

- खुद को दूसरे व्यक्ति की तरह सुनें। खुद से पूछें कि क्या आप अहंकारी, शर्मीले या रक्षात्मक प्रतीत होते हैं।

- दूसरे व्यक्ति को आँकने की कोशिश न करें। बल्कि, टकराव की स्थिति में अधिक जानकारी पाने की कोशिश करें। याद रखें लोग जटिल होते हैं– हम उनके बर्ताव के कारण नहीं देख पाते हैं। सहनशीलता का विकास करें।

- अपने व्यवहार पर ध्यान दें कि वह किस प्रकार श्रोता पर असर डालता है। सिर खुजाने, श्रोता को न देखने, घूरने, खिल्ली उड़ाने जैसी आदतें काफ़ी चिढ़ पैदा कर सकती हैं।

- अपने भावों पर नियंत्रण रखने की कोशिश करें। खुद को ऐसे व्यक्ति के रूप में देखें, जो लंबे समय तक खिंचने वाले मॉडलों को भी बदलने की क्षमता रखता है। अपने दिमाग़ को इन कारणों से भरें कि परिवर्तन क्यों उपयोगी होगा। अतीत की असफलता या अपनी ग़लती पर अपराधबोध से बचें। ऐसी स्थिति की कल्पना करें, जहाँ आपके भावों पर आपका नियंत्रण है और इस नियंत्रण से मिलने वाले लाभ विशिष्ट हैं। उत्तेजक स्थितियों में सकारात्मक प्रतिक्रिया के लिए खुद को मानसिक और भावनात्मक रूप से तैयार करें।

- जिसे आप बदल सकते हैं, उसे बदलने की शुरुआत करें। लाभ

न देने वाले तरीक़ों को पहचानकर उन्हें अपनी ज़िंदगी से दूर करें। दूसरे व्यक्तियों को भी यह बताने का साहस रखें कि आप बदल रहे हैं।

- सकारात्मक परिवर्तन की उम्मीद रखें, भले ही यह धीरे-धीरे हो रहा हो। अपने आपको सफलतापूर्वक बातचीत करते देखें। उस लक्ष्य की ओर आगे बढ़ें।

2. संदेश की समस्याएँ : संदेश के मामले में हमारी एक सामान्य समस्या शब्द चयन की होती है। कुछ वर्ष पूर्व एक शब्द के ग़लत उपयोग की वजह से मध्य-पूर्व में युद्ध की नौबत आ गई थी। ग़लत शब्द चयन से घरों में लड़ाई-झगड़ों की स्थिति निर्मित हो जाती है। मार्क ट्वेन ने ठीक कहा था- "सही शब्द और कमोबेश सही शब्द के बीच उतना ही फ़र्क़ है, जितना बिजली और चमकते कीड़े में।"[1]

सही शब्दों के चयन की समस्या से परे हम एक वाक्य या विचार का संबंध अगले से जोड़ने में परेशानी महसूस करते हैं। हमारे मस्तिष्क में अ ब स की तरह विचारों का प्रवाह इतना स्पष्ट होता है कि हम प्रभावशीलता के प्रयास में 'ब' को छोड़ आगे निकल जाते हैं। किंतु हो सकता है कि यही विचार प्रवाह श्रोता के लिए स्पष्ट न हो। जब इस प्रवाह का 'ब' हिस्सा छूट जाता है, तो ग़लतफ़हमी की संभावना भी बढ़ जाती है। अस्पष्ट संवाद अक्सर अस्पष्ट सोच को प्रदर्शित करता है। अगर हम बग़ैर सोचे बोलते हैं, तो हम सटीक बात नहीं कर सकते।

ऐसे संदेश जो "कबाड़ भरे" (अवरोध, शिकायत, तानेबाज़ी, निंदा, तू तू-मैं मैं) हों, संवाद को ख़राब करते हैं। तथ्यों को स्पष्ट होना चाहिए, किंतु सामान्य अनुभव बताते हैं कि अधिकतर लोग जानबूझकर परिवार, मित्र, व्यावसायिक सहयोगी पर ऐसे भद्दे शब्दों का प्रयोग करते हैं, और फिर जब वही शब्द वापस आते हैं तो उन्हें आश्चर्य होता है। उन्हें अंदाज़ा नहीं होता कि "मूर्ख!" जैसा अपशब्द बच्चे या वैवाहिक साथी पर कितना बुरा असर डाल सकता है। वह बच्चों पर "मुँह बंद रखो!" जैसी बात के असर को भी नहीं भाँपते। उन्हें याद नहीं रहता कि किसी दूसरे

का आकलन करते वक़्त उन्हें भी परखा जा रहा होता है।

कभी-कभी लोग सकारात्मक निष्कर्ष की तलाश में भद्दे शब्दों या नकारात्मक रास्तों का प्रयोग करते हैं। एक पिता अपने बच्चे को "मूर्ख" या "आलसी" इसलिए नहीं कहता कि वह उसकी भावना को आहत करना चाहता है, बल्कि इसलिए कि वह वास्तव में उसे सफलता के लिए प्रेरित करना चाहता है। एक पत्नी ख़ुद को बोझ बताने के लिए बोरियत का आवरण नहीं ओढ़ती, बल्कि इस बहाने से ध्यानाकर्षण की माँग करती है। एक पुत्री अपनी माँ के प्रति नफ़रत दर्शाते हुए ख़ुद की बौखलाहट या असंतोष व्यक्त कर रही होती है। अक्सर लोग इन संदेशों की विनाश क्षमता से परिचित नहीं होते।

जब हमारे शब्द और विचार सृजनात्मक होते हैं, तब भी हमें संदेश माध्यम पर नियंत्रण अथवा उसकी अभिव्यक्ति में दिक्क़त होती है। शोध के अनुसार आमने-सामने के वार्तालाप में 7 प्रतिशत संदेश शब्दों पर, 23 प्रतिशत आवाज़ की शैली और 70 प्रतिशत बॉडी लैंग्वेज पर निर्भर होता है! जॉन गॉटमेन ने अपनी पुस्तक *अ कपल्स गाइड कम्युनिकेशन*[2] में मुखमुद्रा, आवाज़, शारीरिक हाव-भाव, अंग संचालन के सकारात्मक और नकारात्मक स्वरूप की सूची दी है, ताकि हमें संदेश की अभिव्यक्ति में मदद मिल सकें।

मुख मुद्राएँ

सकारात्मक चेहरा	*नकारात्मक चेहरा*	
मुस्कान	आँखें तरेरना	उपहासपूर्ण हँसी
हँसी	खी-खी कर हँसना	नख़रे दिखाना
सहानुभूतिपूर्ण चेहरा	रुदन	ग़ुस्सैल चेहरा
सिर हिलाना	घूरना	घृणा
आँखों का संपर्क		

आवाज़ के संकेत

सकारात्मक आवाज़		*नकारात्मक आवाज़*	
परवाहभरी	संतुष्टिपूर्ण	ठंडी	निंदाजनक
गर्माहटभरी	खुलकर	तनावग्रस्त	व्यंग्यात्मक
नर्म	उत्तम	भयभीत	ग़ुस्सैल
नाज़ुक	आनंदपूर्ण	धैर्य रहित	आक्रामक
आरामदायक	खिलखिलाहट भरी	सख़्त	पीड़ाजनक
सहानुभूतिपूर्ण	ख़ुशी भरी	टूटी-फूटी	आहत
सचेत	उल्लसित	ठहरी हुई	अवसादग्रस्त
स्नेहभरी	हँसती हुई	खड़खड़ाती	शिकायतभरी
प्रेमपूर्ण			

शरीर मुद्रा एवं संचालन

सकारात्मक हाव-भाव	*नकारात्मक हाव-भाव*
स्पर्श	हाथ और गला तने हुए
नज़दीकी	रूखे हाव-भाव
खुली बाहें	चिढ़ते हुए हाथ पटकना
ध्यानाकर्षण	अँगुली उठाना
आरामदायक	बक-बक करना
आगे झुके हुए	ध्यान न देना

इन सूत्र शब्दों को दोबारा पढ़ें और उन सकारात्मक लक्षणों पर निशान लगाएँ, जिन्हें आप विकसित करना चाहते हैं।

निम्न रणनीतियाँ आपको अपने कथन और कथन की शैली पर बेहतर नियंत्रण पाने में मदद करेंगी :

• यह सुनिश्चित करें कि श्रोता आपको समझ रहा है। प्रश्न पूछने के लिए उसे प्रोत्साहित करें। "बेवक़ूफ़" जैसे शब्द का प्रयोग कर श्रोता को दबाने की कोशिश कभी न करें। उससे पूछें "क्या मेरी बात स्पष्ट हो रही है?" "तुम समझ रहे हो, जो मैं कह रहा हूँ?"

• बोलने से पहले सोचें। अनावश्यक बातों से बचें। ख़ुद से पूछें कि आपके कथनों में स्पष्ट ओर सार्थक संबंध है या नहीं।

• वही कहें, जो आप कहना चाहते हैं। अपने श्रोता से किसी गुप्त संदेश को समझने की उम्मीद न रखें। यदि गुप्त संदेश वाक़ई काम का हो, तो स्पष्ट रूप से कहने की हिम्मत रखें।

• दोहराव से बचें। अपनी बात संक्षिप्त रखें और एक बार में एक मिनट से ज़्यादा बोलने से बचें।

• ख़ुद से पूछें - "मैं दूसरे व्यक्ति को कैसा महसूस करवा रहा हूँ? मैं ख़ुद उस स्थिति में कैसा महसूस करूँगा? मैं इस बात को कैसे बेहतर कर सकता था?" याद रखिए बुराई जैसी रुकावट वाले संदेश संवाद ही नहीं आत्म-गौरव को भी नष्ट करते हैं।

• अपनी आवाज़ की शैली पर ध्यान दें। यदि यह रूखी, कर्कश या खीझ पैदा करने वाली हो, तो अपनी आवाज़ को मधुर बनाएँ। आवश्यक न हो, तो ज़ोर से न बोलें।

• अपने शारीरिक हाव-भाव पर नियंत्रण रखें। यदि संभव हो, तो दर्पण में देखें। ख़ुद से पूछें "मैं जो कह रहा हूँ, वह कैसा लग रहा है? क्या मैं तनावग्रस्त हूँ? क्या मैं चिंतित, अनिश्चित या ग़ुस्सैल दिखता हूँ?"

3. श्रोता संबंधी समस्याएँ : श्रोता की बेरुख़ी कई वजहों से हो सकती है जिनमें उसकी थकान, किसी चीज़ में उलझे होना या संदेश से असहमति शामिल हैं। श्रोताओं को दुःख पहुँचाने वाली तीन सबसे बड़ी समस्याएँ हैं - निर्णायक प्रतिक्रिया, संदर्भ की अलग स्थितियाँ और वक्ता के साथ अनसुलझे विवाद।

पता लगाएँ कि बातचीत कैसे असर डालती है

श्रोता की *निर्णायक प्रतिक्रियाएँ* संवाद के प्रवाह में गंभीर अवरोध पैदा करती हैं। संवाद संबंधी एक व्याख्यान में मनोविज्ञानी कार्ल रोजर्स ने कहा- "व्यक्तियों के बीच आपसी बातचीत में बड़ा अवरोध फ़ैसला करने, आकलन करने, दूसरे व्यक्ति या समूह को स्वीकृत या अस्वीकृत करने की नैसर्गिक प्रवृत्ति है।"[3] कार्ल रोजर्स की टिप्पणी है : हम *अपने* दृष्टिकोण, *अपने* संदर्भ बिंदु से आकलन करते हैं। हमें लगता है कि स्थिति विशेष पर हमारी ही पकड़ सही और वास्तविक है। नतीजतन हम समझ के साथ सुन नहीं पाते। रोजर्स के अनुसार वास्तविक संवाद का अर्थ है :

> दूसरे व्यक्ति द्वारा व्यक्त विचार और दृष्टिकोण का अवलोकन, उसके अनुभव का आभास, उसके द्वारा कही जा रही बात के संदर्भ बिंदु की प्राप्ति। किसी के बारे में जानने के बजाय उस व्यक्ति को समझना ही ऐसा प्रभावशाली तरीक़ा है, जिससे व्यक्तित्व में महत्वपूर्ण परिवर्तन लाया जा सकता है।[4]

जब श्रोता के पास वक्ता से *भिन्न संदर्भ स्तर* हो, तब भी संवाद टूट जाता है। संदर्भ स्तर वह मानक समूह है, जिसके आधार पर शब्द, विचार अथवा व्यवहार को उचित या अनुचित माना जाता है। उदाहरण के लिए "पीढ़ियों का अंतर" भिन्न संदर्भ स्तरों से तय होता है। मार्क ट्वेन की लघुकथा "बक फ़ैनशाज़ फ़्यूनरल" में इस समस्या का अतिशयोक्तिपूर्ण और रोचक उदाहरण चित्रित किया गया है। स्कॉटी एक मित्र के लिए शवयात्रा की तैयारी में है, किंतु स्कॉटी और मंत्री महोदय दोनों ही एक-दूसरे के संदर्भ स्तर से अनभिज्ञता दर्शाते हैं।

> "क्या तुम वही हो, जो पास ही में उपदेश वाली जगह आता-जाता है?"
>
> मैं क्या - माफ़ करो - मैं कुछ समझा नहीं।"
>
> आह और सिसकी भरते हुए स्कॉटी ने फिर कहा :
>
> "क्यों, आप देख सकते हैं हम मुश्किल में हैं और हमने सोचा यदि आपको मना लें तो आप हमें लिफ़्ट दे देंगे। अगर मेरे बस में होता तो मैं आपको उस जगह का हेड क्लर्क बना देता।"

"मैं वहाँ का धर्मगुरु हूँ, जो यहाँ से पास ही में हैं।"

"किसका?"

"मैं उन श्रद्धालुओं का आध्यात्मिक सलाहकार हूँ, जिनका पवित्र स्थान यहाँ से नज़दीक ही है।"

"स्कॉटी ने सिर खुजाया, एक पल को सोचा और फिर कहा:

"साथी, आप मुझे धमका रहे हैं, पर मैं अपनी ज़िम्मेदारियों से मुँह नहीं मोड़ सकता।"

"कैसे? मुझे माफ़ करो, मैंने तुम्हें क्या समझाया?"

"ख़ैर, आप मुझ पर भारी पड़ रहे हैं या शायद हम दोनों एक-दूसरे पर। आपकी बातें मेरी समझ से परे हैं और मैं आपको समझा नहीं पा रहा। देखिए, हममें से एक लड़के का निधन हो गया है और हम उसे विदाई देना चाहते हैं, और इसलिए मैं चाहता हूँ कि मधुर वॉल्स संगीत बजाते हुए उसे ख़ूबसूरत विदाई दें।"

"मेरे दोस्त, मेरा सिर चकरा रहा है। तुम्हारी बातें मेरी समझ से परे हैं। क्या तुम उन्हें किसी तरह सरल रूप में नहीं बता सकते? शुरुआत में मुझे लगा कि मैं तुम्हें समझ गया, पर अब फिर वही ढाक के तीन पात। अगर तुम अपनी बात को रूप और अभिव्यंजनाओं तक सीमित रखोगे, तो क्या इससे बात और नहीं उलझेगी?"[5]

भिन्न संदर्भ स्तर से तब कोई नासमझी पैदा नहीं होती, जब आप दूसरे व्यक्ति के संदर्भ स्तर को समझने की कोशिश करते हैं। आप हर व्यक्ति की विशिष्टता से ज्ञान और प्रशंसा भाव के नए द्वार खोल सकते हैं। हममें से हर कोई एक ही नज़रिये से दुनिया को नहीं देखता। यही संवाद को ज़रूरी ... और रुचिकर बनाता है।

तीसरी श्रवण समस्या तब उपजती है, जब श्रोता वक्ता के साथ *अनसुलझा विवाद* पाता है। इस द्वंद्व की वजह से ऐसी मनोवैज्ञानिक दूरी पैदा होती है कि कोई भी पक्ष एक-दूसरे को सुन नहीं पाता। लिओन फ़ेस्टिंगर के कर्कशता बोध संबंधी प्रयोग से स्पष्ट हुआ कि यद्यपि एक संदेश वक्ता के विचार को सकारात्मक रूप से व्यक्त करता है, किंतु

यदि श्रोता और वक्ता के बीच नकारात्मक संबंध है तो वह नकारात्मक तरीक़े से लिया जाएगा। इसे हम इस तरह चित्रित कर सकते हैं:

चित्र – 5.2

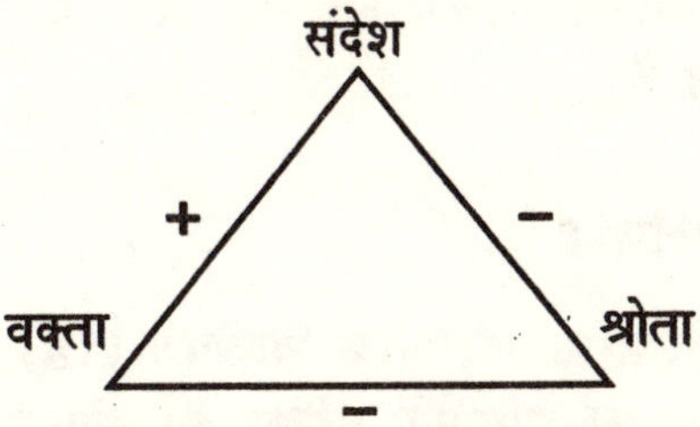

दूसरे शब्दों में, यदि एक विद्यालयीन शिक्षक किसी प्रशासक को नापसंद करता है, तो वह प्रशासक के संदेश में काफ़ी कुछ ग़लतियाँ निकालेगा। यदि पति-पत्नी के बीच विवाद हो, तो एक पक्ष जो भी कहेगा, दूसरे के द्वारा उसकी ग़लत व्याख्या ही की जाएगी।

एक श्रोता के बतौर आप निम्न रणनीति से अपने संवाद की प्रभावशीलता बढ़ा सकते हैं।

- यदि किसी कारणवश आप ठीक प्रकार से सुनने में असमर्थ हैं तो वक्ता से कहें, "फ़िलहाल मैं आपकी बात सुनने की स्थिति में नहीं हूँ। हम इस पर बाद में चर्चा करेंगे।"
- वक्ता के संदेश को पुस्तक के एक पृष्ठ की तरह देखें। जब तक आप इसे पलटेंगे नहीं, आपको सिर्फ़ एक ही पक्ष नज़र आएगा। यह स्वीकार करें कि संदेश तब तक अपर्याप्त रहेगा, जब तक आप अपने अलावा वक्ता के नज़रिये से भी इसे नहीं देख लेते।
- जब तक बात समझ में न आए, स्पष्टीकरण माँगते रहें।
- वक्ता के साथ विवाद दूर करने पर काम करें। यदि यह तुरंत संभव न हो, तो कुछ समय बाद इसका निराकरण करें। मरहम के लिए कुछ समय दीजिए। जब समय मिले, तो विवाद के बारे में खुलकर चर्चा करें। यदि अनबन दूर न हो, तो पेशेवर की सलाह लें।

घटकों का यह विश्लेषण संवाद प्रक्रिया के बड़े हिस्सों को चित्रों में देखने जैसा है। इससे समस्या के भिन्न क्षेत्रों की समीक्षा में मदद मिलती है। इसके अलावा हमारी बातचीत में प्रवाह के साथ विविधता भी होती है। इस विविधता को समझने के लिए हम पारस्परिक विश्लेषण के मॉडल का उपयोग कर सकते हैं।

पारस्परिक विश्लेषण

ट्रांसेक्शनल एनालिसिस या पारस्परिक विश्लेषण (TA) संवाद के *अंदरूनी स्वरूप* को समझने का उपयोगी तरीक़ा है। थॉमस हैरिस ने अपनी किताब *"आई एम ओके - यू आर ओके"* में इसे लोकप्रियता प्रदान की। टी.ए. हमें बताता है कि क्यों व्यक्तित्व की चंचलता के तत्व हमारे संवाद को ख़राब करते हैं और इनसे निपटने के लिए क्या किया जाए।

टी.ए. सिद्धांत में लोगों को तीन प्रकार की बातचीत में, *उम्र के अंतर से अलग रहते हुए* अभिभावक (पेरेंट), वयस्क (एडल्ट) और बच्चे (चाइल्ड) (P, A, C) में बाँटा गया है। यह वर्गीकरण बातचीत के कुछ विशेष प्रकार या "अहं स्तर" को परिभाषित करता है। यदि हम अपने संवाद के प्रकार को चित्र के माध्यम से टी.ए. मॉडल में व्यक्त करें, तो वह इस प्रकार होगा :

चित्र-5.3

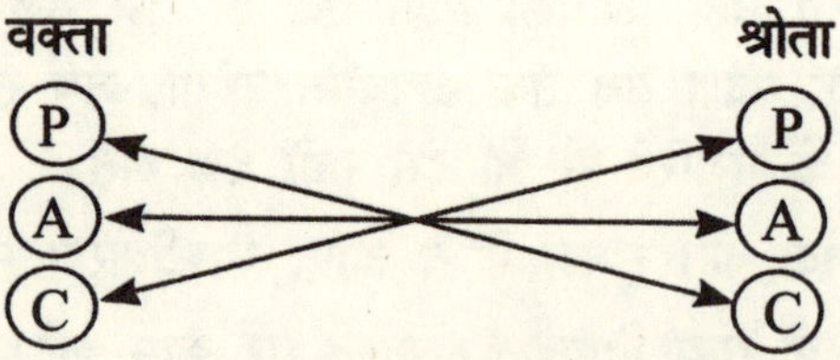

ध्यान दें कि जिस प्रकार वक्ता अपने व्यक्तित्व की अभिव्यक्ति (P, A, या C) करता है, उसी स्तर पर श्रोता प्रतिक्रिया दर्शाता है। उदाहरण के लिए, यदि वक्ता अभिभावक की तरह बोलता है, तो श्रोता संवाद से

प्रभावित होकर बच्चे की तरह प्रतिक्रिया व्यक्त करता है।

टी.ए. सिद्धांत में वयस्क अभिव्यक्ति ईमानदार और बचाव से दूर होती है, जो श्रोता को आदर और समझ के स्तर पर रखकर उसकी श्रेष्ठ व परिपक्व ख़ूबियों को उजागर करती है। एक वयस्क से वयस्क की बातचीत का तरीक़ा उभरता है, जब :

एक माँ बच्चे से किसी मित्र की तरह बात करती है और स्वीकृति तथा भरोसा दर्शाती है।

एक पति अपनी पत्नी से व्यावसायिक सहयोगी की तरह किसी निर्णय पर उसके दृष्टिकोण की माँग करता है।

एक तरुण अपने पिता के साथ बैठकर "बड़ों जैसी" बातें करता है।

ऐसे वार्तालाप में गंभीर मतभिन्नता के बावजूद समझ के स्तर पर रुकावट पैदा नहीं होती। वयस्क से वयस्क संवाद के लक्षण आपसी आदर और खुलापन हैं। जब ऐसी अभिव्यक्ति होती है, तो यह संतुष्टिदायक अनुभव होता है।

बातचीत के अधिकतर तरीक़े अभिभावक-बालक अथवा बालक-अभिभावक स्तर पर काम करते हैं। (याद रखिए, टी.ए. सिद्धांत में यह वर्गीकरण उम्र नहीं, बल्कि व्यक्तियों के "पारस्परिक संबंध" पर निर्भर करता है।) बातचीत में अभिभावक-बालक का आपसी स्तर आक्रामक, थर्रा देने वाली आवाज़ और वक्ता के गरिमा स्तर को बढ़ाने वाले अधिकार भाव तथा श्रोता के स्तर को तुच्छ दर्शाने वाले भाव पर आधारित होता है। एक पिता घर लौटकर पत्नी को साफ़-सफ़ाई के लिए कहता है, अपने बेटे को लॉन साफ़ न रखने के लिए "गंदा" क़रार देता है और बेटी को कोई बात भूल जाने पर फटकारता है। एक पत्नी घरेलू कामों के लिए पति पर बिगड़ती है और बच्चों पर चीख़ती-चिल्लाती है। एक छह वर्षीय बच्चा इस चीख़ की नक़ल करके अपने हम-उम्र (कभी-कभी बड़ों पर) या छोटे भाई-बहन पर रौब झाड़ता है। यहाँ बातचीत का *लक्षण*, बात से ज़्यादा महत्वपूर्ण है। ज़ाहिर है कोई भी

फटकार या तुच्छ दर्शाया जाना पसंद नहीं करता। यहाँ तक कि जो व्यक्ति अभिभावक की तरह वार्तालाप कर रहा है, उसे भी यह बात पसंद नहीं होती।

हम सभी कभी-कभार बचपना दर्शाते हैं। यद्यपि टी.ए. सिद्धांत में बच्चा कभी-कभी तेज़ी, ज़िंदादिली, विनोद और रचनात्मकता दर्शाता है, बच्चे की सामान्य अवरोध प्रतिक्रियाएँ ग़ुस्सा, बौखलाहट, रोना होती हैं। बच्चे के रूप में हम पुचकारा जाना, सेवा प्राप्त करना और बग़ैर किसी ज़िम्मेदारी के आकर्षण का केंद्र बने रहना चाहते हैं। कभी-कभी हमें क्या करना है या क्या सुनना है, इसके निर्देश की भी ज़रूरत होती है। हम ख़ुद को निर्भरता और आत्म-पराजय की स्थिति में डाल देते हैं। एक महाविद्यालयीन छात्र अंतिम समय तक अध्ययन से जी चुराता है, फिर किसी सत्र परीक्षा में कम अंक आने पर शिकायत करता है। एक युवती अपने पुरुष मित्र को देर से आने के लिए लताड़ती है और उसे भूलने नहीं देती। एक वाहन चालक आगे धीमे चल रही गाड़ी पर खीझ उतारने के लिए अगले आधे घंटे तक दोगुनी रफ़्तार से वाहन चलाता है। पति-पत्नी किसी विवाद के बाद तुरत-फुरत कोप भवन में चले जाते हैं।

आक्रोश, चिढ़, आहत भाव, रक्षात्मकता, कम सहनशक्ति स्तर-ये सब बातचीत को अवरुद्ध कर सकते हैं। ये भाव वयस्क से वयस्क स्तर पर बातचीत में भी महत्वपूर्ण हैं। ऐसी समझबूझ और साझेदारी के परिणामस्वरूप सुलह सफ़ाई और मरहमपट्टी आसानी से हो जाती है।

यहाँ इस प्रकार के विश्लेषण का एक बिंदु दिया गया है: यह हमें संवाद असफलता के क्षेत्रों की बेहतर पहचान में मदद कर सकता है। उदाहरण के लिए, मेरा व्यवहार जो दूसरों के व्यवहार से प्रबल रूप से प्रभावित होता है - वह दूसरों के अपने प्रति नज़रिये पर भी असर डालेगा। यदि मैं ऐसी बातों की प्रकृति के प्रति सतर्क न रहूँ, तो बातचीत के दुखद तरीक़े में फँसकर बाहर आने की युक्ति नहीं ढूँढ़ पाऊँगा। किंतु यदि मैं नकारात्मक बातचीत में अपने हिस्से का विश्लेषण कर सकूँ, तो मैं समझ

जाऊँगा कि संवाद की गुणवत्ता में कैसे सुधार किया जाना है।

अपनी बातचीत के विश्लेषण में निम्न प्रश्नों का उपयोग करें:

1. मैं किन परिस्थितियों में अभिभावक, वयस्क या बालक की तरह चर्चा करता हूँ? उदाहरण के लिए, समय, संवाद साथी और बातचीत के स्थान पर ध्यान दें।
2. मेरे संवाद का तरीक़ा श्रोता की प्रतिक्रिया पर क्या प्रभाव डालता है?
3. दूसरे व्यक्ति के संवाद स्वरूप का मेरी प्रतिक्रिया पर क्या प्रभाव होता है?

इस विश्लेषण से तथ्य एकत्र कर उसे उन तरीक़ों पर प्रयुक्त करें, जो दूसरों के साथ आपके संपर्क की गुणवत्ता बढ़ाने में सहायक हैं। इस लक्ष्य की तरफ़ बढ़ने में निम्न रणनीतियाँ कारगर सिद्ध होंगी:

• अप्रभावी वार्तालाप में ख़ुद से पूछें: "मैं अभिभावक, बालक या वयस्क में से किसकी तरह बर्ताव कर रहा हूँ? मैं किसकी तरह पेश आना चाहता हूँ?"

• इस तथ्य को स्वीकारें कि आपके वर्तमान अहं स्तर और आपकी स्मृति में मँडराते पिछले भावनात्मक अनुभवों के बीच संबंध हो सकता है। "मैं ठीक नहीं हूँ" का भाव वर्तमान के बजाय अतीत की वजह से उपजा हो सकता है। अतीत की रुकावट डालने वाली छाया के बजाय वर्तमान में कार्य करने का निर्णय लें।

• किसी दूसरे की टिप्पणी पर अपनी प्रतिक्रिया का विश्लेषण करें। उदाहरण के लिए, यदि कोई आपकी प्रशंसा करता है, तो आप कैसा बर्ताव करते हैं? क्या आप ज़्यादा बोलने लगते हैं? उसे नज़रअंदाज़ कर देते हैं? हकलाने लगते हैं? विषय को बदल देते हैं? ख़ुद से पूछें "मैं इस तरह प्रतिक्रिया क्यों देता हूँ? क्या मैं वाक़ई अतीत की जकड़न से आज़ाद होने की कोशिश करते हुए वर्तमान के आत्म दिशा निर्धारण पर काम करना चाहता हूँ?

• वयस्क स्तर को ख़ुद पर हावी होने दें। अभिभावक की शब्दावली

जैसे : *कहना चाहिए, नहीं कहना चाहिए, हमेशा, कभी नहीं, बेवक़ूफ़ी* या बच्चों के भाव जैसे *"मुझे चाहिए"*, *"मुझे ज़रूरत है"*, *"मेरी इच्छा है"*, *"मैं नहीं करूँगा"*, *"मुझे दो"* आदि के बजाय वयस्क भाव जैसे खुलापन, लचीलापन, सकारात्मक अधिकारभाव, दूसरों के नज़रिये के प्रति संवेदनशीलता को व्यक्त करें।

- जिस व्यक्ति के साथ आप बातचीत कर रहे हैं, उसकी ख़ूबियों को बाहर लाएँ। खुद के वयस्क अहं स्तर को क़ायम रखते हुए श्रोता को अभिभावक या बालक के स्तर से निकालने पर ध्यान केन्द्रित करें, भले ही वह सज़ा की दरकार कर रहा हो या वार्तालाप पर हावी होने की कोशिश। याद रखें कि वार्तालाप एक पारस्परिक क्रिया है, आप जो देंगे, वही आपको प्राप्त होगा।

कल्पना कीजिए एक दंपती रात्रिभोज के वक़्त एक-दूसरे से झगड़ बैठते हैं। यदि हम उनके बीच "आपसी बातचीत" का विश्लेषण करेंगे, तो हमें विवाद का कारण तो पता चल सकता है, किंतु पूरी कहानी का पता नहीं चल सकता। पूरी समझ के लिए हमें विवाद से पहले दोनों पक्षों के अनुभवों की जानकारी प्राप्त करने की ज़रूरत होगी। यही चीज़ हमारी बातचीत पर भी लागू होती है। यह जानने के लिए कि किस प्रकार संदर्भ और परिस्थिति हमारे संवाद को प्रभावित करते हैं, हमें जीवन-स्थिति विश्लेषण की शरण लेनी पड़ेगी।

जीवन-स्थिति विश्लेषण

हम सभी किसी विशिष्ट जीवनकाल परिस्थिति में रहते हैं। मेरी जीवन-स्थिति आपसे अलग है और आपकी किसी अन्य से भिन्न है। हमारा संदर्भ विश्व के प्रति हमारी दृष्टि पर आधारित है। हम दुनिया के हिस्से हैं और दुनिया हमारा हिस्सा है।

हम किसी व्यक्ति के बारे में तब तक अच्छी तरह नहीं जानते कि वह कहाँ से आया है, वह क्या करना चाहता है, जब तक कि हम उसके

जीवन परिवेश के बारे में न जान लें। मनोवैज्ञानिक कुर्त लेविन के अनुसार किसी व्यक्ति को तब तक भली भाँति समझा नहीं जाता, जब तक कि परिवेश के साथ हम उसके संबंध को समझ न लें। नियोक्ता अपने कर्मचारी के व्यक्तित्व ही नहीं, उसके शैक्षणिक और व्यावसायिक पृष्ठभूमि के बारे में भी जानना चाहते हैं। राष्ट्रपति पद के लिए किसी उम्मीदवार को विषय विशेष पर उसकी पकड़ या उसे सुलझाने की क्षमता से ही नहीं, वरन् उसके मतदान संबंधी व्यवहार और अतीत से जुड़ी हर प्रासंगिक बात के आधार पर परखा जाता है। हमारा संदर्भ लोगों को इस चीज़ की जानकारी देता है कि हम कौन हैं और हम क्या कहना चाहते हैं।

किसी व्यक्ति की जीवन-स्थिति का विश्लेषण करने के लिए एक साधारण मॉडल उसकी पहचान और उसे प्रभावित करने वाले उसके जीवन के छह प्रमुख क्षेत्रों पर नज़र डालना है :

चित्र 5.4

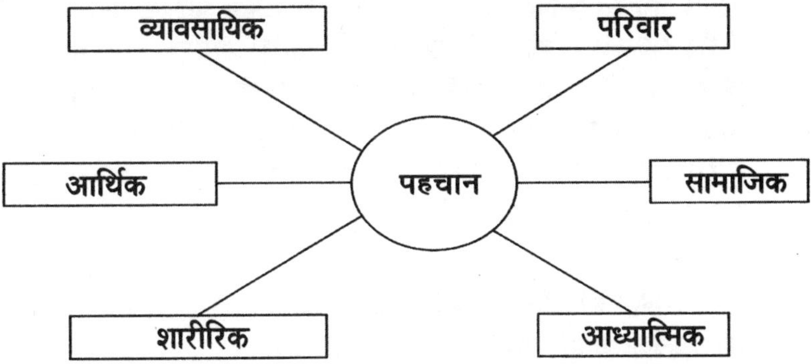

ये क्षेत्र अथवा श्रेणियाँ याद रखने के लिए बहुत छोटी और हमारी ज़रूरत के मुताबिक़ विस्तृत विवरण उपलब्ध कराने के हिसाब से काफ़ी बड़ी हैं। प्रत्येक कारक एक दूसरे से गुँथी हुई व्यवस्था का अंग है। एक क्षेत्र की समस्या दूसरे क्षेत्र को प्रभावित करती है। उदाहरण के लिए, कार्यालयीन चर्चा की कोई समस्या वित्तीय दबाव, थकान, किशोरवय

पुत्री की चिंता, शर्मीलेपन या मौत के ज़बर्दस्त डर आदि कारण से उपज सकती है।

किसी व्यक्ति की जीवन संबंधी परिस्थितियों के सीमित ज्ञान के फलस्वरूप उसके व उसके संदेश के ग़लत आकलन की संभावना काफ़ी बढ़ जाती है। यदि किसी प्रबंधक को लगे कि किसी कर्मचारी का ग़ुस्सा व्यक्तिगत रूप से उसके ख़िलाफ़ है, तो वह उसे नौकरी तक से निकाल सकता है। जीवन परिवेश विश्लेषण से पता चल सकता है कि वह कर्मचारी बैंक से प्राप्त पाँच ओवर ड्राफ़्ट आदेशों अथवा किसी अन्य सहकर्मी की ग़लती के कारण अपने प्रदर्शन पर पड़ रहे नकारात्मक प्रभाव के चलते आक्रोश की अवस्था में था।

जब हम ख़ुद से जीवन परिवेश संबंधी निम्न प्रश्न पूछते हैं, तो हम ऐसी महत्वपूर्ण बात सीख सकते हैं जो हमें बातचीत की समस्या दूर करने में मदद करेगी :

1. मुझसे चर्चारत् व्यक्ति को समझने में उसके जीवन परिवेश अथवा संदर्भ विशेष को लेकर कौन सी बात सबसे ज़्यादा प्रासंगिक है? मैं उसके जीवन के बारे में पहले से क्या जानता हूँ? उदाहरण के लिए, क्या उसने हाल ही में नौकरी खोई है, पदोन्नति पाई है अथवा उसका विवाह हुआ है? वह अपने बारे में कौन से प्रश्न पसंद करेगा? (कई व्यक्ति अपने जीवन को लेकर प्रश्नों के संबंध में हमारे अनुमान से कहीं ज़्यादा खुले और व्यग्र होते हैं।)
2. इस व्यक्ति की जीवन संबंधी स्थितियाँ कितनी तेज़ी से बदल रही हैं और उनका हमारे संवाद पर क्या असर होगा?
3. यदि किसी विषय पर इस व्यक्ति से मेरी राय भिन्न है, तो वह मेरे मूल्यों तथा समय के विशाल संदर्भ में कितनी महत्वपूर्ण है? क्या हमारी बातचीत से दूसरे की सोच की संपूर्ण तस्वीर स्पष्ट हुई है अथवा दूसरों के विचार और भावनाओं की हमने चर्चा तो नहीं की लेकिन आपसी तालमेल के लिए वह आवश्यक है।

जीवन-स्थिति विश्लेषण हमें सिर्फ़ चर्चा कर रहे साथी को समझने में ही

नहीं, बल्कि हमारे आक्रोश, तनाव या चिंताओं को समझने में भी सहायक हो सकता है। जब हम अपने और अन्य व्यक्ति के जीवन परिवेश संबंधी आकलन में दक्षता और तेज़ी दर्शाते हैं, तो हमें अपनी संवाद प्रक्रिया के स्वरूप की विस्तृत जानकारी मिलती है और हम उसे अधिक बेहतर बना सकते हैं। हम चर्चा के विषय पर अपनी राय मज़बूती से रखते हुए आगे कहे जाने वाले वक्तव्य की रूपरेखा बना सकते हैं। उन छह दृष्टिहीन व्यक्तियों की कथा याद करें, जिन्होंने यह जानने का प्रयास किया कि एक हाथी कैसा होता है? एक ने हाथी के पैर को छुआ और कहा कि हाथी पेड़ के तने जैसा है। दूसरे ने पूँछ छूकर उसे रस्सी की तरह बताया। यदि ये अंधे व्यक्ति अपना नज़रिया बदलकर हाथी के एक से दूसरे अंग की पूरी जानकारी इकट्ठी करते, तो वे एक-दूसरे की समझ विकसित कर सकते थे।

सार संक्षेप

इस अध्याय में हमने संवाद समस्या के विश्लेषण और समाधान के तीन मॉडल-घटक, पारस्परिक और जीवन-स्थिति के विश्लेषण पर ध्यान केंद्रित किया। घटक विश्लेषण में वक्ता, संदेश, श्रोता के अध्ययन के लिए टुकड़ों में चित्र देखने की शैली का प्रयोग किया जाता है। पारस्परिक विश्लेषण संवाद में सहयोगियों (वयस्क, अभिभावक, बालक) के आपसी संबंध के सजीव चित्र बताकर व्याख्या की जाती है। जीवन-स्थिति पद्धति व्यक्ति के बातचीत के तरीक़े को प्रभावित करने वाले परिवेश की विस्तृत दृष्टि पर निर्भर होती है। प्रत्येक मॉडल उपयोगी, किंतु आंशिक जानकारी प्रदान करता है, पर जब हम इन मॉडलों का समग्र अध्ययन करते हैं, तो हमें संवाद समस्या और उसके निराकरण की संपूर्ण समझ प्राप्त होती है। ये समझ बातचीत में आई रुकावटों को दूर करने में हमारी मदद करती हैं और फिर एक नई, ज़्यादा बेहतर बातचीत की रणनीति बनाने का आधार देती हैं।

इन तीन मॉडलों में कुछ मूलभूत प्रश्नों का समूह समस्या दूर करने

से संबंधित प्रासंगिक जानकारी प्रदान करता है। इन प्रश्नों का पुनरावलोकन प्रत्येक मॉडल पर ख़ास ध्यान देने के काम आता है।

घटक विश्लेषण

1. एक *वक्ता* के बतौर मैं संवाद समस्या में किस प्रकार योगदान देता हूँ?
2. मेरे *संदेश* में कथन और कथन की शैली का क्या प्रभाव होता है?
3. *श्रोता* के बतौर मैं संवाद समस्या में किस प्रकार शामिल रहता हूँ?

पारस्परिक विश्लेषण

1. किन परिस्थितियों में मेरा संवाद वयस्क, अभिभावक या बालक की तरह समझा जा सकता है?
2. मेरे संवाद का स्वरूप श्रोता की मेरे प्रति प्रतिक्रिया पर किस प्रकार असर डालता है?
3. अन्य व्यक्ति के संवाद का स्वरूप उसके प्रति मेरी प्रतिक्रिया को किस प्रकार प्रभावित करता है?

जीवन-स्थिति विश्लेषण

1. मुझसे चर्चा कर रहे व्यक्ति को समझने में कौन सा विशेष संदर्भ या जीवन परिवेश आयाम सर्वाधिक प्रासंगिक है?
2. इस व्यक्ति के जीवन की परिस्थितियाँ किस प्रकार परिवर्तित हो रही हैं और उनका हमारे संवाद पर किस प्रकार प्रभाव पड़ेगा?
3. यदि हमारे बीच वैचारिक मतभेद हैं, तो समय के विस्तृत संदर्भ और मेरे मूल्य तंत्र में यह कितना महत्वपूर्ण है?

इन मॉडलों का लगातार प्रयोग विकल्पों को बढ़ाकर हमारे कथन और कथन की शैली के बीच बेहतर चयन को प्रेरित करेगा। दूसरे शब्दों में हम अपने संकीर्ण नज़रिये को छोड़कर न सिर्फ़ वृक्ष, बल्कि पूरे जंगल और उसके बदलते रंगों को भी देख पाएँगे। ऐसे सकारात्मक रवैये से संचालित संवाद रुकावटों, अनचाहे विवाद और मनौवैज्ञानिक अलगाव से

बचा रह पाएगा। यह उन ख़ूबियों को विकसित करेगा, जिन्हें हम आपस में बाँटना, विचारों में गहराई लाना और शिखर पर पहुँचने के एहसास के रूप में करना चाहते हैं।

विजय पाने की दिशा में

कार्ययोजना

1. इस अध्याय के सार संक्षेप खंड में बताए गए घटक विश्लेषण से संबंधित प्रश्नों को देखकर ख़ुद से तीन प्रश्न पूछें। इन प्रश्नों में बताई गई किसी ताज़ा विशिष्ट संवाद समस्या पर ध्यान दें। विश्लेषण को भारी-भरकम न होने दें। दिमाग़ में आने वाले पहले विचार को लिखें (उदाहरणार्थ : "मैं मानता हूँ कि मेरा संदेश स्पष्ट और सीधा नहीं था।") आपका विश्लेषण एक नक़्शे की तरह है : यह दर्शाता है कि आप कहाँ खो गए हैं और किस तरह आपको मंज़िल तक ले जाने वाली राह की तरफ़ लौटना है।

2. सार संक्षेप में वर्णित पारस्परिक विश्लेषण के प्रश्नों का प्रयोग यह जानने के लिए करें कि आप किस प्रकार एक संवाद तरीक़े से दूसरा अपनाते हैं? (उदाहरणार्थ : वयस्क, अभिभावक, बालक)। संवाद गतिरोध की स्थिति में जाँचने के लिए ख़ुद से ये प्रश्न पूछें कि आप किस संवाद तरीक़े में हैं और उसे बदलने की ज़रूरत है या नहीं।

3. जब आप घटक से पारस्परिक विश्लेषण के उपयुक्त स्तर पर हों, तब जीवन-स्थिति संबंधी प्रश्नों का विश्लेषण करें। शहर या राज्य के नक़्शे के बजाय यह विश्लेषण पूरे देश के नक़्शे की तरह है। इसे उस व्यक्ति के पूरे चित्र की तरह इस्तेमाल करें, जिसे आप समझना चाहते हैं। इसका प्रयोग विशेषकर तब करें, जब बातचीत में साथी की बात स्वीकारने में आपको परेशानी पेश आ रही हो।

6

लोगों का ध्यान जीतें

मानव होने के लिए ख़राब ही सही, पर बोलना ज़रूरी है और श्रेष्ठ मानव होने के लिए श्रेष्ठतापूर्वक बोलना ज़रूरी है।[1]

वेंडेल जॉन्सन

यदि आप इस भाव के साथ चर्चा में शामिल होते हैं कि "मैं इस प्रकार बोलूँगा कि अन्य व्यक्ति को मुझे सुनने में ख़ुशी होगी" तो आप ध्यान भी जीतेंगे। आपकी सकारात्मक मानसिकता आपको इस प्रकार बोलने के लिए प्रेरित करेगी कि लोगों का ध्यान आकृष्ट हो। आप ख़ुद को यह कहते हुए नहीं पाएँगे –

"मेरे पति मेरी बात कभी नहीं सुनते।"

"मैं अपने बेटे से थक जाने तक बोलती हूँ, पर इससे कोई फ़ायदा नहीं होता।"

"मैंने एक बार नहीं, हज़ार बार तुमसे कहा..."

"कोई नहीं पूछता कि मैं क्या सोचता हूँ।"

हालांकि आप पाएँगे कि बहुत अच्छा बोलने के बावजूद कभी-कभी आप लोगों का ध्यान खो देते हैं। लोगों की अपनी समस्याएँ इतनी हैं कि वे आपकी बात पर हमेशा ध्यान नहीं दे पाते। यदि आप इस अध्याय में वर्णित निम्न सिद्धांतों पर अमल करते हैं, तो आपकी चर्चा को कम-से-कम नीरस और दूसरों के साथ ज़्यादा संतोषजनक बनाया जा सकता है।

1. बातचीत का दम तोड़ने वाली चीज़ों से बचें।
2. रुचिकर विषयों पर अपने विचार विकसित करें।
3. प्रश्न पूछना सीखें।
4. बातचीत शुरू करने लायक़ बिंदुओं को याद कर लें।
5. नाम याद रखें।
6. बढ़िया बातचीत के कौशल का अभ्यास करें।

बातचीत का दम तोड़ने वाली चीज़ों से बचें

एक ख़ुशगवार चर्चा विरोधाभास, अड़ियल कथनों और सतही सरलीकरण जैसे अवरोधकों के कारण अचानक ख़त्म हो सकती है, जैसे :

मज़ाक का पात्र मत बनो!
मैं अच्छी तरह जानता हूँ, तुम क्या सोच रहे हो!
यह कभी कारगर नहीं होगा!
तुम्हारा दिमाग़ ख़राब है?
जब मैं तुम्हारी उम्र का था, मैं हमेशा...
हर किसी को चाहिए...
तुम्हें उस तरह से नहीं सोचना चाहिए!
मैंने तुमसे कितनी बार कहा है...?

एक पल के लिए अपने अनुभव में आए उन व्यक्तियों के बारे में सोचें, जो संवाद को मुश्किल बना देते हैं। वे ऐसा क्या कहते या करते हैं, जिससे परेशानी पैदा होती है? क्या समस्या की वजह लगातार वार्तालाप है? क्या यह उनका शब्द चयन, बोलने का तरीक़ा, आवाज़ की शैली

या रवैया है, जिसे आप नापसंद करते हैं? संवाद के लिए नुक़सानदेह कथनों या स्थितियों की सूची बनाना आपके लिए लाभप्रद है, फिर आप इन बिंदुओं से अपनी चर्चा का बचाव कर सकते हैं।

बातचीत को अचानक ख़त्म करने वाली चीज़ों को पहचानने की प्रक्रिया में निम्न प्रश्न मददगार होंगे। प्रत्येक प्रश्न को परखें और उन क्षेत्रों पर विशेष ध्यान दें, जहाँ सुधार की ज़रूरत हो।

क्या मैं ज़ोर से बोलता और चीख़ता हूँ?	**हाँ**	**नहीं**
क्या मैं शिकायती रवैया रखता हूँ?	**हाँ**	**नहीं**
क्या मैं लोगों की आलोचना करता हूँ?	**हाँ**	**नहीं**
क्या मेरी आवाज़ की शैली नफ़रत दर्शाती है?	**हाँ**	**नहीं**
क्या मैं असुरक्षाभाव से ग्रस्त ध्वनि में बोलता हूँ?	**हाँ**	**नहीं**
क्या मैं दूसरों को मौक़ा दिए बग़ैर एक मिनट से ज़्यादा समय तक लगातार बोलता हूँ?	**हाँ**	**नहीं**
क्या मैं अपने या अपनी ही रुचियों के बारे में बहुत ज़्यादा चर्चा करता हूँ ?	**हाँ**	**नहीं**
क्या मैं अड़ियल, संकुचित, बहसबाज़, अहंकेंद्रित तरीक़े से बात करता हूँ?	**हाँ**	**नहीं**
क्या मैं फुसफुसाकर बात करता हूँ?	**हाँ**	**नहीं**
क्या मेरे पास बातचीत का एक ही विषय है?	**हाँ**	**नहीं**
क्या मैं फ़ौज के सार्जेंट की तरह लोगों को आदेश देता हूँ?	**हाँ**	**नहीं**
क्या मैं ग़लत समय और ग़लत मौक़ों पर बात कर लोगों को बोर करता हूँ?	**हाँ**	**नहीं**

अपने आपसे ऐसे प्रश्न पूछकर आप गंभीर ग़लतियों से बचते हुए अपने बातचीत के तरीक़े में सफल वार्तालाप के लिए ज़रूरी फेरबदल कर सकते हैं।

रुचिकर विषयों पर अपने विचार विकसित करें

रुचिकर संवाद के लिए लगभग हर विषय उपयुक्त होता है। आपका संवाद आकर्षक हो सकता है चाहे वह बास्केटबॉल, भ्रमण, संगीत, राजनीति पर हो या घर-घर जाकर विक्रय और शेयर बाज़ार के बारे में। किसी भी विषय पर आपके विचार महत्वपूर्ण हैं, क्योंकि वे *आपका* प्रतिनिधित्व करते हैं। किंतु यदि यह सच है, तो कई संवाद बोरियत भरे क्यों होते हैं? वे शायद दिलचस्प चर्चा (TALK) के 4 मूलभूत तत्वों से रहित होते हैं। आपके संवाद के उबाऊ होने का पहला कारण यह हो सकता है कि आप बोलने से पहले *सोचते* (*Think*) नहीं हैं; हमें दूसरों की दिलचस्पी का ख़्याल नहीं रहता। दूसरा - हम *प्रभावी* (*Assert*) *तरीक़े से* अपनी बात नहीं रखते और अपने गंभीर विचार या भाव आगे नहीं लाते, ख़ासकर जब हमें मौजूदा राय के विरुद्ध जाने का भय हो। तीसरा - हम दूसरों की बात ध्यान से नहीं *सुनते* (*Listen*); हम उन गहरे भावों को नज़रअंदाज़ कर जाते हैं, जो संवाद को गर्मजोशी, विनोद या मस्ती से भर सकते हों। चौथा - हम नहीं *जानते* (*Know*) कि क्या बोलना है; हम अपनी जगत दृष्टि अथवा ब्रह्मांड के रहस्यों के प्रति प्रशंसाभाव को विकसित करने वाले ज्ञानवर्धक सूत्रों पर ध्यान नहीं देते।

उबाऊ संवाद और एकरसतापूर्ण वार्तालाप को रुचिकर चर्चा में बदलने वाले कुछ उपाय इस प्रकार हैं :

- पुस्तक पढ़ते, टी.वी. पर फ़िल्म देखते हुए उन जानकारियों की तलाश करें, जो आपके जीवन संबंधी दर्शन को समृद्ध बनाने के अलावा लोगों के प्रति संवेदनशीलता और ब्रह्मांडीय चेतना को भी विकसित करें।

- ऐसे तथ्यों को दूसरों के साथ बाँटने के भाव से याद करें या लिख लें।

- शुरुआत में छोटी जानकारियाँ याद रखें। अख़बार, पुस्तक या पत्रिका में वर्णित एकमात्र वाक्य अथवा विचार का नियमित संग्रह भी आपको शानदार चर्चा करने वाला बना सकता है।

• विचारों को संभावित मित्रों की तरह देखें। उनसे भयभीत होने के बजाय महत्वपूर्ण नज़र आने वाली राय सामने रखें।

• सोच की प्रवृत्ति विकसित करें। विचार विशेष को भुलाने की ओर धकेलने की बजाय अपने मस्तिष्क में उन्हें घेर लें। किसी विचार को एक से अधिक दृष्टिकोण से देखने का अभ्यास करें। अपने अलावा दूसरों के नज़रिये से भी उस पर ग़ौर करें। किसी विचार के अंशकालिक व दीर्घकालिक प्रभाव की कल्पना करें।

जो चीज़ आपका ध्यान खींचेगी, ज़रूरी नहीं कि वह सबको आकर्षित करे, किंतु अपने मस्तिष्क में छुपे संगीत, सुंदरता, तनाव एवं नाटकीयता जैसे विचारों को दुनिया के समक्ष रखने का अवसर भी छुपा है। उदाहरण के लिए, वैज्ञानिकों की संगोष्ठी में व्यक्त एक समाचार आलेख के प्रति मेरे मन में उपजे विचार यहाँ वर्णित हैं :

> वैज्ञानिक अरबों वर्ष पूर्व सृष्टि के जन्म के प्रथम तीन सेकंड में घटी घटनाओं की खोज में लगे हैं।
>
> वे जानना चाहते हैं कि अगले 20 से 30 अरब साल बाद ब्रह्मांड में क्या घटित होगा।
>
> वह ब्रह्मांड और अदृश्य लघु अणुओं की व्याख्या करने वाले नियमों के समूह का पता लगाने की कोशिश कर रहे हैं।
>
> संगोष्ठी के प्रतिभागियों ने उन ब्लैक होल्स की चर्चा की, जो कई सिद्धांतों के अनुसार प्रकाश को भी अपनी गुरुत्वाकर्षण शक्ति से बाहर निकलने नहीं देते।
>
> वैज्ञानिकों के अनुसार ब्लैक होल का एक चम्मच वज़नी अंश भी कई टन के बराबर हो सकता है।[2]

जब आप अपनी सोच को प्रभावित करने वाले दिलचस्प विचारों या तथ्यों की खोज करेंगे, तो वे आपको ज़रूर मिलेंगे। आपको इन्हें दूसरों से बाँटने में भी परेशानी नहीं होगी, क्योंकि आपके साथ चर्चा कर रहे व्यक्ति की दिलचस्पी भी आपका उत्साह देखकर बढ़ेगी।

प्रश्न पूछना सीखें

व्यक्तिगत संबंधों में जिस कौशल की सबसे ज़्यादा उपेक्षा की जाती है, वह है अच्छे प्रश्न पूछना। कुछ लोग समझते हैं कि प्रश्न पूछना एक प्रकार से दूसरों के कार्यकलाप में हस्तक्षेप या एक तरह से कमज़ोरी की निशानी है। कुछ अन्य व्यक्ति अपनी ही बात पर इस क़दर केंद्रित होते हैं कि प्रश्न पूछना उनके दिमाग़ में उभरता ही नहीं। मगर प्रश्न पूछने की कला का अभ्यास करने वाले तीन फ़ायदों का उल्लेख करते हैं-

1. सुने जाने के अधिकार की प्राप्ति।
2. दूसरे व्यक्तियों द्वारा ध्यानाकर्षण के भाव का अनुभव और इस प्रकार उनसे संबंध प्रबल कर उन्हें मित्र बनाना।
3. कुछ नया सीखना।

कुछ व्यक्तियों का मानना है कि प्रश्न पूछना चुटकुले सुनाने जैसा है; या तो आप इसमें दक्ष होते हैं या नहीं होते। एक कथा के अनुसार राज्य बंदीगृह में एक नया क़ैदी पहली बार भोजन कर रहा था, तभी कोई चिल्लाया, "36!" सभी खिलखिलाकर हँस पड़े। फिर किसी ने ज़ोर से कहा "79!" और फिर सभी अपराधी हँसी के मारे दोहरे हो गए। नए क़ैदी ने अपने साथी से जानना चाहा कि आख़िर यह माजरा क्या है? उसने कहा - "यह अंक किसी चुटकुले से जुड़े हैं। हमें यहाँ साथ रहते हुए इतना वक़्त हो गया है कि अंक सुनकर चुटकुला समझ जाते हैं।" नए क़ैदी ने भी इस मंडली में घुल-मिल जाने के लिए कुछ दिन बाद साहस कर अपना पसंदीदा अंक चिल्लाकर बोला - मगर इस बार कोई नहीं हँसा। कुछ बैचेन होकर उसने साथी से इसकी वजह जाननी चाही, तो उसका जबाव था, "भाई कुछ के पास चुटकुला कहने की कला होती है, कुछ के पास नहीं!"

कुछ लोग प्रश्न पूछ पाते हैं, कुछ नहीं। **ग़लत!** *कोई भी* प्रभावी ढंग से प्रश्न पूछना सीख सकता है। आपके द्वारा पूछे गए प्रश्न तभी प्रभावी लगेंगे, जब वह विषय में आपकी गहरी दिलचस्पी दर्शाएँ और स्थिति के

अनुकूल हों। मनचाहा फल पाने के लिए सही तकनीक का इस्तेमाल अक्सर मुश्किल भरा होता है।

यहाँ कुछ उपयोगी तकनीक वर्णित हैं :

• याद रखें कि प्रत्येक वार्तालाप में कभी-कभी कुछ ख़तरनाक भावनाएँ भी छुपी होती हैं। यदि आप इन भावनाओं के प्रति संवेदनशील रहें और खुलेपन तथा स्वीकार्यता के भाव ज़ाहिर कर ख़तरे को कम कर सकें, तो आपके प्रश्न सर्वाधिक सराहे जाएँगे।

• अपना उद्देश्य स्पष्ट करें। जाने-माने मतदान विशेषज्ञ जॉर्ज गैलप के अनुसार जब आप प्रश्न पूछना शुरू करते हैं, तो दूसरा व्यक्ति आश्चर्य दर्शाता है कि "हम उसके बारे में क्यों जानना चाहते हैं?" जब आप उसे उद्देश्य बताते हैं तो आप संवाद के गतिरोध को हटाते हैं, भले ही वह उद्देश्य महज़ "जानकारी प्राप्त करना" ही क्यों न हो। उदाहरण के लिए, आप कह सकते हैं - "मैं अपने द्वारा लिए जाने वाले निर्णय पर आपकी राय जानना चाहता हूँ। आपके पास चर्चा के लिए समय कब होगा।" या "मैं जानना चाहता हूँ कि कैसी कार ख़रीदी जाए। आपकी अपनी कार के बारे में क्या राय है?" या "प्रिय, हमारी बचत कम है, क्या तुम फिर भी यह गाड़ी ख़रीदना चाहोगी?"

• अपने संवाद की शुरुआत उन प्रश्नों से करें, जिनके उत्तर आसानी से दिए जा सकते हैं। इसके पश्चात खुले प्रश्न पूछकर दूसरे व्यक्ति के विचार सामने लाएँ और फिर उसे बातचीत की दिशा चुनने का मौक़ा दें। यदि आप दूसरे व्यक्ति के विचार और भावनाएँ जानना चाहते हैं तो "हाँ" या "नहीं" के जवाब वाले प्रश्नों से बचें। उदाहरण के लिए; यह पूछने के बजाय कि "तुम्हें अपना व्यवसाय पसंद है?" यह पूछें कि "तुम्हें अपने व्यवसाय में क्या अच्छा या बुरा लगता है?"

• अपने प्रश्नों के जवाब ध्यानपूर्वक सुनें। आवाज़ की शैली, बोलने की रफ़्तार, उत्तरदाता के कथन व उसके अभिप्राय पर ध्यान दें। इस जानकारी से आपको यह पता लगाने में मदद मिलेगी कि वह व्यक्ति

आपके प्रश्नों को किस प्रकार ग्रहण कर रहा है। कम बातचीत किसी विषय पर चर्चा से बेरुख़ी दर्शाती है, पर कभी-कभी आपका साथी यह जानने के लिए भी ख़ामोशी अपनाता है कि आपकी दिलचस्पी वार्तालाप में है अथवा नहीं? यदि संवाद सहयोगी पहले ही उसके विचारों और भावनाओं की हँसी उड़ाने वालों से त्रस्त बैठा है, तो धैर्य के साथ पहले उसमें विश्वास की भावना जागृत करें।

• ऐसे प्रश्नों से बचें, जो उत्तरदाता को मुश्किल में डाल दें, झल्लाए हुए उत्तर देने पर मजबूर करें या जो आपके दिमाग़ में यकायक आए हों। याद रखें कि ज़्यादातर लोग अपनी तरफ़ ऐसे ध्यानाकर्षण की उम्मीद रखते हैं, जो उनके विचारों तथा भावों की खोज कर उनकी दिलचस्पी जानने की कोशिश करे, उनकी उपलब्धियों या पृष्ठभूमि को उजागर करे।

बातचीत शुरू करने लायक़ बिंदुओं को याद कर लें

बग़ैर किसी अपवाद के लगभग हर व्यक्ति अपने या किसी अन्य विषय के बारे में बात करना चाहता है, यदि उसे पता हो कि श्रोता की इसमें दिलचस्पी है। दुर्भाग्यवश कुछ महानुभाव तो ध्यानाकर्षण के इतने भूखे होते हैं कि यदि आप उन्हें बोलने के लिए दो मिनट देते हैं, तो वे घंटे भर तक बोलते ही रहते हैं। फिर भी प्रश्न पूछने के लाभ ख़तरे की आशंका के बावजूद उठाए जाने चाहिए। आप सुने जाने का अधिकार प्राप्त कर परस्पर विश्वास और तालमेल के लिए अनुकूल वातावरण का निर्माण करते हैं।

यहाँ याद रखने योग्य दर्जन भर उत्प्रेरक वाक्य दिए गए हैं। ये किसी भी पार्टी की नीरसता को तोड़, उबाऊ "छोटी चर्चा" को संतुष्टिदायक वार्तालाप में बदलकर गर्मजोशी की शुरुआत कर सकते हैं :

1. यदि आपको कोई दस लाख डॉलर दे, तो आप उनका क्या करेंगे?
2. यदि आपको अपना मनपसंद काम करने की छूट दी जाए, तो आप क्या करना चाहेंगे?
3. यदि आपको इतिहास के किसी भी व्यक्ति, जिसे आप जानते हों या

जिसके बारे में आपने पढ़ा हो, की शख़्सियत में जीने का अवसर मिले तो वह व्यक्ति कौन होगा?

4. यदि आपकी समाधि पर कोई लेख लिखना चाहे, तो वह क्या होगा? आप किस प्रकार याद किए जाना चाहेंगे? (इस प्रश्न को संवाद की शुरुआत में न पूछें!)
5. अगले पाँच वर्ष में आप क्या हासिल करना चाहेंगे?
6. आप किसकी प्रशंसा सबसे ज़्यादा करते हैं?
7. यदि आपको यात्रा का मुफ़्त टिकट दिया जाए, तो आप कहाँ जाना पसंद करेंगे?
8. अपने बच्चों से आपको किस उपलब्धि की उम्मीद है?
9. आप इस व्यवसाय में क्यों हैं? कौन सी चीज़ आपको इससे जोड़े हुए है?
10. आपके व्यवसाय की सबसे दिलचस्प बात आपको क्या लगती है?
11. ज़िंदगी में कौन सी चीज़ आपके लिए वाक़ई महत्वपूर्ण है?
12. जीवन संबंधी आपका दर्शन क्या है?

इन प्रश्नों को प्रभावशाली बनाने के लिए इन्हें निर्णायक नज़रिये से बचकर पूछें या सामने वाले को ऐसा नहीं लगना चाहिए कि उनसे प्राप्त सूचना का आप दुरुपयोग कर सकते हैं। सही शब्द चयन और अपने उपयुक्त बोध का प्रयोग करें। इस सूची में आप अपनी रुचि या कार्य से संबंधित अन्य प्रश्नों को भी शामिल कर लें। प्राप्त उत्तरों के प्रति असहमति या विरोध प्रदर्शित न करें। आप वैज्ञानिक तथ्य नहीं, बल्कि दूसरे व्यक्ति की छवि से संबंधित प्रश्न पूछ रहे हैं। आप किसी व्यक्ति की छवि के प्रति जितनी ज़्यादा रुचि और दिलचस्पी ज़ाहिर करेंगे, उतना ही आप उस व्यक्ति के रोमांचक रहस्यों को समझने के नज़दीक जा सकेंगे।

नाम याद रखें

न्यूपोर्ट के सागर तट पर जितने रेत के कण हैं, उससे कहीं ज़्यादा संख्या

में संवाद लोगों के नाम न याद रखने के कारण टूटते हैं (ख़ैर ... हो सकता है)। किसी व्यक्ति का नाम उसका सांकेतिक प्रतिनिधित्व करता है। यदि आप किसी व्यक्ति का नाम भूल जाते हैं, तो यह दर्शाता है कि आपकी नज़र में वह व्यक्ति महत्वपूर्ण नहीं है। यदि आप चाहते हैं कि कोई आपकी बात सुने तो आपको कम से कम उस व्यक्ति के लिए महत्वपूर्ण शब्द उसका नाम याद रखने की शिष्टता दर्शानी चाहिए!

अक्सर लोग बहाना बनाते हुए कहते हैं : "मुझे चेहरे तो याद रहते हैं, लेकिन नाम नहीं।" इस टिप्पणी का विरोधाभास स्पष्ट है : यदि आप चेहरे याद रख सकते हैं, तो आप नाम भी याद रख सकते हैं। आपको सिर्फ़ चेहरे के साथ नाम को जोड़ने की कला आनी चाहिए। यहाँ कुछ सुझाव पेश हैं :

1. जब पहली बार नाम बताया जाए, तो उसे ध्यान से सुनें। यह सुनिश्चित करें कि आपने इसे सही सुन लिया है।
2. इस नाम को अपने दिमाग़ में कई बार दोहराएँ।
3. इसके बाद वार्तालाप में यह नाम जितना संभव हो, उतनी बार बोलें।
4. याद रखने के भाव से चेहरे के साथ नाम को जोड़ें। इस व्यक्ति के चेहरे की ख़ास बातों का ख़्याल रखें। इसके बाद अपनी कल्पना शक्ति का प्रयोग कर इन विशिष्टताओं की स्पष्ट छवि (विनोदी हो तो बेहतर) बनाएँ।

अंतिम बिंदु की व्याख्या ज़रूरी है। मूल सूत्र यह है कि अमूर्त नाम (आसानी से भुलाए जाने वाले) को किसी छवि (जो याद रखी जा सके) में बदला जाए, जो *आपके दिमाग़ में आसानी से रेखांकित हो*। आपका मस्तिष्क इस छवि को और उससे जुड़े नाम को याद रखेगा। यह काफ़ी हद तक व्यक्ति के चेहरे पर लिखे नाम जैसा होगा!

हेरी लॉरेन और मेरी लूकास की पुस्तक *द मेमोरी बुक* में बताया गया है कि किस प्रकार आप अपने स्मृति तंत्र को कारगर बना सकते हैं। यहाँ उनके द्वारा वर्णित नामों को याद रखने के संबद्धता सिद्धांत का

एक उदाहरण प्रस्तुत है :

> सोचिए कि आप हाल ही में मि. क्रेन से मिले हैं। आपके दिमाग़ में भवन निर्माण मज़दूरों द्वारा प्रयुक्त किए जाने वाले उपकरण क्रेन का ख़्याल आएगा या फिर लंबी गर्दन वाले पक्षी का। आपने इस व्यक्ति का चेहरा देखा और पाया कि उसका चौड़ा माथा कुछ अलग है। आप उस माथे को देखते हैं, और कल्पना करते हैं कि लंबी गर्दन वाले कई सारस उसमें से उड़कर बाहर आ रहे हैं; या आप उन पक्षियों को उस चौड़े माथे पर हमला करते हुए भी देख सकते हैं! अथवा पूरा माथा ही विशाल सारस पक्षी की तरह नज़र आए। संबद्धता सिद्धांत में आपके पास कल्पना हेतु कई विकल्प हैं। आपको कोशिश कर वह छवि देखने की आदत डालनी होगी। अगली बार मि. क्रेन *से* मिलते वक़्त *उनका नाम आपको याद रहेगा!*[3]

यह बेवक़ूफ़ी भरा लग सकता है, पर कोई भी इसके बारे में नहीं जान पाएगा। अभ्यास से यह आपको प्रभावी और रुचिकर लगने लगेगा।

नाम याद रखना लाभदायक भी हो सकता है। मान लें कि अपने व्यवसाय में आप प्रतिदिन 5 से 10 संभावित ग्राहकों से मिलते हैं। आप इनके नाम लिखें, यहाँ वर्णित स्मृति तंत्र का प्रयोग करें, उनसे जुड़ी बात और नामों की समीक्षा करें, तथा कुछ समय पश्चात वह काग़ज़ अलग रख दें। आप नाम नहीं भूलेंगे। जब आपको ग्राहक का नाम याद होगा तो ग्राहक गौरवान्वित महसूस करेंगे, ठीक वैसे, जैसे किसी के द्वारा नाम याद रखे जाने पर आप ख़ुश होते हैं। सफलतम विक्रय प्रतिनिधि नाम याद रखने की कला में पारंगत होते हैं।

बढ़िया बातचीत के कौशल का अभ्यास करें

हमारा मस्तिष्क निरंतर नए विचारों को जन्म देता या ग्रहण करता रहता है। विचार ही शब्द की शक्ल लेते हैं और हम प्रतिदिन औसतन 6 हज़ार शब्दों की अभिव्यक्ति करते हैं। आख़िर इतने ज़बर्दस्त अभ्यास व शब्द

प्रयोग के बावजूद हम अपनी चर्चा के विशेषज्ञ क्यों नहीं हो जाते? अभ्यास से ही तो दक्षता आती है... है ना? यह ज़रूरी नहीं है।

यदि बास्केटबॉल खिलाड़ी बास्केट की तरफ़ अपना लक्ष्य नहीं रखेगा, तो उसका अभ्यास व्यर्थ जाएगा। पियानोवादक का अभ्यास उसके लिए घातक हो सकता है, यदि वह सही तकनीक का प्रयोग न करे। जब तक हम सही तरीक़े से संवाद कला का अभ्यास नहीं करते, हमारी ग़लतियों की आशंका बढ़ती जाएगी। यहाँ अच्छे वार्तालाप में विशेषज्ञ बनने के लिए अभ्यास करने योग्य आठ सिद्धांत दिए गए हैं:

• *अपने रवैये पर ध्यान दें* - आप दूसरे व्यक्ति के प्रति मित्रवत् ख़ुशमिज़ाज, विनम्र, युक्तिपूर्ण, सौहार्द्रपूर्ण हैं अथवा नहीं? इनमें से कोई सा भी गुण विकसित करना मुश्किल नहीं है, फिर भी प्रभावी वार्तालाप के लिए यह पहला क़दम है।

• *सहज रहें* - अपनी ग़लतियों के प्रति अति चिंतित और घबराहट भरा रवैया वातावरण को तनाव से भर देता है। जब लोग आपके तनाव का कारण समझ नहीं पाते तो वे "जड़वत" होकर ग़लत कथन से बचने के लिए भयभीत हो जाते हैं।

• *संवाद साथी के प्रति उत्कृष्टता का भाव रखें* - आपके घनिष्ठ मित्रों में भी ख़ामियाँ होंगी, पर उनके पास अनुकरणीय ख़ूबियों का भी भंडार होगा। आप इन ख़ूबियों पर ध्यान दें। आप जिससे बात करें उसकी श्रेष्ठतम बातों को बाहर लाने की चेष्टा करें। यह प्रवृत्ति दूसरों में बुराई खोजने वाली "सामान्य प्रवृत्ति" की तरह ही जोड़ने वाली हो सकती है। लोगों में सामान्य रूप से अपने बारे में दूसरे की भावनाएँ परखने की अद्‌भुत क्षमता होती है। यदि आप उनकी ख़ूबियों पर ध्यान देंगे, तो वे ज़्यादा सहज रहेंगे और आपके साथ अपनी भावनाएँ बाँटते हुए आपको सुनने में ज़्यादा दिलचस्पी दर्शाएँगे।

• *अपने प्रति उत्कृष्टता का भाव रखें* - ऐसा करने का अर्थ अस्वस्थ अहंकार भाव या धोखेबाज़ी नहीं है, बल्कि इससे आपको अपने प्रति निश्चिंत होकर दूसरों के प्रति अधिक सचेत रहने में मदद मिलेगी।

यदि लोगों को आपकी खुद के बारे में सकारात्मक राय नज़र आएगी, तो वे भी आपके विषय में ऐसा ही सोचेंगे।

• *अन्य संवाद साथियों के मौखिक या अप्रत्यक्ष संकेतों के प्रति सचेत रहें* – खुद से पूछें : "क्या मुझे सुना व समझा जा रहा है?" "क्या मेरा संवाद पर एकाधिकार है?" "क्या इस विषय पर दूसरे कुछ कहना चाहते हैं?" जब दूसरे व्यक्ति को आभास होता है कि आप उसके संकेतों के प्रति सचेत नहीं हैं, तो संवाद रुक जाता है। सर्वश्रेष्ठ चर्चा का अर्थ जानकारियों, अभिरुचियों का आदान-प्रदान और भिन्न स्रोतों से विचारों की अभिव्यक्ति है।

• *अपने संवाद का दीर्घकालिक लक्ष्य सकारात्मक रखें* – जब किसी सामाजिक, व्यावसायिक या व्यक्तिगत समस्या पर चर्चा हो रही हो, तो समस्या से संबंधित किसी एक समाधान पर सहमति का प्रयास करें। (दरअसल कई लोग नहीं जानते कि वे किस विषय पर बहस कर रहे हैं!) जब आपको पता हो कि समस्या क्या है, तो आप संभावित समाधान सुझाकर संवाद को तनातनी में बदलने से रोक सकते हैं। यद्यपि लोग शिकायत करना पसंद करते हैं, पर शिकायत करने वालों से वे घृणा करते हैं!

• *बोलने से पहले सोचें* – संवाद की ज़्यादातर समस्याएँ विचारशून्यता से उपजती हैं। कुछ लोगों के अनुसार ज़्यादा बोलने वालों के साथ समस्या यह है कि वे बग़ैर सोचे-समझे बात करते हैं!

• *अपने संभाषण का विश्लेषण करें* – क्या आपके संवाद में "हुम्म ... आह ... तुम्हें पता है?" जैसे शब्द शामिल होते हैं? क्या आपकी आवाज़ दूसरों को मधुर लगती है? आपकी आवाज़ के उतार-चढ़ाव आत्मविश्वास और प्रामाणिकता दर्शाते हैं या भीरुता और अनिश्चय? ऐसे प्रश्न नकारात्मक वार्तालाप के तरीक़े से बचने के लिए आवश्यक चेतना पैदा करते हैं। चूँकि ऐसे तरीक़े ज़्यादातर आदतन जन्म लेते हैं, लिहाज़ा उन्हें दूर करने के लिए दृढ़ निश्चय और अनुशासन की ज़रूरत होती है। किसी के संवाद के तरीक़े को बेहतर बनाने की प्रक्रिया में कोई

संवाद शिक्षक या मित्र काफ़ी उपयोगी साबित हो सकता है।

इन सिद्धांतों के कारगर नतीजे पाने के लिए आपके पास एकमात्र उपाय इनका अभ्यास करना है। अनजान लोगों के साथ अभ्यास करें। व्यावसायिक सहयोगियों के साथ अभ्यास करें। अपने निकटस्थ लोगों के साथ अभ्यास करें। यदि आप इन सिद्धांतों को प्रत्येक वार्तालाप में लागू करते हैं, तो आप बढ़िया बातचीत का कौशल विकसित करने में कभी असफल नहीं हो सकते।

विजय पाने की दिशा में कार्ययोजना

1. अख़बार या पत्रिका से ऐसे विचार लिख डालें, जिनमें आपकी दिलचस्पी हो। उन्हें याद करें और फिर अपने संवाद में अनुकूल स्थिति के अनुसार इस्तेमाल करें।

2. उन कई प्रश्नों की सूची बनाएँ, जो आप चाहते हैं कि लोग आपसे पूछें। फिर यही प्रश्न दूसरे लोगों से पूछें। वे भी आपको उपयुक्त उत्तर देंगे।

3. इस अध्याय में वर्णित लोगों के नाम याद रखने की पद्धति का इस्तेमाल एक हफ़्ते के दौरान मिलने या पहली बार परिचित होने वालों पर करें।

4. दो सूचियाँ बनाएँ : संवाद आदतें, जिन्हें आप अपनाना चाहते हों और कौशल, जिन्हें आप विकसित करना चाहते हैं। अपने कौशल पर एक सप्ताह तक अभ्यास करें और फिर अपनी प्रगति का मूल्यांकन करें। क्या आपने कुछ पुरानी आदतें छोड़ीं? क्या आपने कुछ नए कौशल का विकास किया? इसे जारी रखें। आप ये कर सकते हैं!

7

ना कहने का साहस जुटाएँ

(बच्चे) आज भी इस विचार से जुड़े रहना चाहते हैं कि एकमात्र अच्छा उत्तर *हाँ* में जवाब देना है। निश्चित रूप से यह उनकी ग़लत शिक्षा का परिणाम है, जिसके अनुसार "सही उत्तर" सिर्फ़ वही है, जो फ़ायदा पहुँचाए।[1]

जॉन हॉल्ट *(हाऊ चिल्ड्रन फ़ेल)*

एक ऑटोमोबाइल डीलर ख़रीदार को एक ऐसी कार बेच डालता है, जिसे वह ख़रीदना नहीं चाहता था।

एक माँ अपनी चालीस वर्षीया पुत्री को उसके पुत्र की तालीम के लिए कोसती है, जब तक कि वह उसकी इच्छा के अनुरूप नहीं चलने लगती।

एक किशोर अपने अभिभावकों के घरेलू नियमों की खिल्ली उड़ाता है, जब तक कि वे उसे उसकी मनमर्ज़ी के मुताबिक़ छोड़ नहीं देते।

कोई पुरुष नियोक्ता एक आकर्षक युवती को शारीरिक संपर्क के बदले में पदोन्नति का प्रस्ताव देता है। युवती यह सोचकर राज़ी हो जाती है कि उसके पास कोई अन्य विकल्प नहीं है।

ये सब तिकड़मबाज़ कौन हैं? ये ऐसे साधारण लोग हैं, जो चिल्लाकर, मुँह फुलाकर, खिल्ली उड़ाकर या डराकर अपने शिकार को मजबूर करना सीख चुके हैं। सभी शिकारों में एक बात समान है : वे ना कहना नहीं जानते!

आजकल वैज्ञानिक मस्तिष्क के विद्युतीय संवेदन और रूपांतरण, अवचेतन केंद्रित प्रलोभन, आनुवंशिक जोड़-तोड़ और स्वभावगत प्रबंधन के चौंकाने वाले आयामों की पड़ताल कर रहे हैं। जिस प्रकार जॉर्ज ऑरवेल के उपन्यास *1984* में नियंत्रण तकनीकविद् आधुनिक मानव के लचीलेपन का फ़ायदा उठाकर उसका बाह्य रूपांतरण कर देते हैं। एक प्रकाशक ने अपनी आगामी पुस्तकों की सूची जारी करते हुए बड़ी बेशर्मी से यह दावा किया है कि उनकी नई पुस्तक यह बताती है कि कोई किस प्रकार दूसरों के जीवन को पूर्णतः नियंत्रित और यहाँ तक कि उन्हें रोबोट की तरह संचालित कर सकता है! जब तक हम अपनी सुरक्षा नहीं करते और पलटवार का उपाय नहीं जानते, तो हम लगभग मशीन जैसी स्थिति में पहुँच जाने के ख़तरे में रहेंगे।

यह अध्याय बताता है कि किस प्रकार अपने आंतरिक दिशा-निर्देश को संरक्षित रखते हुए बाह्य दबावों का मुक़ाबला किया जाए। अपने जीवन पर नियंत्रण करने के लिए आपको जानना होगा :

ना कहना इतना मुश्किल क्यों है?
जब आप ना कहना चाहते हैं उस स्थिति में हाँ कहने के परिणाम।
अपने वास्तविक स्वरूप को किस प्रकार ज़ाहिर किया जाए।
शांतिपूर्ण तरीक़े से ना कहने की कुछ साधारण रणनीतियाँ।
अपनी निजी ज़िंदगी में हाँ कैसे कहें।

प्रभावी तरीक़े से ना कहने का आश्चर्यजनक लाभ सम्मान का बढ़ जाना है - अपने आपसे और दूसरों से भी।

ना कहना इतना मुश्किल क्यों है?

बचपन से ही कई लोग हाँ कहने के आदी होते हैं। उन्हें लगता है कि "हाँ" कहना स्वीकृति प्राप्त करने की एक *शर्त* है। यदि वे एक बार ना कहने की कोशिश करने पर नकार दिए जाते हैं, तो उनकी हाँ कहने की

प्रवृत्ति और भी मज़बूत तथा अपरिवर्तनीय हो जाती है।

अपनी आतंकित करने वाली पुस्तक *ओबिडिएंस टू अथॉरिटी* में डॉ. स्टेनले मिलग्राम ने येल विश्वविद्यालय के एक मनोवैज्ञानिक प्रयोग का उल्लेख किया, जो बताता है कि किस प्रकार कई लोग दूसरे व्यक्ति को शारीरिक नुक़सान पहुँचने की हद तक किसी ऊँचे पद वाले व्यक्ति की हाँ में हाँ मिलाने के आदी होते हैं। इस प्रयोग के लिए शिक्षकों, इंजीनियरों, सेल्समैन और मज़दूरों का अध्ययन किया गया। प्रत्येक प्रयोग में तीन व्यक्ति और एक "शॉक मशीन" को शामिल किया गया। इनमें एक व्यक्ति प्रयोगकर्ता या उच्च पदस्थ अधिकारी, दूसरा "प्रशिक्षु" तथा तीसरा व्यक्ति "शिक्षक" के रूप में शामिल हुआ, जो प्रयोग का प्रमुख केंद्र था। शॉक मशीन पर 15 से 450 वोल्ट तक के अनेक स्विच थे। इन्हें "हल्के झटके," "शक्तिशाली झटके" से "ख़तरा : तीव्र झटके" तक की श्रेणियों में वर्गीकृत किया गया।

प्रत्येक प्रतिभागी को बताया गया कि यह प्रयोग सीखने की प्रक्रिया का एक अध्ययन है। प्रत्येक व्यक्ति (शिक्षक) को शब्द-युग्म जैसे नीला-बक्सा, शुभ-दिवस, जंगली-बत्तख की सूची पढ़ने और फिर पुनः सूची के आरंभ की तरफ़ लौटकर "नीला-आसमान, स्याही, बक्सा या चिराग़" कहने का निर्देश दिया गया। प्रशिक्षु को सही उत्तर देना था। उसके ग़लत उत्तर देने पर, जैसा कि प्रयोग के दौरान अक्सर हुआ, शिक्षक को उसे "शॉक" देने को कहा गया। प्रत्येक ग़लत उत्तर के लिए यही व्यवस्था थी। यद्यपि प्रशिक्षुओं को कोई वास्तविक शॉक (झटका) नहीं दिया गया। पर शिक्षक को यही लगता था कि उसके प्रशिक्षु को शॉक दिया जाएगा।

जब शिक्षक ने शॉक की तीव्रता बढ़ाने में आनाकानी दर्शायी, तो अधिकृत प्रयोगकर्ता ने उसे शॉक जारी रखने का निर्देश दिया। शिक्षक फिर अचकचाया तो प्रयोगकर्ता ने कहा- "प्रयोग के लिए आप अपना काम जारी रखें।" तीसरी आपत्ति पर निर्देश आया- "यह अत्यावश्यक है आप इसे जारी रखें।" चौथी आपत्ति पर, "आपके पास कोई विकल्प नहीं है; *आपको काम जारी रखना होगा।*" यदि पाँचवीं बार फिर आपत्ति की गई, तो उसका अपने प्रतिभागी के साथ प्रयोग रोक दिया गया।

इसके परिणाम क्या थे? दो तिहाई प्रतिभागियों ने अपनी जानकारी में 450 वोल्ट स्तर तक शॉक देने में तब भी हिचकिचाहट नहीं दिखाई, जबकि उनके शिकार प्रशिक्षु कराहे, चिल्लाए, सीने में दर्द की शिकायत करने के अलावा अचेत होते भी नज़र आए! फिर मानवीय गरिमा के विपरीत इतनी क्रूरता का व्यवहार क्यों किया गया? इस प्रयोग के आधार पर एक उत्तर यह है कि दो तिहाई व्यक्ति ना कहने से डरते हैं।

हम जन्मजात रूप से सामाजिक प्राणी हैं। दूसरों द्वारा स्वीकारे जाने की स्वाभाविक आवश्यकता हमें सामाजिक गोष्ठी में जाने, मित्रता और विवाह आदि के लिए प्रेरित करती है। कोई भी नकारा नहीं जाना चाहता, लिहाज़ा हम अपनी इच्छा के विपरीत भी दूसरों की मर्ज़ी के मुताबिक़ चलने को राज़ी हो जाते हैं। इस प्रवृत्ति का एक सकारात्मक पक्ष बड़े लक्ष्य की प्राप्ति में हमारा समझौतावादी रुख़ और दूसरों के प्रति सहयोगात्मक तथा संवेदी दृष्टिकोण का विकास है। किंतु जब यह स्वीकृति आलोचना या नकारे जाने के भय की नज़र से उपजकर इतनी हावी हो जाती है कि हम अपने मूल्यों और ख़ुद को भी इस प्रक्रिया में नज़रअंदाज़ कर देते हैं, तो यह दूसरों की ग़ुलामी करने जैसी अवस्था बन जाती है।

ना कहने का भय हमें दूसरों के नियंत्रण का शिकार बना देता है। इसके साथ ही हम एक व्यक्तिगत द्वंद्व के शिकार भी हो जाते हैं, जो हमारे "आत्म" को दो विपरीत धाराओं में खींचता है।

आंतरिक द्वंद्व के परिणाम

कई लोग एक बच्चे से इसलिए प्यार नहीं करते कि वह क्या कहता या करता है, बल्कि इसलिए कि उसके "व्यक्तित्व" में कुछ ख़ूबियाँ होती हैं। बच्चे के जीवन में कोई आयाम, भावनात्मक लुका-छिपी, धोखाधड़ी का भाव नहीं होता। वह अपने तरीक़े से रोते हुए और चिल्लाकर वही दर्शाता है, जो उसके दिल में होता है। वह अपने वातावरण के प्रति सहज और अनुकूल होता है। वह सबकुछ सीखना चाहता है। वह सीखने के प्रति उत्सुक होता है और सबकुछ जान लेना चाहता है। वह ईमानदार

और अपना वास्तविक स्वरूप लिए होता है। उसे व्यक्तित्व या पहचान का द्वंद्व नहीं सताता।

बचपन में ना कहना हमारे व्यक्तित्व निर्माण का महत्वपूर्ण अंग होता है। जैसे-जैसे हम अपने और दूसरों के बीच भेद करना सीखते हैं, तो हमारी पहचान जन्म लेती है। उदाहरण के लिए, हमारे द्वारा विकसित सीखने की प्रक्रिया इस प्रकार रहती आई है :

नहीं- मैं दर्पण में नज़र आने वाली छवि नहीं हूँ।
नहीं- मैं अपने भाई या बहन जैसा नही हूँ।
नहीं- मैं वह भोजन नहीं पसंद करता।
नहीं- मैं किसी दूसरे बच्चे की तरह नहीं दिखता हूँ।
नहीं- मैं किसी अन्य व्यक्ति की तरह विचार या शब्दों का इस्तेमाल नहीं करता।
नहीं- मेरी भावनाएँ मेरे माता-पिता की तरह नहीं हैं।
नहीं- मैं उस व्यक्ति जैसा नहीं, बल्कि मैं, *मैं* हूँ।

हमारे व्यक्तित्व में बचपन से एक व्यक्ति या इच्छा आरोपित कर दी जाती है कि हम दूसरों से अलग कोई व्यक्ति हैं। दुर्भाग्यवश समाज से ही हमें ख़ुद को स्वीकारे जाने की दिशा में खींचने वाली विरोधी शक्ति भी प्राप्त होती है। यह विरोधी शक्ति कुछ अलिखित सामाजिक नियमों की शक्ल में इस प्रकार काम करती है :

1. लोग अपने से भिन्न व्यक्तियों पर हँसते हैं- उन्हें अपने ऊपर हँसने का अवसर मत दो।
2. यह सुनिश्चित करो कि तुम्हारा मित्र समूह या प्रमुख संदर्भ समूह तुम्हारे कथन और कर्म को स्वीकृति दे।
3. लोग तुम्हारे इंकार से आहत हो सकते हैं या तुम्हें नकार सकते हैं, लिहाज़ा हमेशा सहमति दर्शाओ।
4. सुरक्षा कई तरह से पाई जाती है - ख़ुद को अलग मत दिखाओ।

ये नियम मुश्किल हताशा के बावजूद अक्सर अपनाए जाते हैं। लोग जानते

हैं कि भीड़ के हाथों बिक जाना अपने आत्म-स्वरूप से तनाव मोल लेना है, फिर भी वे सामाजिक स्वीकृति को अस्तित्व के लिए आवश्यक मानते हैं।

किशोर यौन चेतना पर एक ताज़ा शोध के तहत किशोरों से पूछा गया कि क्या वे कभी अपनी इच्छा के विपरीत अपनी डेट से यौन संबंध बनाने पर मजबूर हुए? 15-16 वर्ष के आयुवर्ग वाले कुल 47 प्रतिशत लड़कों और 65 प्रतिशत लड़कियों ने हाँ में जवाब दिया। इन लड़कियों ने अपने मूल्यों और भावनाओं के विपरीत आचरण के जो कारण दिए, वे इस प्रकार थे :

मैं लड़के की भावनाओं को आहत नहीं करना चाहती थी।
मैं नहीं चाहती थी कि लड़का मुझे अड़ियल समझे।
मुझे ना कहना नहीं आता।
मुझे भय था कि वह मुझे पसंद करना बंद कर देगा।
मैं ड्रग्ज़/शराब के नशे में थी।
मुझ पर कर्तव्य का भाव हावी था।

लड़कों ने निम्न कारण दिए :

मैं उस लड़की की भावनाओं को चोट नहीं पहुँचाना चाहता था।
मुझे डर था, वह समझेगी कि मैं उसे नहीं चाहता।
मुझे भय था कि वह मुझे नामर्द समझेगी।
मैंने ऐसा किया क्योंकि वह ऐसा चाहती थी।
मुझ पर दबाव था क्योंकि मेरे सभी मित्र यही कर रहे थे।
मैं ड्रग्ज़/शराब के नशे में था।[2]

हम रोज़ाना ऐसे सैकड़ों सांस्कृतिक संदेशों की बौछारों का सामना करते हैं, जो हमें स्वीकृति और परंपरा के सत्यापन के लिए उकसाते हैं और ऐसे संदेश लगातार हमारी ज़िंदगी में उतरते हैं। जब हम इन संदेशों का पालन करते हैं, तो हम दूसरे व्यक्तियों के शक्ति प्रदर्शन के शिकार होकर अपनी वास्तविक पहचान की आज़ादी और जोश खो देते हैं। और हमारी ख़ुशी कम होती जाती है।

हमारे समक्ष इस अंधकार का क्या कारण है? क्या यह हमारे द्वारा

ख़ुद पर अपना नियंत्रण छोड़ देने का स्वभावगत ढर्रा नहीं है? उदाहरण के लिए :

दूसरों के आहत होने के भय से उन्हें ख़ुश रखना।

अपने द्वारा नापसंद की जाने वाली स्थितियों के संचालन की अनुमति दूसरों को देना।

बच्चों की माँग के आगे हमेशा घुटने टेकना।

उच्चाधिकारी या वैवाहिक साथी की अनुचित आलोचना को भी भीरुता से स्वीकारना।

अपनी मानसिक या भावनात्मक "माँग" जैसे आहार का त्याग, ज़िम्मेदारी से बचते हुए समर्पण करना।

लंबे अरसे तक कमज़ोरी की स्थिति में कार्य करते हुए अपनी वास्तविक भावनाओं को दबाने के फलस्वरूप यकायक आक्रामकता और शत्रुता भाव का विस्फोट।

ऐसे व्यवहार के कई दुःखद परिणाम होते हैं। वे ऐसी गतिविधियाँ करने पर मजबूर करते हैं, जो व्यक्ति की वास्तविक छवि को नहीं दर्शाती। वे व्यक्ति को अपने लक्ष्य से विचलित करते हैं। वे लोगों से भी शर्माकर दूर जाने और कुढ़ने का भाव पैदा करते हैं। वे सार्थक संवाद की संभावनाओं को कम करते हैं।

जब आप ना कहने की इच्छा को दबाकर निरंतर हाँ कहते हैं, तो ख़ुद से पूछना आवश्यक हो जाता है कि क्या "हाँ" कहने का तरीक़ा आपके लिए लगातार पहचान के द्वंद्व और नाख़ुशी के एहसास की वजह बनता जा रहा है। ख़ुद से पूछें कि बेहतर तरीक़े से किया गया एक इंकार क्या आपको बेहतर महसूस करने और अपने आपसी संबंधों के विकास में मददगार नहीं होगा।

सुनिश्चितता बोध : आपके वास्तविक स्वरूप का निर्माता

अपनी बात को निश्चिततापूर्वक कहना आपके वास्तविक स्वरूप का

सत्यापन, आपके गहनतम मूल्यों का संरक्षण और अन्य व्यक्तियों के निर्देशों का ग़ुलाम बनने से इंकार कर अपने अंदरूनी भय पर विजय को सुनिश्चित करता है। दृढ़तापूर्वक कहने का मतलब आक्रामक होना नहीं है। इसका तात्पर्य दूसरों से ख़ुद को बेहतर प्रमाणित करने का निरर्थक खेल खेलना नहीं है। इसका अर्थ दूसरों पर नियंत्रण भी नहीं है। सुनिश्चितता बोध आत्म-मूल्यांकन, आत्मविश्वास और अधिकारपूर्वक अपनी बात कहना है।

स्वयं का सम्मान करें : स्वयं का सम्मान करने का अर्थ ख़ुद के साथ वैसा व्यवहार करना है, जैसे व्यवहार की अपेक्षा आप दूसरे लोगों से अपने लिए रखते हैं। उस व्यक्ति का आदर करना जो आप हैं और जो आप बनना चाहते हैं। किंतु मान लीजिए कि आप ये महसूस करें कि आपके साथ इतनी "ग़लत" बातें हैं कि ख़ुद का सम्मान हो ही नहीं सकता। यह संभव है कि आपने सिर्फ़ उन्हीं जानकारियों में ख़ुद को क़ैद कर लिया हो, जो आपकी नज़र में नकारात्मक हैं। उदाहरण के लिए कुछ लोग अपना मूल्यांकन इस आधार पर करते हैं :

अभिभावक के कटु वचन
कुत्ते का उन पर भौंकना
एक झुर्री
नए फ़ैशन के अनुरूप कपड़े न होना
दूसरों की आलोचना
धनाभाव
बुद्धिमत्ता या इसका अभाव
ऊँचाई, वज़न या अन्य शारीरिक लक्षण
त्वचा का रंग
ऐनक की ज़रूरत
आयु
अतीत की ग़लतियाँ
सही उच्चारण या अच्छा बोलने में अयोग्यता
राष्ट्रीयता

जब ऐसी आकस्मिक चीज़ें हमें गहराई से प्रभावित करती हैं, तो हमें *स्वीकार करना चाहिए* कि हम ऐसी चीज़ों को महत्त्व दे रहे हैं, जिनके बारे में आत्म-महत्ता को अपनाने वाले कई व्यक्ति दोबारा कभी नहीं सोचते।

सूचना प्रक्रिया पर हुए अध्ययन का एक चौंकाने वाला तथ्य है कि हमारी आँखें प्रति सेकंड 50 लाख अंश देखने की क्षमता रखती हैं! किंतु हमारा मस्तिष्क प्रति सेकंड "सिर्फ़" 500 जानकारियों के अंश का अर्थ ढूँढ़ पाता है। हमारे मस्तिष्क का अभ्यास *चुनिंदा चीज़ें* देखने का है।

संभवतः पूर्व में आपने निम्न आत्म-महत्ता मूल्यांकन को चुना और फलस्वरूप दूसरों के हाथ का खिलौना बन गए, पर अब आप इस प्रारूप को बदलना चाहते हैं। आप ऐसा परिवर्तन कैसे करेंगे? चुनिंदा चीज़ें देखने से। यहाँ सकारात्मक परिवर्तन को विकसित करने वाले संवेदन की तकनीक दर्शाई गई हैं।

• यह मानें कि अतीत अब बीत चुका है और जब तक कि आप ऐसा न चाहें यह आपकी मानसिकता तथा आचरण को प्रभावित नहीं कर सकता। दिमाग़ में बैठा लें कि आपकी आत्मछवि फिर सुधारी जा सकती है।

• भविष्य को विस्तार में देखें- वहाँ अभी कुछ नहीं घटा है। चाहे अतीत में आपसे कितनी ही ग़लतियाँ हुई हों, ज़रूरी नहीं कि वे भविष्य में भी जारी रहें।

• अपने आपको ऐसे व्यवहार और चर्चा की राह पर अग्रसर करें, जो आपकी विशिष्ट क्षमताओं, मूल्यों और विश्वासों को सुनिश्चित करता हो। आपको डराने, दबाने या नियंत्रित करने वाले किसी भी तिकड़मी प्रयास को ना कह दें। अपनी उचित स्वतंत्रता के प्रति स्वीकृति भाव रखें। *अपने* मानकों के अनुरूप अपने सुधार की इच्छा को हाँ कहें।

विश्वासपूर्वक काम करें : अंग्रेज़ी शब्द *कॉन्फ़िडेंस* लैटिन भाषा से आया है, जिसका अर्थ होता है, "भरोसा"। विश्वासपूर्वक कार्य करने का अर्थ आपके द्वारा अपने लिए स्थापित मूल्यों पर भरोसा करना है। यह इस भय से मुक्त होकर बोलना है कि दूसरे क्या सोचेंगे। यह तब ना कहने की कला है, जब आप अपने वास्तविक अभिप्राय के विपरीत हाँ

कहने पर मजबूर नज़र आ रहे हैं।

जब तक आप विश्वास का अनुभव नहीं करेंगे, तब तक उसे प्राप्त कैसे करेंगे? विश्वास के साथ कार्य करें। इस बारे में चिंतित न हों कि आपकी भावनाएँ आपके कार्य का साथ देती हैं या नहीं। आप कैसे दिखते हैं, क्या खाते हैं, अपने शरीर की कसावट इत्यादि में अधिक रुचि लेना शुरू करें। इस बात का निर्धारण करें कि आप सांसारिक परिस्थितियों के बारे में क्या सोचते हैं। अपने व्यक्तित्व के सर्वाधिक प्रभावी लक्षणों और विचारों को खोजकर उन्हें प्रोत्साहित करें। अपनी ताक़त पर ध्यान केंद्रित करें। छोटे लक्ष्यों की प्राप्ति पर भी ख़ुद को पुरस्कृत करें। विश्व में अपनी विशिष्टता की कल्पना करें। आप विशिष्ट हैं!

भय के दुष्चक्र को तोड़ने में विश्वासपूर्वक कार्य मददगार हो सकता है। उदाहरण के लिए, मान लीजिए आपके पास दफ़्तर में काग़ज़ी कार्यवाही को सीमित करने का अधिक कारगर सुझाव है, परंतु आप इस भय से इसे सामने नहीं रख पा रहे कि आपके बॉस को लोगों से निर्देश प्राप्त करना पसंद नहीं है। इस भयावह दुष्चक्र को इस प्रकार चित्रित किया जा सकता है :

चित्र – 7.1

विश्वासपूर्ण कार्यशैली एकदम अलग दृश्यचित्र (देखें चित्र 7.2) को जन्म देती है। विश्वासपूर्ण कार्यशैली का अर्थ यह नहीं है कि आप निष्ठाहीन या अनुशासनहीन हैं। इसका मतलब है कि आप अपने भय की भावना पर क़ाबू पाकर अपनी इच्छा और अभिप्राय के अनुरूप व्यवहार की निरंतरता दर्शा रहे हैं।

चित्र - 7.2

सुनिश्चितता के साथ बोलें : ड्यूक विश्वविद्यालय के मानवविज्ञानशास्त्री विलियम ओ'बार के ताज़ा अध्ययन के अनुसार अटक-अटककर बोलने वालों पर न्यायाधीश कम भरोसा करते हैं। बातचीत का अविश्वसनीय तरीक़ा इस प्रकार है :

आपको पता है...
कुछ-कुछ ऐसा...
हो सकता है...
इस तरह से...
मुझे लगता है...

शायद...

ख़ैर...

मैं नहीं जानता...

मैं सोचता हूँ...

मेरी इच्छा है...

अर्र, अह...

जी हाँ...

क्या मैं...?

तुम्हें नहीं लगता...?

कुछ परिस्थितियों में अनिश्चयात्मक भाषा उपयुक्त हो सकती है। कई बार सीधी-सपाट सर्वश्रेष्ठ प्रतिक्रिया यह होती है कि "मैं नहीं जानता।" बहरहाल, यदि आप अपने वार्तालाप में नकारात्मक, अनिश्चिततताबोधक *तरीक़ों* की पहचान कर निश्चयपूर्वक बोलना चाहते हैं, तो अपने दिमाग़ में ख़ुद को निश्चयात्मक शैली में बोलते देखने की छवि बनाइए। अपने आपको लोगों से विश्वासपूर्वक संपर्क करते देखें। हाल ही के किसी संवाद को याद करें, जब आपने अनिश्चयात्मक भाषा का प्रयोग किया हो या आप अपने पक्ष से पीछे हट गए हों। यदि आप अपने वास्तविक स्वरूप के प्रति ईमानदार होते, तो क्या कहते? आप इसे कैसे कहते?

यदि विश्वासपूर्वक बातचीत पहली नज़र में "सही" नहीं लगती, तो दोबारा प्रयास करें। रक्षात्मक तरीक़ों को तोड़ना आसान नहीं है। तब तक इसका अभ्यास करते रहें, जब तक कि आप अपनी इच्छानुरूप कथन और उसकी शैली में दक्ष नहीं हो जाते।

संयत बर्ताव के लिए उपाय

जब कोई आपसे हाँ सुनना चाहता हो तब यदि आप ना कहते हैं, तो टकराव हो सकता है, पर इस टकराव को द्वंद्व टालने वाले निम्न उपाय अपनाकर कम किया जा सकता है :

• "नो सैंडविच" तकनीक अर्थात् दो लचीले वक्तव्यों के बीच मौजूद नकारात्मक प्रतिक्रिया का इस्तेमाल करें। चूंकि इंकार को लोग कभी-कभी व्यक्तिगत अस्वीकृति के साथ जोड़कर देखते हैं, लिहाज़ा "नो सैंडविच" के ज़रिये लोग न्यूनतम नकारात्मक प्रभाव के साथ आपकी बात "पचा" सकते हैं। यह प्रक्रिया तीन स्तरों या वक्तव्यों से पूरी होती है। पहले स्तर का वक्तव्य दूसरों द्वारा आपसे अपेक्षित कार्य को स्वीकृति देता है। यह दूसरे व्यक्ति को दर्शाता है कि आपने उसकी बात सुनी और समझी। दूसरा स्तर अथवा सैंडविच की "महत्वपूर्ण सामग्री" आपका इंकार है, जिसके ज़रिये आप कारण सहित अन्य व्यक्ति की बात से असहमति स्पष्ट करते हैं। तीसरी पर्त आपके द्वारा अपने इंकार की धार घटाकर आंशिक स्वीकृति दर्शाती है। यहाँ कुछ उदाहरण दिए गए हैं :

1. मैं समझता हूँ कि आप मेरी कार उधार लेना चाहते हैं, क्योंकि आपकी कार स्टार्ट नहीं हो रही।
2. किंतु मैं दूसरों को अपनी कार चलाने नहीं देता।
3. मेरे पास कुछ ख़ाली समय है और मुझे आपको छोड़ने में ख़ुशी होगी। अगर आप कहें तो मैं आपको आपकी मनचाही जगह तक ले जा सकता हूँ।

1. मैं समझता हूँ कि आप मेरी सहमति चाहते हैं।
2. किंतु मैं इस मसले को भिन्न दृष्टिकोण से देखता हूँ।
3. मुझे उम्मीद है कि हम असहमत होकर भी मित्र बने रह सकते हैं।

1. मैं जानता हूँ, आप आपके बच्चे के साथ गृहकार्य पूरा करने में मुझसे ज़्यादा समय की अपेक्षा करते हैं।
2. किंतु मेरे पास इतना ही समय है और मैं ज़्यादा समय नहीं दे सकता।
3. शायद हमें ट्यूशन की संभावना टटोलनी चाहिए। मैं एक अच्छे ट्यूटर को जानता हूँ, जो आपके बच्चे की मदद कर सकता है।

• याद रखें कि शांतिपूर्ण अंदाज़ बहुत महत्वपूर्ण है। क्रोध से क्रोध उपजता है, किंतु संयत प्रतिक्रिया क्रोध को रफ़ूचक्कर कर देती है। यदि

आप अपनी भावनाओं पर नियंत्रण खो देते हैं, तो यह इस बात का स्पष्ट संकेत है कि दूसरा व्यक्ति आप पर नियंत्रण पा चुका है। उत्तेजक भावों के साथ नहीं, बल्कि शांतिपूर्ण दृढ़ता के साथ ना कहें।

• यदि कोई व्यक्ति आप पर नियंत्रण करने की फ़िराक में है, तो "ब्रोकन रिकॉर्ड" तकनीक का प्रयोग करें। कुछ पलों के लिए सहज होकर अपना इंकार शांत किंतु दृढ़ रवैये के साथ दोहराते रहें, जब तक कि आपका संदेश ग्रहण नहीं कर लिया जाता।

• याद रखें कि आप किसी के ग़ुलाम नहीं हैं। इस सच्चाई को आपको दिमाग़ में ठूँसकर बैठाना होगा, ताकि आप शांति और दृढ़तापूर्वक अमल कर सकें। साथ ही आप उन लोगों की संगति से इंकार कर सकते हैं, जो आपको भयभीत करते हों। आप अपनी आंतरिक स्वतंत्रता को बनाए रखने का चुनाव कर सकते हैं।

ना करना ही पर्याप्त नहीं है

बग़ैर सोचे-विचारे ना करना आदत में शुमार हो सकता है, कमोबेश हर चीज़ से इंकार करना आपके व्यक्तित्व की पहचान बन सकता है, जो कि एक नकारात्मक दृष्टिकोण है। यह आपके नौकरी खोने या कभी भी बेहतर नौकरी न पाने का कारण बन सकता है। घर में इसकी वजह से आपके प्रति निरादर और तनाव की स्थिति उपज सकती है। जीवन के समस्त रंगों को निचोड़कर यह निराशा की कालिख मल सकता है।

"इंकार" के सकारात्मक और विध्वंसक प्रभावों को किस प्रकार विभाजित किया जाए? हम कैसे जान सकते हैं कि कब ना कहना उचित है? इन प्रश्नों का जवाब आसान नहीं है। इंकार की प्रत्येक अभिव्यक्ति इस व्यक्तिगत निर्णय पर निर्भर करती है कि आप कौन हैं और जीवन में किन मूल्यों पर यक़ीन करते हैं। इसलिए मूल्यतंत्र के बिना संवाद हमेशा असफल ही होगा। मूल्यों के बग़ैर यह जानने का कोई निश्चित तरीक़ा नहीं है कि कब हाँ कहना है और कब ना या फिर क्या कुछ कहने-सुनने लायक़ है। इससे बढ़कर ऐसा कोई पहचानने योग्य आधार

नहीं है, जिस पर अन्य व्यक्ति से संवाद सेतु बनाया जाए। मनोवैज्ञानिक अब्राहम मेस्लोव कहते हैं :

> "मानव मात्र को जीवित रहने और समझे जाने के लिए मूल्यों, जीवन दर्शन, धर्मतंत्र की उसी प्रकार ज़रूरत है, जिस प्रकार सूरज के प्रकाश, कैल्शियम या प्रेम की।"[3]

अपने वास्तविक जीवनमूल्यों के निर्धारण के लिए यह सोचें कि यदि आपके पास जीने के लिए सिर्फ़ तीन महीने हों, तो इस समय का उपयोग आप किस प्रकार करेंगे। आप किससे मिलेंगे? आप किस बारे में बात करेंगे? अपने परिवार, मित्र मंडली, व्यावसायिक सहयोगियों के साथ संबंधों में आप क्या बदलाव लाना चाहेंगे? कौन से मसले आपके लिए महत्वपूर्ण होंगे? वे कौन से मूल्य हैं, जो आज आपके लिए अहम् हैं। अगर जीवन के अंतिम मिनट में आपको जीने के लिए दस-बीस साल और दे दिए जाएँ, तो आप इनका इस्तेमाल किस प्रकार करेंगे?

अपने जीवन को हाँ कहें

एक व्यक्ति जीवन से कच्चा माल एकत्र कर मज़बूत, सुंदर और सूरज के प्रकाश वाली विशाल संरचना का निर्माण करेगा। दूसरा व्यक्ति इसी कच्चे माल से एक खोखली इमारत बनाएगा। संक्षेप में, आपके पास अपनी इच्छा के अनुरूप अस्तित्व के प्रति सकारात्मक अथवा नकारात्मक नज़रिया अपनाने का विकल्प है। बाह्य दबावों से नियंत्रित होने से इंकार कर देना अपने जीवन के प्रति स्वीकृति का एक शक्तिशाली उपाय है।

निजी स्वीकृति अपने जीवन को हाँ कहने का औज़ार बन सकती है। तीसरे अध्याय में हमने जाना कि किस प्रकार वर्तमान काल में सकारात्मक रूप से दर्शाया गया निश्चिंतता का भाव मस्तिष्क को मनचाही दिशा में जाने के लिए तैयार करता है- भले ही यह स्वीकारभाव फ़िलहाल आपके अनुभवों में "वास्तविक" नज़र नहीं आ रहा हो। यहाँ मेरी ज़िंदगी को आकार देने वाले कुछ निश्चिंतता के भावों का उल्लेख है :

मैं ऐसे व्यक्तियों को ना कहने की क्षमता रखता हूँ, जो मेरी इच्छा के विरुद्ध किसी ख़ास दिशा में जाने के लिए मुझे बाध्य करते हैं।

मैं भय, दबाव, निरर्थकताबोध की अपनी निजी भावनाओं द्वारा नियंत्रित होने से इंकार करता हूँ।

मैं उस जीवन शैली या मूल्यतंत्र से इंकार करता हूँ, जो चाहे लोकप्रिय और लुभावनी लगें, किंतु मेरे नज़रिये से सही प्रतीत न हों।

मैं ऐसे प्रयास या दयाभाव को स्वीकृति देता हूँ, जो अपने या किसी अन्य व्यक्ति के मूल्यों को ऊँचाई पर ले जाते हों।

पिछली ग़लतियों या वर्तमान अवरोधों से परे मैं अवसरों तथा चुनौतियों के नूतन दिवस का स्वागत करता हूँ।

मैं ब्लेज़ पास्कल की इस उक्ति को ध्यान में रखकर ईश्वर के प्रति स्वीकृतिभाव दर्शाता हूँ कि "ख़ुशी हमारे भीतर भी नहीं है और हमारे बग़ैर भी नहीं। यह ईश्वर है, जो हमारे भीतर भी है और हमारे बग़ैर भी।"[4]

विजय पाने की दिशा में कार्ययोजना

1. उन व्यक्तियों (पति-पत्नी, अभिभावक, बच्चे आदि) की सूची बनाएँ, जिनके साथ ना कहना आपको मुश्किल लगता हो।

2. किसी ख़ास परिस्थिति में उपरोक्त व्यक्तियों को ना कहने के फ़ायदे और नुक़सान क्या हैं?

3. अधिक निश्चयात्मक होने की दिशा में उठाए गए क़दम आपके लिए किस प्रकार लाभप्रद हो सकते हैं? किन परिस्थितियों (परिवार, सामाजिक, व्यावसायिक) में आप इन्हें लागू करेंगे?

4. यह मानते हुए कि आप ना कहना चाहते हैं, निम्न व्यक्तियों के संबंध में अपनी प्रतिक्रिया लिखें :

आपका किशोर पुत्र :	"मैं टॉम से मिलने कार लेकर जा रहा हूँ।"
आपका जीवनसाथी :	"कल रात हम मार्टिन परिवार को भोजन पर निमंत्रित कर रहे हैं।"
आपके बॉस :	"मैं कल सुबह तक यह रिपोर्ट तैयार देखना चाहता हूँ।"
आपकी माँ :	"सूज़ी की पिटाई मत करो। वह सिर्फ़ अपनी इच्छा ज़ाहिर कर रही थी।"
आपके मित्र :	"क्या मैं दस मिनट के लिए आपकी कार उधार ले सकता हूँ?"

8

बच्चों से बात करते समय आदर का भाव रखें

बच्चों के साथ बातचीत करना एक विशिष्ट कला है, जिसके अपने नियम और मायने हैं।[1]

हैम गिनोट

आइए, इसका सामना करें। बच्चे कई बार *आपकी* अपेक्षा से कहीं ज़्यादा शोरबाज़, भुलक्कड़, ढीठ, सुस्त, प्रशिक्षु और कभी-कभी ख़ासे चालाक होते हैं। फिर भी जहाँ बच्चे हैं, वहाँ खिलखिलाहट है, तालीम है, उन्नति है, सितारों की तरफ़ छलांग है, गिरना और संभलना है - दूसरे शब्दों में, वहाँ ज़िंदगी है। जब एक विद्यार्थी अपने शिक्षक से कहता है कि "मैंने सचमुच आज कुछ सीखा" या फिर जब एक बच्ची अपनी माँ को यह कहते हुए मुश्किल क्षणों में ढाढ़स बँधाती है कि "माँ, मैं तुमसे प्यार करती हूँ" या एक बेटा अपना वार्तालाप इन शब्दों के साथ ख़त्म करता है - "पापा, आप मेरे सबसे अच्छे दोस्त हैं।" तो ऐसे संवाद आनंदित कर देते हैं।

एक बच्चे को प्रशिक्षित करने से ज़्यादा मुश्किल ज़िम्मेदारी दूसरी

नहीं है। अक्सर हम इसमें असफल रहते हैं। हममें से कोई भी बच्चों के शारीरिक, मानसिक, भावनात्मक, सामाजिक या आध्यात्मिक विकास संबंधी परिस्थितियों की जटिलता को पूरी तरह नहीं समझता। यद्यपि हम बच्चों के संबंध में पूर्णतः दक्ष नहीं हो सकते, किंतु पर्याप्त दक्षता ज़रूर पा सकते हैं।

भरे-पूरे संबंधों के लिए परस्पर आदरभाव मुख्य आधार है। जब आदर स्पष्ट हो, तो बच्चों के साथ वार्तालाप की गुणवत्ता और ख़ुशी की बुनियाद तैयार हो जाती है। इस अध्याय में पारस्परिक आदरभाव (RESPECT) के विकास और उसे ज़ाहिर करने के 7 सिद्धांत बताए गए हैं :

R - Remember your childhood (अपना बचपन याद करें)

E - Encourage self-esteem (आत्म-गौरव को प्रोत्साहित करें)

S - Stop hassles before they start (विवाद या टकराव को पैर पसारने से पूर्व रोकें)

P - Practice behavior you expect (अपने लिए चाहा गया व्यवहार ख़ुद भी अमल में लाएँ)

E - Elicit your child's "world" (बच्चे का "संसार" रोशन करें)

C - Communicate love (प्रेम का प्रसार करें)

T - Transfer significant values (महत्वपूर्ण मूल्यों का संचार करें)

अपना बचपन याद करें

बचपन में आप कैसे थे? आपको किस बात से ख़ुशी मिलती थी? आप क्यों नाराज़ होते थे? किस व्यक्ति का आप सर्वाधिक सम्मान करते थे या किसके साथ आपको आनंद मिलता था? उस व्यक्ति के साथ रहना आपको अच्छा क्यों लगता था? अपने बच्चों की नज़र में आप कैसे उस व्यक्ति की तरह बन सकते हैं?

यदि बच्चों के साथ आपका संवाद ख़ुशी भरा नहीं है, तो इसका मतलब आपने इन प्रश्नों पर ध्यान नहीं दिया। यह हम सभी के साथ होता है। शायद इसीलिए डब्ल्यू. लिविंगस्टोन लार्नेड का आलेख "फ़ादर फ़ॉरगेट्स" कई वर्ष पूर्व अमेरिका में चर्चित हुआ और दुनिया में इसकी गिनती पत्रकारिता की श्रेष्ठतम रचना के रूप में की गई :

> सुनो, बेटे : मैं जब यह कह रहा हूँ, तुम नींद में हो, तुम्हारा नन्हा हाथ गाल के नीचे है और सुनहरे बाल भीगे माथे पर गीले हो रहे हैं। मैं चुपचाप तुम्हारे कमरे में अकेला आया। कुछ मिनट पहले जब मैं पुस्तकालय में अपना पत्र पढ़ रहा था, पश्चाताप की एक लहर मुझ पर सवार हुई और मैं अपराधबोध से ग्रसित होकर तुम्हारे बिस्तर के समीप चला आया।
>
> मैं इन बातों पर विचार कर रहा था, बेटा : मैं तुमसे बुरी तरह पेश आया। मैंने तुम्हें डाँटा, जब तुम स्कूल के लिए तैयार हो रहे थे और तुमने अपना चेहरा तौलिए से ठीक तरह साफ़ नहीं किया। मैंने जूते साफ़ न करने के लिए भी तुम्हारी ख़बर ली। मैं तब भी नाराज़ हुआ, जब तुमने फ़र्श पर अपना कुछ सामान फेंका।
>
> नाश्ते के समय भी मैंने ग़लतियाँ निकालीं। तुमने कुछ चीज़ें बिखेर दी थीं। तुमने अपना भोजन जल्दी-जल्दी निगला, अपनी कोहनियाँ मेज़ पर टिकाईं, डबलरोटी पर ढेर सारा मक्खन लगा लिया। जब तुम खेलने जा रहे थे और मैं अपने काम पर, तुमने हाथ हिलाकर कहा "गुडबाय डैडी!", तो मैंने त्यौरियाँ चढ़ाकर कहा "अपने कंधे मत उचकाओ।"
>
> तुम्हें याद है, कुछ समय बाद जब मैं पुस्तकालय में पढ़ रहा था, तुम किस तरह अपनी आँखों में आहत भाव लिए डरते हुए अंदर आए? जब मैंने इस रुकावट से चिढ़कर पूछा "तुम्हें क्या चाहिए?" तो तुम दरवाज़े पर ठिठक गए।
>
> तुमने कुछ नहीं कहा और कुलांचे भरते हुए मेरे समीप आकर मेरे गले में अपनी बाँहें डाल दीं और मुझे चूम लिया। तुम्हारी नन्हीं बाँहों में इतनी गर्मजोशी थी, जैसे ईश्वर तुममें समा गया हो और बेरुख़ी भी जिसे मुर्झा न पाए। फिर तुम धड़धड़ाते हुए सीढ़ियों की तरफ़ बढ़ गए।

> बेटे, इसके कुछ समय बाद मेरे हाथ से काग़ज़ फ़िसल गए और एक भयानक भाव मुझ पर हावी हो गया - "आख़िर मेरी आदतें मुझसे क्या करवा रही हैं?" हर बात पर ख़ामी निकालने की आदत, डाँटना-फटकारना- तुम्हारे बालपन को मैंने यही पुरस्कार दिया। ऐसा नहीं है कि मैं तुमसे प्यार नहीं करता; बल्कि मेरी अपेक्षाएँ किशोरपन से काफ़ी ज़्यादा हो गई थीं। मैं अपने पैमाने से तुम्हें परखने लगा था। यह एक कमज़ोर स्पष्टीकरण है : मैं जानता हूँ, यह बातें अगर मैंने तुम्हारे जागते समय तुमसे कही होतीं, तो तुम नहीं समझ पाते। मगर कल मैं एक सच्चा पिता बन जाऊँगा।[2]

हम अपने बचपन के अनुभवों से निर्मित ज्ञान संग्रह के आधार पर उस छवि को पुनः जीवित कर सकते हैं कि बच्चा होने का अर्थ क्या है, वह किस तरह सोचता और बर्ताव करता है। जब हमारे दिमाग़ में यह स्पष्ट छवि होगी, तो हम बच्चों को समझने का आधार निर्मित कर सकते हैं। यद्यपि आज वक़्त बदल चुका है। कुछ रीति-रिवाज बदल गए और कुछ नयों ने उनकी जगह ले ली है। किंतु इन सारे बदलावों से परे, बच्चों की कुछ ऐसी मूलभूत ज़रूरतें हैं, जो कभी नहीं बदलेंगी। यदि हम अपने बचपन्न से जुड़े रहें, तो इन आवश्यकताओं की पूर्ति भी कर पाएँगे। यह बच्चों से बातचीत करने के आनंददायी अनुभव की ओर हमारा बड़ा क़दम होगा।

आत्म-गौरव को प्रोत्साहित करें

जब बच्चा अपने बारे में अच्छा महसूस नहीं करता है, तो उसे लोगों द्वारा अपने लिए कही जाने वाली बातें भी अच्छी नहीं लगेंगी। वह साधारण टिप्पणियों को भी सज़ा या धमकी के रूप में देख सकता है। वह पलटकर खीझ और ग़ुस्से में जवाब दे सकता है, क्योंकि उसकी मूलभूत मानवीय ज़रूरत अर्थात् व्यक्तिगत गरिमा को नज़रअंदाज़ किया गया। हम चाहे इस आवश्यकता को आत्मस्तुति, आत्मप्रेम, आत्म-उल्लास, आत्म-गौरव या कोई अन्य नाम दें, एक बात स्पष्ट है कि यह बच्चे के व्यक्तित्व और

अभिव्यक्ति के विकास पर गंभीर प्रभाव डालता है। बच्चों के पास वह मनोवैज्ञानिक रक्षाप्रणाली या सुधार तंत्र नहीं होता, जिसके ज़रिये वयस्क अपने आहत आत्म-गौरव की मरहम पट्टी कर लेते हैं।

बच्चों में आत्म-गौरव आसानी से विकसित नहीं होता, विशेषकर बुद्धिमत्ता, सौंदर्य और कौशल के घमंड से चूर इस समाज में। सामाजिक परिवेश का अप्रत्यक्ष, किंतु मज़बूत संदेश है कि यदि आप बेमिसाल नहीं हैं, तो आपकी ख़ास क़ीमत भी नहीं है। दुर्भाग्यवश कई बार वयस्क ख़ुद यह संदेश अपने बच्चों को देते हैं। वे बच्चे के *अस्तित्व* के बजाय उनके *प्रदर्शन* के आधार पर उन्हें स्वीकृति देते हैं। बच्चे के प्रदर्शन और बर्ताव में परिवर्तन के लिए वयस्क कई बार उनसे कहते हैं :

तुम किसी काम के नहीं हो!
तुम कोई काम ठीक से नहीं कर सकते!
तुम्हें बनाते वक़्त भगवान तुम्हें दिमाग़ देना चूक गए थे!
ऐसी ख़राब श्रेणी के साथ तुम गधे साबित होगे!
फ़ुटबॉल के बारे में भूल जाओ, वह तुम्हारे बस का खेल नहीं!
तुम्हारा कुत्ता तुमसे ज़्यादा समझदार है!
तुम बहुत शैतान हो!

पाँचवीं कक्षा के एक प्रतिभाशाली छात्र ने मुझसे कहा कि वह विद्यालय में कुछ नहीं कर पाता। कारण पूछने पर उसने बताया "मेरी माँ हमेशा कहती है कि मैं कोई काम सही तरीक़े से नहीं कर सकता।" वह बच्चा अपनी माँ के इस कथन को सच मानने लगा था।

सामान्यतः बच्चों के साथ संवाद समस्या प्रेम की कमी से नहीं, बल्कि संवेदनशीलता और तालीम के अभाव में उपजती है। यह सच है कि अभिभावक प्रशिक्षित किए जाने के बजाय अक्सर दोषी ठहराए जाते हैं, किंतु कई लोग सीमित ज्ञान के बावजूद समझदारी से काम लेते हैं। पहचान बनाने के मामले में प्रत्येक अभिभावक और शिक्षक को एक प्रबल मनोवैज्ञानिक सत्य याद रखना चाहिए। एस.आई. हयाकावा इसे इस प्रकार परिभाषित करते हैं – "*आप बच्चे को जैसा कहेंगे, वह वैसा*

हो जाएगा।"[3] दूसरे शब्दों में, बच्चा वही हो जाता है जैसा उसे दर्शाया जाता है, भले ही वह नकारात्मक छवि हो! पहचान या किसी भी पहचान की मनोवैज्ञानिक ज़रूरत बच्चे द्वारा प्राप्त जानकारी के आकलन से ज़्यादा मज़बूत होती है। अर्थात् यदि बच्चे से कहा जाए कि वह "रोतला" या "बुरा बच्चा" है, तो वह इस पर विश्वास करके वैसा ही करने लगेगा। इसके विपरीत, यदि उसे कहा जाए कि वह तेज़ दिमाग़ और समस्या सुलझाने की क्षमता रखता है, तो वह ख़ुद को समस्या सुलझाने वाला मानकर अपने मस्तिष्क का रचनात्मक उपयोग करने लगेगा।

हममें से ज़्यादातर लोग अपने बच्चों को अपनी क्षमताओं के बारे में सकारात्मक, यथार्थवादी सोच के साथ ख़ुश देखना चाहते हैं। हमें पता भी होता है कि यह ख़ूबियाँ कैसे विकसित की जाएँ। मगर हम हमेशा अपने श्रेष्ठतम ज्ञान का उपयोग नहीं करते। हम उस पल की बौखलाहट के शिकार हो जाते हैं। हम अनायास ही अपने बच्चों के प्रति संजोई गई उम्मीदों और अपने गहन मूल्यों से विपरीत बातचीत का तरीक़ा बना लेते हैं।

क्या आप अपने बच्चों में आत्म-गौरव का भाव प्रोत्साहित करते हैं, यह जानने के लिए अपने आपसे ये चार बुनियादी सवाल पूछिए :

1. *क्या मैं अपने बच्चों की बात ध्यानपूर्वक सुनता हूँ?* बच्चों में आत्म-गौरव तब पैदा होता है, जब हम गंभीरतापूर्वक उनकी बात सुनते हैं। फिर भी दिन भर काम के बोझ से त्रस्त अभिभावक धैर्य और समझ की इच्छा खो बैठते हैं। अभिभावक को अख़बार या टीवी के साथ राहत पाने का हक है। उन्हें भी तरोताज़ा होने के लिए शांति के क्षणों की ज़रूरत होती है। परंतु कभी-कभी यह "शांति के क्षण" लगातार जारी रहते हैं और बच्चे की वार्तालाप संबंधी इच्छा झिड़क दी जाती है।

किसी शाम एक बच्चा अपने पिता को अँगुली में लगी चोट दिखाना चाहता था। पिता ने उसके बार-बार के आग्रह से खीझकर अख़बार पटकते हुए कहा, "मैं इस बारे में क्या कर सकता हूँ? कुछ भी नहीं!"

बच्चा अपने आँसू रोकता हुआ बोला, "डैडी, आप इधर देखकर इतना बोल सकते थे, 'ओह।' "

शायद हम ज़रूरत से ज़्यादा व्यस्त हैं। कॉर्नेल विश्वविद्यालय की मनोविज्ञानी यूरी ब्रोफेनब्रेनर के अनुसार सामान्यतः पिता अपने बच्चों के साथ सार्थक चर्चा के लिए प्रतिदिन मात्र 37.7 *सेकंड* का समय देते हैं। यदि हम आज सुनने का समय नहीं रखेंगे, तो एक दिन जब हम सुनना चाहेंगे, तो शायद हमारे बच्चों के पास हमसे बात करने का वक़्त नहीं होगा।

2. *क्या मैं बच्चों के प्रति आदरभाव रखता हूँ?* बच्चों के साथ अपने *रवैये* का आकलन करें। क्या आप इस प्राचीन उक्ति में यक़ीन करते हैं कि "बच्चों को सुना नहीं, बल्कि निहारा जाना चाहिए" अथवा क्या उनकी भावनाएँ और विचार आपके लिए मायने रखते हैं? क्या आप मानते हैं कि बच्चे आपके व्यक्तिगत विकास में बाधक हैं अथवा आपको लगता है कि वे आपकी शानदार ज़िम्मेदारी के साथ व्यक्तिगत विकास की चुनौती का कारण हैं?

कुछ अभिभावक इन प्रश्नों के प्रति द्विपक्षीय रवैया रखते हैं। कुछ जो महसूस करते हैं, उसके विपरीत रुझान दर्शाते हैं। इस दोहरे रवैये को स्पष्ट करने के लिए ख़ुद से यह प्रश्न पूछें : "अपने बच्चों के प्रति मैं कैसा रवैया चाहता हूँ? मेरा बर्ताव उस रवैये की तरह है अथवा उससे भिन्न है? क्या मेरे बच्चे जानते हैं कि मैं उनका आदर करता हूँ?

द आर्ट ऑफ़ लविंग पुस्तक में मनोविज्ञानी एरिक फ्रॉम आदर को प्रेम का महत्वपूर्ण घटक दर्शाते हुए लिखते हैं :

> आदर का अर्थ भय या आतंक नहीं; बल्कि अंग्रेज़ी शब्द Respect अपने मूल शब्द Respicere अर्थात् देखना को अभिव्यक्त करता है। एक व्यक्ति की विशिष्टता को समझकर उसे वैसे देखना, जैसा कि वह है।[4]

आदर का मतलब दूसरे व्यक्ति के सामर्थ्य में यक़ीन करना भी है। अपने जीवन में उस शक्तिशाली प्रेरणा के बारे में सोचें, जो बच्चे के रूप में

आपके लिए किसी महत्वपूर्ण वयस्क व्यक्ति द्वारा दर्शाए गए आदरभाव से उपजी हो।

3. *क्या मैं अपने बच्चे में सकारात्मक मानसिक दृष्टिकोण का विकास करता हूँ?* "मनुष्य जैसा सोचता है, वैसा हो जाता है" यह उक्ति बच्चों पर भी लागू होती है। बच्चे जिस चीज़ के बारे में सर्वाधिक सोचते हैं, उस जैसे हो जाते हैं। हीनभावना से ग्रस्त बच्चे नकारात्मक लक्षणों के बारे में सोचकर मनमानी भाषाओं से अपनी समस्या बढ़ा लेते हैं। उदाहरण के लिए, एक बहुत मोटा बच्चा अपने आपसे कह सकता है:

मैं हमेशा भूखा रहता हूँ।
बेसबॉल खेलने के लिहाज़ से मैं काफ़ी थुलथुल हूँ।
मैं खाना नहीं छोड़ सकता।
मुझे कोई अपनी टीम में नहीं चुनेगा।

आत्मनिंदा बच्चों में नकारात्मक आदत बन सकती है। इससे अवसाद और निम्न स्तरीय अस्तित्व अर्थात् कभी कोशिश न करना, ख़तरा न उठाना, कभी न जीतना जैसे लक्षणों की ओर झुकने के सिवाय कुछ नहीं मिलता।

अपने समय की सबसे महत्वपूर्ण खोज यह है कि व्यक्ति आत्म अनुकूलन से ख़ुद को बदल सकता है। बच्चे जिस प्रकार चिंता से रोगी हो सकते हैं, उसी प्रकार अपनी ख़ूबियों पर एकाग्र होने से स्वस्थ भी, परंतु इसके लिए उन्हें सकारात्मक मार्गदर्शन चाहिए।

आप अपने बच्चों को ख़ुद में अथवा दूसरों में नकारात्मक लक्षण पर ज़ोर न देने और सकारात्मक भाव को प्रोत्साहित करने की नीति सिखा सकते हैं। कैलिफ़ोर्निया की एक पाँचवीं कक्षा की अध्यापिका निरंतर अच्छे परिणाम देने के लिए चर्चित थीं, भले ही उन्हें प्रखर विद्यार्थी दिए जाएँ या मंदबुद्धि। उन्हें अनुशासन संबंधी समस्या बहुत कम रही और उनकी कक्षा के विद्यार्थी श्रेष्ठतम नैतिक स्तर दर्शाते रहे। प्रधानाचार्य ने जब इस बारे में जानना चाहा, तो शिक्षिका का जवाब था

कि वह नियमित रूप से इस बात का लेखा-जोखा रखती थीं कि उन्होंने किस छात्र की कितनी बार सराहना की। उन्होंने कभी भी प्रत्येक विद्यार्थी को सराहे बग़ैर अपनी कक्षा ख़त्म नहीं की।

4. *क्या मैं अपने बच्चों के कौशल और प्रतिभा के विकास को प्रोत्साहित करता हूँ?* कुछ अभिभावक प्रोत्साहन के भाव की ग़लत व्याख्या करते हैं। एक माँ समझती है कि वह अपने किशोर बच्चे के सारे बिल चुकाकर उसे प्रोत्साहित कर रही है। एक अन्य माँ अपने बच्चे से पूछे गए हर सवाल का जवाब स्वयं देकर यह ग़लतफ़हमी पालती है। प्रोत्साहन का अर्थ बच्चे को जीवन की ज़रूरतों से बचाकर रखना नहीं है। ये क़दम बच्चे में परिस्थितियों से निपटने के प्रति अविश्वास पैदा कर उसे हतोत्साहित करते हैं।

प्रोत्साहन का अर्थ साहस का संचार है। प्रोत्साहन आपके बच्चे को यह कहना है कि :

समस्या हल करने का तुम्हारा तरीक़ा मुझे अच्छा लगा।
तुम अपने ग़ुस्से पर क़ाबू पाना सीख रहे हो।
बास्केटबॉल में प्रतिस्पर्धी को चकमा देना तुमने सीख लिया है।
यह गणित मुश्किल था। मुझे ख़ुशी है कि तुमने कई सवाल सही हल किए।

इसके अलावा अतिशयोक्ति से भी बचें। यदि किसी बच्चे द्वारा आधा होमवर्क करने पर ही माँ कहे - "तुम बुद्धिमान हो" तो बच्चा सोचेगा - "यदि यह बुद्धिमत्ता का पैमाना है, तो मैं इससे काफ़ी कम मेहनत करके भी काम चला सकता हूँ।"

छोटी किंतु पूर्ण उपलब्धियों को भी अपनी ईमानदारीपूर्वक टिप्पणी से प्रोत्साहित कीजिए। बच्चे द्वारा नई चुनौतियों का सामना करते समय उसके प्रति समर्थन और विश्वास दर्शाएँ। यह प्रोत्साहन उस स्थिति में भी हो, जब बच्चा असफल हो जाए क्योंकि आपकी नज़र में उसका मूल्य और महत्व उसका प्रदर्शन नहीं, बल्कि उसका अस्तित्व है।

बच्चों से बात करते समय आदर का भाव रखें

एक प्रसिद्ध पियानोवादक लंदन के संगीत सभागृह में अपनी प्रस्तुति देने वाला था। उसके कार्यक्रम की शुरुआत से आधा घंटा पूर्व सारा सभागार औपचारिक वेशभूषा पहने प्रमुख हस्तियों से भर गया। मंच पर एक बड़े से पियानो की ओर प्रकाश केंद्रित था। एक संगीत रसिक माँ अपने सात वर्षीय पुत्र के साथ वहाँ आई थी, ताकि महान पियानोवादक को सुनकर बच्चा ज़्यादा उत्साह से अभ्यास करे।

इस बीच शोरगुल में बच्चा अपनी कुर्सी से ग़ायब हो गया। माँ पूरे सभागार में बदहवासी के साथ उसे ढूँढ़ने लगी। तभी भीड़ भरे वातावरण में उसे कोई जानी-पहचानी आवाज़ सुनाई दी। उसकी आँखों में चमक आ गई, जब उसने पियानोवादक के लिए नियत कुर्सी पर अपने बेटे को बैठे देखा। वह मज़े से पियानो पर अंगुलियाँ नचा रहा था।

तभी भीड़ में से कोई ग़ुस्से के साथ चिल्लाया, "अरे, कोई उस बच्चे को मंच से उतारो। वह चॉपस्टिक (अंगुलियों से ठपकारने वाला संगीत) बजा रहा है!" लज्जित माँ धक्का-मुक्की में यह नहीं देख पाई कि महान पियानोवादक उससे पहले मंच पर उस बच्चे के समीप बैठ चुका है।

पूरे सभागार में "चॉपस्टिक" का शोर था। मगर प्रसिद्ध पियानोवादक इस अटपटी धुन को अपने कौशल से यादगार संगीत रचना में बदलने में सफल हो गया। जब हड़बड़ाई माँ मंच के समीप पहुँची, तो उसने महान संगीतकार को अपने बच्चे से कहते सुना, "शाबाश बच्चे, अभी मत रुको। मैं तुम्हारी मदद करूँगा। तुम्हारे पास क़ाबिलियत है, इसे जारी रखो!"

विवाद या टकराव को पैर पसारने से पूर्व रोकें

वेब्स्टर की न्यू वर्ल्ड डिक्शनरी के अनुसार *हैसल* (टकराव) शब्द का जन्म अमेरिका में हुआ। शायद अमेरिकी हैगल एंड टसल (लड़ना-झगड़ना) के बीच कोई स्थिति परिभाषित करना चाहते थे। बहरहाल, प्रत्येक वयस्क और बच्चा जानता है कि ये टकराव क्या हैं और उनसे कैसी अनुभूति होती है। इनमें विशेषकर खाने-पीने, सोने, टीवी देखने, नाच-गाना,

गृहकार्य, पहले कौन, किस चीज़ पर किसका हक़ है, जैसे मुद्दों पर होने वाले विवाद या टकराव शामिल हैं। यह इतनी सामान्य बात है कि हम इसे गंभीरता से नहीं लेते। मगर लगातार टकराव अथवा विवाद संवाद के आनंद को घुन लगी लकड़ी की तरह बर्बाद कर देता है।

क्या टकराव से बचा जा सकता है। हाँ! क्योंकि विवाद में हमेशा दो या अधिक प्रतिभागी शामिल होते हैं, आप इस प्रक्रिया का हिस्सा बनने से इंकार कर सकते हैं। इसके बजाय आप असहमति दूर करने वाले बुनियादी नियम अपनाएँ। उदाहरण के लिए :

> जॉनी, मैं तुमसे बहस नहीं करूँगा। मैं तुम पर नहीं चिल्लाऊँगा और यह भी नहीं चाहूँगा कि तुम मुझ पर चिल्लाओ। मैं तुम्हें सुनने-समझने की कोशिश करूँगा और मैं चाहूँगा कि तुम भी मुझे समझने की कोशिश करो।

वयस्क व्यक्ति ने क्या किया? उसने चर्चा के स्पष्ट नियम दर्शाते हुए बच्चे को बता दिया कि वह समझबूझ चाहता है। निश्चित रूप से यह रवैया कुछ समस्याओं के निराकरण की शुरुआत भर है, मगर इससे वार्तालाप के वाद-विवाद में उलझने की संभावना कम हो जाती है।

विवाद दूर करने की कुछ नीतियाँ आदेशात्मक होती हैं - अर्थात् ताक़त के ज़रिये पूर्ण नियंत्रण पर ज़ोर देना। किंतु ताक़त एक कमज़ोर प्रेरक है, इससे स्थायी समाधान नहीं मिलते। इसके अलावा बल प्रयोग का नतीजा मौखिक या शारीरिक द्वंद्व हो सकता है। दूसरी तरफ़ स्वीकृति प्रधान रवैया है - बच्चे को वह करने या कहने दें, जैसा वह चाहता है। मगर बच्चे इस स्वीकृति की सीमा खींचकर बड़ों से अशालीनता की हद तक ले जाते हैं। यह दोनों रवैये टकराव को टालते नहीं, बल्कि उसे जन्म देते हैं।

मेरे विचार से अधिकारवादी रवैया अपनाना उचित है, जिसमें सकारात्मक प्रोत्साहन और उच्च्च नियंत्रण का समावेश हो। इससे लचीले और अड़ियल दोनों रवैयों के ख़तरों से बचते हुए टकराव टालने में मदद

मिलती है। यहाँ बच्चे के साथ टकराव रहित संवाद के अधिकारवादी रवैये के पाँच तरीक़े दर्शाए गए हैं-

A - Analyze problem behavior (समस्याजनक बर्ताव का विश्लेषण करें)

B - Be clear about your expectations (अपनी अपेक्षाएँ स्पष्ट करें)

C - Catch them doing good (बच्चों के अच्छे काम पर नज़र रखें)

D - Discpline in love (प्यार से अनुशासन सिखाएँ)

E - Exert your authority firmly, but calmly (अपनी शक्ति दृढ़तापूर्वक, किंतु शांति के साथ दर्शाएँ)

समस्याजनक बर्ताव का विश्लेषण करें : बच्चे द्वारा टकराव संबंधी बर्ताव के कई कारण हो सकते हैं, जैसे बौखलाहट, निराशा, नकारे जाने का भय, वात्सल्य के अभाव की अनुभूति अथवा एक अड़ियल स्वभाव। उसके व्यवहार का मूल कारण खोजना ज़रूरी है, अन्यथा समस्या के ग़लत समाधान सुझाए जाएँगे और समस्या जारी रहेगी।

मान लीजिए कि आपका बच्चा लगातार देर से स्कूल जाता है। हर सुबह यही कहानी होती है। वाद-विवाद और खींचातानी का परिणाम आपके तथा बच्चे की अप्रसन्नता के रूप में झलकता है। अंततः जब बच्चा स्कूल जाने की स्थिति में आता है तो उसका दिमाग़ झल्लाया होता है और वह कुछ सीखने के मूड में नहीं रहता है। निम्न वार्तालाप में देखिए कि किस प्रकार अभिभावक समस्या (जैसे आलसीपन) को झूठ-मूठ में समझने का दिखावा करने के बजाय सक्रियतापूर्वक बच्चे की बात सुनकर समस्या का वास्तविक कारण ढूँढ़ने का प्रयास करता है :

अभिभावक : बेटा, तुम लगातार देर से स्कूल जा रहे हो, आख़िर परेशानी क्या है?

पुत्र : मैं स्कूल पसंद नहीं करता!

अभिभावक : तुम्हें स्कूल पसंद नहीं?

पुत्र : वहाँ बोरियत होती है!

बच्चों से बात करते समय आदर का भाव रखें

अभिभावक : तुम्हें लगता है, जो शिक्षक पढ़ा रहे हैं, उसे तुम पहले से जानते हो?

पुत्र : नहीं, पर मुझे यह महत्वपूर्ण नहीं लगता।

अभिभावक : तुम्हारा मतलब उसका तुमसे संबंध नहीं है?

पुत्र : हाँ, आख़िर अंकों के जोड़-घटाव का मुझसे क्या लेना-देना? मुझे यह सब क्यों सीखना पड़ता है?

अभिभावक : तुम्हें यह मुश्किल लगता है और तुम जानना चाहते हो कि इसकी ज़रूरत क्या है?

पुत्र : इसे सीखना कठिन है। कई बच्चों को इसमें परेशानी होती है।

अभिभावक : तुम्हें बुरा लगता है, जब तुम कुछ समझ नहीं पाते।

पुत्र : हाँ! मैं ख़ुद को मूर्ख महसूस करता हूँ! (*रोना शुरू*)

अभिभावक : अब समझा। (*ख़ामोशी, बच्चे को बाहों में भरना...*)

बच्चों से सफल संवाद रखने वाले अभिभावक और शिक्षक किसी भी समस्या को अपने साथ बच्चे के नज़रिये से भी समझने की कोशिश करते हैं। इसका अर्थ स्वीकृति नहीं है, परंतु इससे बड़ों को बच्चे की समस्या समझने व उसके निराकरण का उपाय ढूँढ़ने की आवश्यक जानकारी प्राप्त हो जाती है।

समस्याजनक बर्ताव का कारण जानने के लिए बड़ों को निम्न प्रश्न दिमाग़ में रखना चाहिए :

वास्तविक समस्या क्या है?
क्या मैंने अपनी किसी टिप्पणी या बोलने की शैली से समस्या को जन्म दिया?
क्या मेरा बच्चा जानता है कि मैं उससे क्या चाहता हूँ?
मैंने इस स्थिति का सामना पूर्व में किस प्रकार किया था?
क्या वह कारगर था?
मैं अब इस स्थिति को किस प्रकार बेहतर ढंग से संभाल सकता हूँ?

बच्चों से बात करते समय आदर का भाव रखें

अपनी अपेक्षाएँ स्पष्ट करें : बच्चे अपने प्रति अभिभावकों की अपेक्षाओं का अनुमान लगाते हैं। कई बार ये अनुमान विकृत या ग़लत भी होते हैं। निम्नांकित वार्तालाप से पता चलेगा कि समस्या कैसे सुलझाई जा सकती है–

अभिभावक : ऐसी स्थिति में तुम्हारे लिए स्कूल जाना मुश्किल होगा।

पुत्र : (ख़ामोशी)

अभिभावक : हम इस बारे में क्या कर सकते हैं?

पुत्र : आप यह अपेक्षा न करें कि मैं सूज़न की तरह हमेशा उच्च श्रेणी में पास होऊँ!

अभिभावक : क्या मैं ऐसी माँग करता हूँ?

पुत्र : आप अक्सर कहते हैं कि वह गणित में कितनी तेज़ है।

अभिभावक : देखो बेटा, मैं तुमसे यह नहीं चाहता कि तुम किसी ख़ास विषय में कोई ख़ास श्रेणी अर्जित करो। मैं सिर्फ़ इतना चाहता हूँ कि तुम अपनी ओर से बेहतर प्रदर्शन के लिए पूरा प्रयास करो।

पुत्र : (ख़ामोशी)

अभिभावक : तुम कुछ जानना चाहते हो?

पुत्र : क्या?

अभिभावक : मैं जब तुम्हारी उम्र का था, मुझे भी गणित में अच्छे अंक नहीं मिलते थे।

पुत्र : सचमुच?

अभिभावक : हाँ! आओ अब हम मिलकर गणित सीखने की कोशिश करते हैं।

पुत्र : ठीक है।

इस उदाहरण में बच्चा अपना कार्य करने के लिए प्रेरित हुआ, क्योंकि उसके ऊपर ख़ुद को सूज़न से तुलना किए जाने (और लगातार हारने का) बोझ हट गया और अभिभावक की अपेक्षाएँ स्पष्ट हो गईं। याद रखें कि बड़ों की अपेक्षाएँ बच्चे के समक्ष तब तक साफ़ नहीं होतीं, जब तक

वह खुद उन्हें समझने और अपने शब्दों में दोहराने की स्थिति में न आ जाए। लिहाज़ा बच्चे से पूछें "मैं तुमसे क्या अपेक्षा रखता हूँ?"

अपने बच्चे से अपेक्षित कार्य को लेकर सकारात्मक रवैया रखें। रोज़ाना की अपेक्षाओं को लिखकर बच्चे को समझाएँ, जब तक कि वह संतोषजनक रूप से यह दोहराने की स्थिति में न आ जाए कि उससे क्या माँग की जा रही है। इससे वह नौबत नहीं आएगी कि बच्चा कहे "मुझे मालूम नहीं था, आप मुझसे यह चाहते थे।"

बच्चों के अच्छे काम पर नज़र रखें : बेहतर तरीक़े से काम संपन्न करने पर बच्चे की सराहना करें। मनोवैज्ञानिक अध्ययन से पता चलता है कि आलोचना के बजाय सकारात्मक प्रोत्साहन व्यवहार के विकास में ज़्यादा प्रभावी होता है। हार्वर्ड विश्वविद्यालय में मनोविज्ञान के प्राध्यापक डेविड रोज़ेन्थॉल के एक अध्ययन में पूछा गया : "यदि समान मानसिक योग्यता वाले बच्चों के एक समूह को उनके शिक्षक यह बताएँ कि वे महज़ 'देर से सीखने वाले विद्यार्थी' हैं और आने वाले वर्षों में उनकी बौद्धिक क्षमता काफ़ी तेज़ी से विकसित होगी, तो क्या होगा?" प्रयोग के परिणामों से पता चला कि इस श्रेणी में रखे गए बच्चों ने अन्य बच्चों की तुलना में ज़्यादा बौद्धिक प्रगति की। रोज़ेन्थॉल ने इन परिणामों से निष्कर्ष निकाला कि बच्चों से सकारात्मक अपेक्षा का उनके आचरण पर सकारात्मक प्रभाव पड़ता है।

अपने बच्चे पर नज़र रख रहे माता-पिता दिन भर में निम्न टिप्पणियों के अवसर ढूँढ़ लेंगे, जैसे :

> मुझे अच्छा लगा, तुम बुलाए जाने पर जिस तरह डिनर के लिए आए।
> खेल के लिए जाने की जल्दी के बावजूद तुम्हारा सलीके से कपड़े टाँगना मुझे अच्छा लगा।
> जो भी हुआ, उसके बारे में मुझे सब सच बताने के लिए शुक्रिया।

ध्यान रहे कि यदि सराहना ईमानदारी से नहीं की जाएगी तो बच्चा इसे निरर्थक समझेगा। अत्यधिक प्रशंसा भी अपना प्रभाव खो देती है, किंतु

वास्तविक तारीफ़ सकारात्मक परिवर्तन को प्रेरित कर विवाद को टालती है।

प्यार से अनुशासन सिखाएँ : *अनुशासन* शब्द का प्रयोग पिटाई से प्रलोभन तक हर स्थिति के लिए किया जाता है। वयस्क लोग अनुशासन कब रखना है, क्यों रखना है, कैसे रखना है, का विचार किए बग़ैर अपने बच्चों को अनुशासित करने के अस्पष्ट तरीक़े अपनाते हैं। परिणाम स्वरूप उनका तथाकथित अनुशासन अप्रभावी रहता है।

दीर्घकालिक, सकारात्मक परिणाम देने वाला अनुशासन प्रेमपूर्वक सिखाया जाता है। इसमें निर्देशात्मक पाबंदियाँ, बंधन और पिटाई शामिल हैं, किंतु इनका इस्तेमाल प्रेम की भावना के साथ किया जाता है। दृढ़ता का भाव लिए हुए ऐसा अनुशासन, जो आचरण की सीमाएँ निर्धारित करे- इससे प्रेम बना रहता है।

अनुशासन की नई नीति और पुराने दंडात्मक स्वरूप के बीच उपयोगी भेद किया जा सकता है। अपनी पुस्तक *हेल्प, आय एम अ पेरेंट* में मनोविज्ञानी ब्रूस नेरैमोर इसे तालिका में स्पष्ट करते हैं :[5]

	दंड	*अनुशासन*
उद्देश्य :	1. दंड लागू करना	1. सुधार हेतु प्रशिक्षण
केंद्र बिंदु :	2. पुरानी ग़लतियाँ	2. भविष्य के सटीक कार्य
अभिभावक का रवैया :	3. ग़ुस्सा और झल्लाहट	3. प्रेम और हमदर्दी
बच्चे में परिणाम जनित भाव :	4. भय एवं अपराध बोध	4. सुरक्षा भाव

इस प्रकार के अनुशासन का अभ्यास टकराव को कम करेगा। निम्न उदाहरण में देखें कि इसमें नाराज़गी तथा चिढ़ के बजाय भविष्य के लिए अनुशासन का भाव है –

अभिभावक : बेटा, तुम्हें इस वक़्त क्या करना चाहिए था?

पुत्र : कुत्ते को खाना खिलाना चाहिए था।

अभिभावक : तुम क्या कर रहे हो?

पुत्र : कुछ नहीं

अभिभावक : तुम्हें वक़्त पर कार्य न करने का परिणाम पता है, जिस पर हमारी सहमति हुई थी?

पुत्र : जी पिताजी, मैं आज रात टीवी नहीं देख पाऊँगा।

अभिभावक : उस बंधन का उद्देश्य तुम्हें यह याद दिलाना है कि तुम्हें नियम के अनुसार चलना चाहिए और आगे इसका ध्यान रखोगे।

बच्चे से प्रेम करने वाला वयस्क उसे अनुशासन भी सिखा देगा। उसके क्रियाकलाप से बच्चे को एहसास होगा कि वह नकारात्मक भावों के विरुद्ध नियंत्रण की लड़ाई में अकेला नहीं है। इसका तात्पर्य है कि वह आचरण के सीमा निर्धारण में अपने तथा बच्चे के प्रति सचेत है और दोनों के दीर्घकालिक हितों के लिए इन नियमों को लागू करने का समय तथा इच्छाशक्ति रखता है।

अपनी शक्ति दृढ़तापूर्वक, किंतु शांति के साथ दर्शाएँ : कुछ लोगों को लगता है कि आवाज़ की तेज़ी के साथ उनकी शक्ति भी बढ़ती है। मैंने एक शिक्षिका के बारे में सुना है, जिसे अपनी कक्षा को नियंत्रित करने में काफ़ी परेशानी पेश आती थी। वह ग़ुस्सा होने पर अपनी मेज़ पर चढ़कर बच्चों के आगे ज़ोर से सीटी बजाने लगती थी। बच्चों को इस तमाशे में मज़ा आता और वे भोजन अवकाश के दौरान इसी करतब को फिर देखने के लिए धमाल की तिकड़म में जुट जाते।

इसके विपरीत मेरे पुत्र की पाँचवीं कक्षा के शिक्षक का अनुशासनात्मक सत्ता दर्शाने का तरीक़ा बेहद सशक्त और संयत रहा। वे ग़लती करने वाले छात्र को केवल घूरकर देखते थे। यदि यह कारगर न हो, तो वे बच्चे को कोई काम सौंप देते, जैसे पचास "नियम" लिखना। प्रत्येक छात्र को पता था कि नियम लिखना ग़लत बर्ताव का तार्किक परिणाम है। शिक्षक को अपनी आवाज़ ऊँची करने की कभी ज़रूरत नहीं पड़ी। उनकी

सत्ता पूरी कक्षा द्वारा सम्मानित तथा प्रशंसित हुई।

ऐसा समय भी आता है, जब वार्तालाप के बजाय *कार्य* से आपको सत्ता दर्शानी पड़ती है। बहरहाल, यह सक्रियता ग़ुस्सैल न हो, तभी बच्चे में अपेक्षित व्यवहार को प्रेरित कर सकती है। यदि आप नाराज़ होने तक सक्रियता दर्शाने की प्रतीक्षा कर रहे हैं, तो आपकी यह प्रतीक्षा काफ़ी लंबी है। आप बग़ैर नाराज़ हुए क्रियाशीलता दर्शा सकते हैं। जब आप भावनाओं पर नियंत्रण खोने से पूर्व क्रियाशीलता दर्शाते हैं, तब आपकी सत्ता अनावश्यक तनाव से बचते हुए अधिक मज़बूती से साबित होती है। अपनी सत्ता को सशक्त किंतु संयत तरीक़े से दर्शाने का सूत्र यही है कि आप भावनाओं के बस में अपनी अधिकार क्षमता और विवेकपूर्ण आचरण खोने से पूर्व क्रियाशील हो जाएँ।

टकराव रहित संवाद के मूलभूत तत्व मुश्किल नहीं हैं। किंतु यदि आप फ़िलहाल उनका प्रयोग नहीं कर रहे हैं, तो आपको एक नई शैली में महारत हासिल करनी होगी। सत्ता संघर्ष को जहाँ तक संभव हो टालना चाहिए। किंतु जहाँ यह बच्चे के अड़ियल रवैये के फलस्वरूप ज़रूरी हो जाए, वहाँ अभिभावक को निर्णयात्मक जीत अर्जित करनी चाहिए। यदि संवाद और अनुशासन की प्रक्रिया में अभिभावक संयम बरतता है, तो वह ग़ुस्से के दूरी पैदा करने वाले प्रभाव से बचते हुए बच्चे का आदर जीत सकता है।

अपने लिए चाहा गया व्यवहार ख़ुद भी अमल में लाएँ :

इस प्रश्न के बारे में एक क्षण सोचें : क्या आपका बातचीत का ढंग वैसा ही है, जैसा आप बच्चे से अपने प्रति चाहते हैं? मैं यक़ीन से कह सकता हूँ कि ज़्यादातर अभिभावक और शिक्षक बच्चे से श्रेष्ठ की अपेक्षा रखते हैं। चर्चा के असफल रहने का कारण अच्छी सोच का अभाव नहीं, वरन् अपने आचरण में अपेक्षित तत्वों का अभाव होता है।

अपने लिए बातचीत की एक आचरण संहिता का निर्धारण आपके कथन और मूल्यों के बीच संबंध बनाने का एक बढ़िया तरीक़ा है। यह

आपको सही राह पर रखता है। यह आपको बच्चे से संवाद करने के लिए आवश्यक महत्वपूर्ण बिंदुओं के अनुरूप आचरण में मदद करता है। अपने लिए आचरण संहिता के निर्धारण के वक़्त निम्न दो अहम् प्रश्न ज़रूर पूछें :

1. बच्चे से संवाद के ज़रिये मैं क्या हासिल करना चाहता हूँ?
2. इस लक्ष्य की ओर बढ़ने के लिए सर्वोत्तम मार्ग कौन सा है?

कुछ मूल्यवान लक्ष्य इस प्रकार हैं :

परस्पर आदरभाव विकसित करना।
अपने अलावा बच्चों की दृष्टि से भी मुद्दों का आकलन।
बच्चे की अनुभूति के स्तर पर समस्या का अनुभव।
माफ़ करना सिखाना।
प्यार बाँटना।
आत्म-गौरव का विकास।
स्वस्थ विनोदवृत्ति का विकास।
आंतरिक अनुशासन को प्रोत्साहित करना।
सहयोग की दिशा में कार्य करना।
समझबूझ की प्राप्ति।

एक बार लक्ष्य निर्धारित करने के बाद आपको उन तक पहुँचने की प्रभावी नीति विकसित करने की आवश्यकता होगी। धोखा खाने से सतर्क रहें। परिणाम देने वाले उपाय कई बार दीर्घावधि में विपरीत नतीजे भी दे सकते हैं। जैसे निम्न अभ्यास दूरी और रक्षात्मकता को जन्म देंगे :

चीख़ना, चिल्लाना, धमकाना, रिश्वत देना, नाम घसीटना, रोना, याचना, विनय, ताना देना, चिढ़ाना, हँसी उड़ाना, अपमान करना, हस्तक्षेप करना आदि।

यद्यपि यह प्रयास अस्थायी रूप से लाभप्रद दिखाई दे सकते हैं, किंतु इनसे आदरभाव की प्राप्ति नहीं होती। यदि बच्चे को अपमान का बोध हो,

तो वह वयस्कों की तरह खीझ, कड़वाहट और प्रतिशोध की भावना दर्शाएगा। बच्चे अपने अभिभावकों और शिक्षकों की नीति का अनुसरण करते हैं। यदि पिता चीख़ता है, तो बच्चा भी चीख़ना सीख जाएगा। यदि माँ चिल्लाएगी, तो बच्चा भी यही करेगा। यदि कोई शिक्षक ताना कसेगा, तो बच्चे को भी यही शिक्षा मिलेगी। यह प्रारूप तदनुरूपता के नियम पर आधारित है : आप वही सुनते हैं, जो आप कहते हैं।

अपने बच्चे का "संसार" रोशन करें

आपके बच्चे का "संसार" कैसा है? वह क्या सोचता है, क्या महसूस करता है अथवा क्या कल्पनाएँ करता है? कौन सी चीज़ उसे हँसाती है और कौन सी हैरत में डालती है?

छोटे बच्चे वयस्कों की अपेक्षा भिन्न तरीक़े से दुनिया देखते हैं। उनकी निश्छल दुनिया गुरुत्वाकर्षण, कारण-प्रभाव, स्थान और समय जैसे नियमों से बंधी नहीं होती। वे सितारों तक उड़ान भर सकते हैं, ग्रहों पर क़दम रख सकते हैं, दानवी शक्तियों से लोहा ले सकते हैं। उनकी कल्पनाशक्ति का सही विकास होने पर उनके संवाद में रचनात्मकता, नाटकीयता, भावनात्मकता, विश्वास और जिज्ञासा का समावेश होता है। बच्चों के साथ अपने गहन अनुभव के आधार पर डॉ. बेंजामिन स्पॉक दावा करते हैं :

> बच्चों का सर्वाधिक आनंददायी पहलू उनके द्वारा कही गई बातों की मौलिकता है। विशेषकर स्कूल जाने से पहले के वर्षों में। उनकी टिप्पणी, चीज़ों की व्याख्या का उनका तरीक़ा महान दार्शनिकों और लेखकों की अपेक्षा अधिक ताज़गी भरा और स्पष्ट होता है। फिर भी ज़्यादातर अभिभावक विवेक के इन रत्नों की तरफ़ ध्यान नहीं देते।[6]

कुछ अभिभावकों की शिकायत होती है कि "मेरा बच्चा मेरे लिए अजनबी है। वह मुझे नहीं बताता कि वह क्या सोच रहा है" या, "मुझे कभी पता नहीं चलता कि मेरी बेटी के दिमाग़ में क्या चल रहा है। मेरे पूछने पर

वह कंधे उचकाकर जवाब देती है कि वह नहीं जानती?" बच्चे अपने "संसार" को छिपाकर क्यों रखते हैं? इसका एक सामान्य कारण (अध्याय 2 में वर्णित) बच्चों द्वारा अपने नकारात्मक आकलन या ग़लत समझे जाने का भय है। अभिभावक अपने पैमाने से बच्चे के कथन की विवेचना करते हैं, बजाय बच्चे के पैमाने से। उदाहरण के लिए, यदि कोई बच्चा यह कहे कि उसने कल रात एक बड़े दानव को मार डाला, तो अभिभावकों के पास प्रतिक्रिया के दो विकल्प हैं - या तो वह कहें कि "दानव होते ही नहीं" अथवा "वाह! इसके लिए तो तुमने काफ़ी हिम्मत दिखाई होगी!"

बच्चे एक-दूसरे के स्वप्न भी खंडित कर सकते हैं। जब लूसी, चार्ली ब्राउन से अपना स्वप्न सुनाने की माँग कर उसके "फ़्लैश" पुकारे जाने के आग्रह का उपहास उड़ाती है, तो यह मान लेना उचित होगा कि चार्ली फिर कभी इतनी आसानी से अपने स्वप्न की चर्चा नहीं करेगा। वस्तुतः त्रासदी यह है कि बच्चा तब सिर्फ़ अपने स्वप्न की चर्चा करना ही नहीं, बल्कि स्वप्न देखना भी बंद कर देता है अथवा अपने स्वप्न "जगत" को दूसरों की तरह दर्शाने लगता है। बच्चे के जीवित रहते हुए उसके भीतर जो मरता है, वही त्रासदी है।

वयस्क इस प्रवृत्ति को उलटकर बच्चे में एक-दूसरे के "संसार" के प्रति प्रशंसाभाव को जागृत कर सकते हैं। वे बच्चे से संयमपूर्वक प्रश्नोत्तर के ज़रिये उसके "संसार" की टोह ले सकते हैं। वे बच्चे के स्तर पर साथ खोज करने का भाव जागृत कर सकते हैं। उनके पास विकल्प है कि वे बच्चे पर अपने निर्देश जैसे "यह संभव नहीं" या "तुम सच्चाई का सामना कब करोगे?" न लादें।

जब मैं कॉलेज में था, मैंने बाल जगत को महत्त्व नहीं दिया। मैं यह सुनकर दंग रह गया जब बाल मनोविज्ञान की कक्षा में मेरे प्राध्यापक ने यह कहा कि वह प्रतिदिन आधा घंटा पूरी तरह बच्चों के स्तर पर उनके "संसार" का अनुभव करते हैं। यदि बच्चे "बंदर" या "कंगारू" का खेल खेलना चाहें, तो वह उसी जानवर का अभिनय करते। डॉ. ब्राउन के

अनुसार इस खेल का असली लुत्फ़ बच्चों को ख़ुश देखने में मिलता था। खेल के पूरा होने पर वह किसी भी बारे में बात करने को तैयार होते। बच्चे जानते हैं कि उनके पिता उनकी ख़्वाहिशों को समझते हैं, उन्होंने यह साबित भी किया।

बच्चे बड़ी बेचैनी के साथ चाहते हैं कि उन्हें समझा जाए। उन्हें समझने के लिए ढेर सारे प्रश्न पूछकर उनके विचार और भाव जानें। परंतु ऐसे प्रश्न न पूछें, जो उन्हें विचलित करें या रक्षात्मक बना दें। परस्पर लाभ या आनंद के लिए ज़रूरी प्रश्नों की सूची बनाएँ। खुले विकल्प वाले प्रश्न पूछें, जो "हाँ" या "नहीं" तक सीमित जवाबों के बजाय बच्चों की राय ज़ाहिर करें। इस सूची की शुरुआत के लिए कुछ उपयोगी प्रश्न यहाँ दिए गए हैं -

तुम्हें कैसे सपने देखना पसंद है?

तुम्हारी नज़र में हमारे द्वारा पढ़ी जा रही पुस्तक में कौन सी बात दिलचस्प है?

(दिल बहलाने के लिए) बताओ कि तुम्हारे विचार से पृथ्वी यहाँ कैसे आई?

तुम्हें वह विज्ञान कथा फ़िल्म क्यों अच्छी लगी?

अगर तुम्हें अपने कपड़े गीले होने का भय न हो, तो बरसात में घूमते हुए तुम्हें कैसा लगेगा? वर्षा का अनुभव कैसा है?

अपने परिवार से बाहर तुम्हें कौन सा व्यक्ति सर्वाधिक पसंद है और क्यों?

बड़े होकर तुम क्या बनना चाहोगे? तुम्हें कौन सा कार्य सबसे रुचिकर लगेगा?

तुम्हें कब हँसने या रोने की इच्छा होती है?

स्कूल में पाँचवीं कक्षा का छात्र होना कैसा लगता है?

एरिक फ्रोम अपनी पुस्तक *द आर्ट ऑफ़ लविंग* में बताते हैं कि बच्चों को अपने अभिभावकों से "दूध" और "शहद" की ज़रूरत होती है। "दूध"

बच्चे की शारीरिक ज़रूरत है, लेकिन साथ में "शहद" मिलकर उसका स्वाद और बढ़ा देता है। यहाँ शहद से तात्पर्य विशिष्ट ध्यानाकर्षण और जीवन में मधुरता जगाने वाले अनुभवों के आदान-प्रदान से है। अपने बच्चे के साथ अच्छी पुस्तकें पढ़ने का अनुभव शहद जैसा है। जीवन के रोमांचक अनुभव बाँटने के लिए पुस्तकों में वर्णित चरित्रों की सफलता-असफलता से संबंधित प्रश्न पूछकर उनसे सीख लेनी चाहिए। पुस्तकें बच्चों की जिज्ञासा को जगाकर उसे जीवन को अपनी समग्रता और श्रेष्ठता में देखने की उत्कृष्ट अभिलाषा में बदल सकती है। वह बच्चे को आत्मावलोकन से अपना जगत बाहर लाने में मदद कर सकती हैं। वह आपके और बच्चे के कल्पनालोक में समान धरातल की तलाश करने में मददगार हो सकती हैं।

प्रेम का प्रसार करें

कुछ लोगों को लगता है कि यदि वे एक बच्चे से प्रेम करेंगे, तो उसे प्रेमानुभूति होगी। यह ज़रूरी नहीं है। डॉ. एलिस गिनोट कहते हैं -

> यह हमारे द्वारा प्रेम की अभिव्यक्ति में असमर्थता है *न कि* प्रेम का अभाव, जो बच्चों को नाराज़ करता है। हम वह भाषा विकसित नहीं कर पाते, जो हमारे प्यार को अभिव्यक्त करे, जिसमें हमारी ख़ुशी झलके, जिससे बच्चे को सराहे जाने, सम्मान पाने और प्यार किए जाने की अनुभूति हो।[7]

बच्चे दो मूलभूत प्रश्नों के प्रति सशंकित रहते हैं : "क्या मुझे प्यार किया जा रहा है" और "मेरा काम कितने से चल सकता है?" कभी-कभी अभिभावक यह भ्रम पाल लेते हैं कि व्यवहार नियंत्रण क़ायम रखने के लिए उन्हें पहले प्रश्न के मामले में बच्चे को संशय में रखना चाहिए। यदि अभिभावक बच्चे को अनुशासित करने के लिए अभद्र अथवा अपमानजनक भाषा का प्रयोग कर रहा है, तो इसका मतलब प्रेम की बजाय उसने अस्वीकृति की ज़ुबान अपना ली है।

अस्वीकृति की भाषा विवेचना, निर्णय, आलोचना और नैतिकता की दृष्टि से जटिल होती है। मान लीजिए कि बच्चा रेत में घर बना रहा है, तो अस्वीकृति की भाषा इस प्रकार होगी -

रेत के घर ऐसे नहीं होते!

डैडी तुम्हें इसे ठीक करके बताते हैं।

मूर्ख, इस पर पैर मत रखो!

तुम इससे बेहतर कर सकते हो!

वहाँ ऐसे क्यों बैठे हो ? मैंने सोचा कि तुम रेत का घर बनाना चाहते हो।

यह एक ग़लत धारणा है कि बच्चे के प्रति स्वीकृति दर्शाने वाली भाषा उसके द्वारा अपने नकारात्मक बर्ताव की स्वीकृति के बतौर देखी जाएगी। यह ग़लतफ़हमी भी नहीं होनी चाहिए कि डाँट-फटकार से कोई सकारात्मक परिणाम मिलेंगे। चिकित्सकीय परामर्श का एक प्रमुख सिद्धांत हमें सिखाता है कि जब कोई व्यक्ति महसूस करता है कि उसे वैसे ही स्वीकारा जा रहा है, जैसा वह है, तो उसे अपने व्यक्तिगत विकास की दिशा में आगे बढ़ने की प्रेरणा मिलती है। वह अपनी क्षमता के अनुरूप अपने आप में बदलाव लाने के लिए प्रेरित होता है।

प्रेम संवाद बच्चे के प्रति स्वीकार भाव दर्शाता है। इसमें दृढ़ता और सीमांकन ज़रूर होगा, पर साथ ही बच्चे के लिए यह अचूक संदेश भी होंगे :

तुम्हें प्यार किया जा रहा है।

तुम बिलकुल दुरुस्त हो।

तुम्हें स्वीकृति मिल रही है।

तुम्हें क्षमादान मिलेगा।

तुम फिर कोशिश कर सकते हो।

प्रेम संवाद का अर्थ बच्चे को "विजेता", "दोस्त" या "शहज़ादी" कहना भर नहीं है, बल्कि वह आपके संवाद के पूरे तंत्र और गुणवत्ता का हिस्सा मात्र है।

बच्चों से बात करते समय आदर का भाव रखें

विशेषकर बच्चों के लिए मूक संवाद शब्दों की अपेक्षा प्रेम की बेहतर भाषा होती है। संभवतः अपनी सीमित शब्दावली के चलते बच्चे बोलने के तरीक़े, मुखमुद्रा, हमारे बर्ताव से प्रदर्शित रवैये के प्रति अधिक संवेदनशील होते हैं।

स्पर्श प्रेम की भाषा है। बच्चों और नवजात शिशुओं पर हुए अनेक शोधों के अनुसार स्पर्श से महत्वपूर्ण कोई अन्य चीज़ उनके शारीरिक तथा मानसिक विकास में सहायक नहीं होती। शारीरिक स्पर्श से वंचित शिशु उन बच्चों की तुलना में प्रशिक्षण संबंधी तथा भावनात्मक तालमेल में परेशानी झेलते हैं, जिन्हें पर्याप्त स्पर्श मिला हो। इसके प्रचुर प्रमाण हैं। स्पर्श का संदेश है, देखभाल। यहाँ तक कि हौले से पीठ थपथपाना भी अहम् होता है। चूमना, गले लगाना, बाँह पर थपकी देना, हाथ पकड़ना, ज़रूरत के समय मदद करना - ये सभी बच्चे द्वारा समझी जाने वाली सर्वश्रेष्ठ क्रियात्मक भाषा के अंग हैं।

पचपन प्रमुख अमेरिकी व्यक्तियों की माँओं पर किए गए शोध के मुताबिक़ बच्चों के प्रति प्रेम और सहयोग का भाव उनकी परवरिश का महत्वपूर्ण हिस्सा था। यद्यपि सहयोग और बहुत ज़्यादा बचाव के बीच, बच्चे के प्रति रुचि दर्शाने और उनके जीवन पर हावी होने के बीच मामूली अंतर है। इन माँओं को यह अंतर स्पष्ट रूप से पता था। बच्चों पर प्रेम लुटाते हुए उन्होंने उनसे यथासंभव अपने काम ख़ुद करने की अपेक्षा भी रखी।

प्रेम संवाद आसान नहीं है, विशेषकर यदि अभिभावक को उनके बच्चों के बर्ताव से आँका जा रहा हो। अभिभावक कई बार सोचते हैं "माइक को ऐसे बर्ताव करते देख सैली आंटी मेरे बारे में क्या सोचेंगी?" क्या यह ठीक है? क्या हमें अपने और बच्चे के बीच किसी अन्य व्यक्ति को लाना चाहिए? दुर्भाग्यवश बच्चे इन सामाजिक जटिलताओं को नहीं समझ पाते। वे सिर्फ़ इतना पूछते हैं : "क्या मुझे प्यार मिल रहा है?"

महत्वपूर्ण मूल्यों का संचार करें

अभिभावक पूछते हैं - "मैं बच्चों को किस प्रकार अपने मूल्य सिखा

सकता हूँ? मैं टीवी, फ़िल्म, संगीत, पत्रिकाओं आदि से बच्चे को दिए जा रहे मूल्यों के साथ कैसे मुक़ाबला कर सकता हूँ?"

हमें मूलभूत तथ्यों की तरफ़ लौटना होगा। आप अपने लिए सबसे ज़्यादा महत्वपूर्ण मूल्य का निर्धारण यह जानकर कर सकते हैं कि कौन से मूल्य सबसे स्थायी हैं? इन मूल्यों की सूची बनाकर पता लगाएँ कि कौन से मूल्य आपके बच्चे की वर्तमान शारीरिक, मानसिक, सामाजिक या आध्यात्मिक आवश्यकता से मेल खाते हैं। फिर अपने मूल्यों को बेहिचक व्यक्त करें। बाहरी प्रभावों से स्पर्धा आसान नहीं होगी, किंतु यदि आप अपने बच्चे से मुक्त, स्पष्ट संवाद क़ायम करते हैं, यदि बच्चा आपके द्वारा प्रदर्शित मूल्यों को आचरण में अपनाए जाता देख उन पर यक़ीन करता है, यदि उसे लगता है कि आप वाक़ई उसका ख़्याल रखते हैं, तो आपके पास इस जंग को जीतने की संभावना है।

अपने मूल्यों में प्राकृतिक और उपयुक्त तरीक़े से अवसरों की तलाश करें, पर साथ ही इन अवसरों का पूरा लाभ भी लें। किशोर बच्चों ने मुझे बताया कि उन्हें पता नहीं चलता कि उनके माता-पिता की विवाह पूर्व सेक्स और ड्रग्ज़ इत्यादि पर क्या राय है। उन्हें मालूम नहीं होता कि उनके तथा अभिभावकों के जीवन में क्या महत्वपूर्ण है। उनके माता-पिता इस बारे में उनसे कभी चर्चा भी नहीं करते।

महत्वपूर्ण मूल्यों को लेकर यह ज्ञान का ख़ालीपन ख़तरनाक है। यह बाहरी स्रोतों से मूल्यों की घुसपैठ के द्वार खोल देता है। क़रीब 2400 वर्ष पूर्व प्लेटो ने दृढ़तापूर्वक पूछा – "क्या हमें बच्चों को लापरवाहीपूर्वक अधकचरे लोगों से अधकचरी बातें सुनने के लिए छोड़ देना चाहिए, जिससे उनका मस्तिष्क ऐसे विचार ग्रहण करने पर मजबूर हो, जिनके प्रभाव में हम उन्हें बड़ा होने पर नहीं देखना चाहेंगे?"[8]

अमेरिकी तथा सोवियत बच्चों के मध्य तुलनात्मक अध्ययन में यूरी ब्रोनफ़ेन्ब्रेनर ने अमेरिकी बच्चों में टीवी दर्शन के तथ्य प्रस्तुत किए –

एक औसत बच्चा 16 वर्ष की आयु में पहुँचने तक 12,000 से 15,000

> घंटों तक टीवी देख चुका होता है। दूसरे शब्दों में वह चौबीसों घंटे 15-20 माह तक टेलीविज़न के पर्दे के सामने जमा रहता है...। हमारे बच्चों के दैनिक जीवन पर पड़ रहे इस प्रबल आक्रमण के प्रभावों के बारे में कोई सवाल किए बग़ैर इसे *नज़रअंदाज़ करना* भारी भूल होगी।[9]

हमें अपने बच्चों का नैतिक विकास उन स्रोतों के हाथ नहीं छोड़ना चाहिए, जो हमारे मूल्यतंत्र को ध्वस्त करते हों। हमें हिचक या समयाभाव की वजह से बच्चों के साथ अपने नैतिक विश्वास बाँटने में कोताही नहीं बरतनी चाहिए।

जब मेरा बेटा दस वर्ष की आयु तक पहुँचा, तो मैंने उससे यह कहा :

> जूड, तुम कुछ ही समय पश्चात् किशोरावस्था के अनजाने जगत में क़दम रखोगे। यह असभ्य और भ्रांतिपूर्ण काल भी हो सकता है और उन्नति का रोमांचक दौर भी। मूल सूत्र है - तैयारी। इसकी शुरुआत में तुम वीकएंड पर घूमने के लिए सिर्फ़ मेरे साथ जाना पसंद करोगे? हम इसे तुम्हारा "किशोरावस्था पूर्व दौरा" कहेंगे। जब जेसिका तुम्हारी उम्र में पहुँचेगी, वह अपनी माँ के साथ ऐसे ही किशोरावस्था पूर्व दौरे पर जा सकेगी। हम और तुम तय कर सकते हैं कि हमें कहाँ जाना है। जब हम भ्रमण पर जाएँगे, तुम मुझसे कोई भी सवाल कर सकोगे और मैं उनके जवाब देने का प्रयास करूँगा। मैं इस लंबी जीवनयात्रा में अर्जित अनुभव तुम्हारे साथ बाँटूंगा, जो तुम्हारी किशोरावस्था को रोमांचक बनाने में मददगार होंगे।

हमने विचार-विमर्श के लिए डॉ. जेम्स डॉब्सन द्वारा विकसित कैसेट कार्यक्रम "*प्रिपेअरिंग फॉर एडोलसेंस*" का प्रयोग किया। इस बात पर चर्चा की गई कि हीनताबोध की गर्त से बचते हुए किस प्रकार किशोरावस्था में आने वाले शारीरिक परिवर्तनों व मानसिक दबाव के लिए तैयार रहा जाए। इस प्रक्रिया में मैंने अपने सामर्थ्य के अनुसार उन नैतिक मूल्यों की चर्चा की, जो मेरी नज़र में जीवन को समृद्ध बनाने और स्थायी उल्लास के लिए ज़रूरी हैं।

बच्चों से बात करते समय आदर का भाव रखें

यह जानकर चकित न हों कि अन्य अभिभावक या बच्चे आपके द्वारा निर्धारित मूल्यों के मानदंड नहीं अपनाते। मतभेद को रक्षात्मकता के बिना स्वीकारें। समय-समय पर अपने मूल्यों की विवेचना करें, उनमें आवश्कतानुसार बदलाव लाएँ, किंतु ऐसा सिर्फ़ इसलिए न करें क्योंकि कोई शक्तिशाली व्यक्ति या समूह भिन्न मूल्यतंत्र को अपनाता है। यह जानें कि आपके मूल्य बच्चों के संपर्क में आने वाले मूल्यों से कितने भिन्न या समान हैं। अपने मूल्यों के प्रति विश्वास जगाएँ और विचार करें कि उनमें आपका यक़ीन क्यों है? इसके पश्चात उन कारणों को साहस व उत्साह के साथ बाँटें।

बच्चे बेचैनी से जानना चाहते हैं कि उनकी नैतिक सीमाएँ क्या हैं और वे सिद्धांत कौन से हैं, जो आपको जीवन में उल्लास और संतुष्टि का भाव दें। ऐसी जानकारी उन्हें साहस तथा सुरक्षाभाव के साथ अपनी पहचान गढ़ने में मदद करेगी। वे ख़ुद के बारे में विलक्षणतापूर्वक जानेंगे कि वे कौन हैं, क्योंकि आपने उन्हें भलीभांति बताया है कि आप कौन हैं।

हमारे मूल्य जब बौद्धिक व भावनात्मक स्तर पर अपना लिए जाएँ, तो वह मन के भीतर भी जड़ें जमा लेते हैं। यदि बच्चों, विशेषकर किशोरों में अपने मूल्य जमाना हैं, तो उन्हें अपने पर फैलाने, ग़लतियाँ करने, क्षमा पाने, फिर शुरुआत करने की स्वतंत्रता मिलनी चाहिए। बच्चे के बड़े होने के साथ उसे अपने कार्यों का उत्तरदायित्व संभालने का मौक़ा दिया जाना चाहिए। यद्यपि मूल्यों का हस्तांतरण कभी सरल और आसान नहीं होता। किंतु जब छोटे क़दम भी उठाए जाएँ, तो अभिभावकों को इसमें अपनी महानतम उपलब्धि - अर्थात् बच्चों को परिपक्व, क्रियाशील, मूल्य प्रेरित वयस्क की शक्ल में ढलते देख ख़ुश होना चाहिए।

महोदया जेसी जैक्सन अश्वेत किशोरों से कहती हैं "तुम रात को बीज बोकर सुबह फल की प्राप्ति नहीं कर सकते!"[10] बच्चों से बढ़िया बातचीत भी रातोरात स्थापित नहीं की जा सकती। पहले आप अपने प्यार की पोषक ज़मीन में संवाद जागरूकता के उपजाऊ बीज बोएँ। फिर अपनी

संवाद क्षमता की धूप तले उन्हें तरोताज़ा रवैये के पानी से सींचें। इसके बाद प्रतीक्षा की ज़रूरत होगी - ग़लत आदतों के खरपतवार के विनाश और उन्नति के लिए समय की प्रतीक्षा। कुछ समय पश्चात आप और आपका बच्चा दोनों फलों का लुत्फ़ उठाएँगे।

विजय पाने की दिशा में कार्ययोजना

1. निम्न प्रश्नों के आधार पर अपना मूल्यांकन आप किस प्रकार करेंगे। अपने अनुभवों के आधार पर प्रत्येक बिंदु के सामने प्रदर्शित अंक पर निशान बनाएँ (जैसे 1 = निम्न, 4 = उच्च)

1 2 3 4 मैं अपने बच्चों की बात ध्यानपूर्वक सुनता हूँ।

1 2 3 4 मैं बच्चों के प्रति आदर दर्शाता हूँ।

1 2 3 4 मैं बच्चों में सकारात्मक मानसिक रुझान जगाता हूँ।

1 2 3 4 मैं बच्चों को उनके कौशल तथा प्रतिभा के विकास के लिए प्रेरित करता हूँ।

1 2 3 4 मैं समस्याजनक बर्ताव का विश्लेषण करता हूँ।

1 2 3 4 मैं अपनी अपेक्षाएँ स्पष्ट करता हूँ।

1 2 3 4 मैं बच्चों को अच्छा काम करने पर सराहता हूँ।

1 2 3 4 मैं प्यार के साथ अनुशासन सिखाता हूँ।

1 2 3 4 मैं अपनी सत्ता दृढ़तापूर्वक, किंतु संयम के साथ ज़ाहिर करता हूँ।

1 2 3 4 बच्चों में नैतिक मूल्यों का विकास करने के लिए मेरे दीर्घकालिक लक्ष्य हैं।

1 2 3 4 इन लक्ष्यों की ओर अपनी प्रगति से मैं संतुष्ट हूँ।

1 2 3 4 मैं बच्चों के प्रति अपने लक्ष्यों की प्राप्ति के लिए रणनीति का इस्तेमाल करता हूँ।

1 2 3 4 अपने वार्तालाप से मैं बच्चों के "संसार" में प्रवेश करने की कोशिश करता हूँ।

1 2 3 4 मैं अपने बच्चों के साथ अपने मूल्यों के आदान-प्रदान के अवसर तलाशता हूँ।

क्या आपका मूल्यांकन उन क्षेत्रों को स्पष्ट करता है, जहाँ सुधार की ज़रूरत है?

2. इस अध्याय में मैंने बच्चों तथा वयस्कों के बीच परस्पर सम्मान की स्थापना के लिए सात मूलभूत सिद्धांतों की चर्चा की। आपकी परिस्थिति में कौन से दो या तीन सिद्धांत सर्वाधिक महत्वपूर्ण हैं?

3. इन चुने हुए सिद्धांतों पर ध्यान देते हुए आप किन विशिष्ट क़दमों को उठाया जाना ज़रूरी समझते हैं? (उदाहरण के लिए : "मैं अपने वार्तालाप का स्वंर कठोर या निर्णयात्मक रखने के बजाय स्वीकृति दर्शाने वाला रखूँगा।")

9

उन व्यक्तियों से निकटता बढ़ाएँ, जिनकी आपको परवाह है

"हम एक-दूसरे से अपना अतीत छुपाना चाहते हैं... क्योंकि हमारे पास खुद को सौंपने का साहस नहीं है।"[1]

डैग हैमर्स्कजोल्ड

अस्पताल के अहाते में एक युवक सिसक रहा था। उसके पिता की मृत्यु के बाद माँ ने बताया कि पिता उसे कितना प्यार करते थे। यद्यपि उसे इस स्नेह की आंशिक जानकारी ही थी, परंतु यह एहसास उसे आहत कर रहा था कि अपने पिता के जीवित रहते हुए वह उन्हें इतनी अच्छी तरह नहीं जान पाया। उनके जीवनकाल में मनमुटाव और दूरियाँ काफ़ी ज़्यादा थीं।

अंतरंगता का मतलब है, "भीतर स्थित।" यह एक ऐसे रिश्ते को परिभाषित करती है, जो अन्य व्यक्ति को अपना संकोच छोड़ आपके उस भीतरी जगत में प्रवेश करने का अवसर देती है, जहाँ हम अपने वास्तविक स्वरूप में होते हैं। यद्यपि हममें से ज़्यादातर लोग व्यग्रतापूर्वक अंतरंगता चाहते हैं, मगर साथ ही डरते भी हैं।

अंतरंग वार्तालाप के साथ यह ख़तरा जुड़ा है कि अपने गहन भाव उजागर करने के बाद शायद अन्य व्यक्ति हमें न अपनाएँ। मगर इसका घातक विकल्प एकाकीपन है - दूसरे के प्यार, आदर भाव की मौजूदगी के बावजूद उसे जान न पाना।

अंतरंगता की कुंजी है बातचीत। भावनाओं की अभिव्यक्ति व आदान-प्रदान के ज़रिये ही आपसी समझबूझ और मनोवैज्ञानिक निकटता पाई जा सकती है। निश्चित रूप से, बाँटे गए मनोभाव विशिष्ट प्रकार के होते हैं। अंतरंग वार्तालाप तब होता है, जब आप अपना आवरण त्याग कर परस्पर समझबूझ के ताज़गी भरे एहसास के लिए प्रेरित होते हैं। उस एहसास में आप सकारात्मक विकास के लिए अधिक स्वतंत्र, अधिक प्रेमपूर्ण और जीवंत होते हैं।

अंतरंगता हमेशा यौन केंद्रित नहीं होती। वस्तुतः यौन संबंध अंतरंग क़तई नहीं, बल्कि विशुद्ध शारीरिक सतह पर होते हैं। अंतरंगता माता-पिता और बच्चे, पति-पत्नी, भाई-बहन के बीच हो सकती है। इसका अनुभव मित्र, रिश्तेदार, व्यवसाय सहयोगियों के साथ किया जा सकता है। अंतरंगता विकसित होने पर हम संबद्धता, स्वीकृति तथा आत्मीयबोध का अनुभव करते हैं, जो अत्यधिक संतुष्टिदायक है।

अंतरंगता आज इतनी महत्वपूर्ण क्यों है ?

अभिभावक, परिवार, मित्रों के बग़ैर हमारे रिश्ते क्या होंगे? एक-दूसरे के साथ सहयोग, जीवन के सुख-दुख बाँटते वक़्त परस्पर आनंद का अनुभव, मुस्कान, फ़ोनकॉल, चुंबन और "आई लव यू", जैसे बेशक़ीमती शब्द हमारे लिए कितने ज़रूरी हैं।

अंतरंग संबंध हमारे विकास तथा आत्मकेंद्रित एकाकीपन और कुरूपता के कारागार से बाहर आने का ज़रिया हैं। जब हम किसी प्रिय व्यक्ति की मृत्युशैया के पास होते हैं, तब हमें ख़ुद ही पता चलता है कि चीज़ें नहीं, वरन् व्यक्ति महत्वपूर्ण होते हैं। हमें पता चलता है कि यद्यपि

सफलता, महत्वाकांक्षा, श्रेष्ठता की दौड़ आदि की ऊँची क़ीमत है, पर प्रेम से बड़ा कोई मूल्य नहीं है। प्रेम अन्य व्यक्तियों के साथ ख़ुद को भी बेहतर बना देता है। इन्हीं कारणों से लोग प्रेम के भूखे होते हैं।

जब हमें शारीरिक भूख का अनुभव होता है, हम उसे शांत करने के उपाय करते हैं। "हृदय की तृष्णा" को शांत करना ज़्यादा मुश्किल है। हम इस ज़रूरत की पूर्ति के बग़ैर भी जी सकते हैं, पर हम जानते हैं कि प्रेम की भूख की संतुष्टि ही हमें मानवीय उल्लास की गहराई दे सकती है।

अंतरंगता की खोज इतनी मुश्किल क्यों है?

एक दंपति की कथा पर ध्यान दें :

माइक : मैं सूज़न से घबराता हूँ। वह बेहद ख़ूबसूरत है और उसे पाकर मुझे सौभाग्य की अनुभूति होती है। किंतु मुझे नहीं पता, उससे कैसे बात करूँ। मैं उससे प्यार करता हूँ और उसे कई तरीक़ों से ज़ाहिर भी करता हूँ। जब मैं गैराज में काम करता हूँ या घर की चीज़ें सुधारता हूँ, तो इसलिए क्योंकि मैं उससे प्यार करता हूँ। मैंने यह घर बनाया, क्योंकि मुझे उससे प्यार है। मैं उससे बहुत प्यार करता हूँ। मैं उसे मेरे प्रति गौरवभाव दिलाने के लिए कुछ भी करूँगा। वास्तविक प्रश्न हैं कि - "क्या वह *मुझे* प्यार करती है?" "क्या *वह* हमारी शादी को फिर पटरी पर लाने की कोशिश करेगी।"

सूज़न : हमारे बीच पिछले दस साल से अच्छी बातचीत नहीं हुई है। सिर्फ़ एक यही नहीं, और भी कई चीज़ें हैं। हमने धीरे-धीरे अपने बीच एक-एक ईंट रखकर यह दीवार खड़ी की है। इसी वजह से मैं रोजर से मिलने लगी। वह मेरी भावनाओं को समझता है। मैं उसे कुछ भी कहूँ, वह समझता है। माइक की कभी कोई बहन नहीं रही। वह नहीं जानता कि महिलाएँ क्या

महसूस करती हैं और क्या चाहती हैं। वह मुझे प्यार जताते हुए नहीं छूता, न मुझे समझने की कोशिश करता है। ऐसा लगता है जैसे उसने अपने काम से शादी रचाई हो। हालाँकि वह सेक्स चाहता है, पर हमारे यौन जीवन को सुखद नहीं कहा जा सकता। हमारा दृष्टिकोण समान नहीं है। हम एकता का अनुभव नहीं करते।

अगर हमारी अंतरंगता की चाह प्रेम करने और प्रेम पाने के भाव से प्रेरित है, तो फिर इसकी प्राप्ति इतनी मुश्किल क्यों है? लोग दिल के मूलभूत संकेत क्यों नहीं समझ पाते? हमारे वास्तविक आशय अक्सर विकृत या गुप्त क्यों रहते हैं?

सूज़न ने बताया कि किस तरह उसके और माइक के बीच एक-एक ईंट के साथ दीवार खड़ी होती गई, यदि हम अंतरंगता का अनुभव करना चाहते हैं, तो हमें उन "ईंटों" पर ध्यान देना होगा, जो अंततः अवरोध पैदा करती हैं। हमें समझना होगा कि आख़िर यह अवरोध किस तरह और क्यों बनते हैं, ताकि हम इन्हें ध्वस्त करने और महत्त्वहीन बनाने की आंतरिक शक्ति और साहस जुटा सकें।

पहली ईंट है *भय*। माइक सूज़न को कभी नहीं बता पाया कि वह उसके बारे में क्या सोचता है, क्योंकि उसे सूज़न की प्रतिक्रिया को लेकर भय था। उसे अपनी कमज़ोरियों और ग़लतियों के प्रकट हो जाने का डर था। इस प्रकार का भय अंतरंगता और प्रेम का शत्रु है। अपने रक्षा कवच खोने के भय से हम अपनी वास्तविक भावनाओं को हज़ारों गोलमोल तथ्यों के आवरण में छुपाकर सतही स्तर पर वार्तालाप करते हैं। बेपर्दा होने के डर से हम ख़ुद को पर्दे में क़ैद कर लेते हैं। दरअसल ऐसी प्रतिक्रिया हमें एकाकीपन के मार्ग पर ले जाती है।

पहली ईंट से जुड़ी दूसरी ईंट हमारा *असुरक्षाबोध* है। चूंकि सूज़न माइक को अपने प्रेम के प्रति आश्वस्त नहीं कर सकी, इसलिए माइक ने अपने प्रेमभाव पर भी संदेह करना शुरू कर दिया। असुरक्षा और व्यग्रता के बीच उसने आत्म रक्षात्मक खेल विकसित कर लिया, जिसे मनोविश्लेषक

हैरी स्टेक सुलीवन ने "रक्षा कार्यक्रम" की संज्ञा दी। उसने अपने काम से ही "शादी" कर ली। उसके रिश्ते और प्रेम पाने की चाह अत्यधिक आवरणों तले दब गए। उसकी वैचारिक ऊर्जा अपने क्षणभंगुर अहंकार की सुरक्षा में लग गई, नतीजन वह ईमानदार संबंध और वास्तविक संपर्क के अभाव में शिथिल होता गया।

दंपतियों के मध्य दीवार खड़ी करने वाली तीसरी ईंट *अनुराग प्रदर्शन* और प्राप्ति के भाव पर अत्यधिक ज़ोर देना है। चूंकि सूज़न प्रेम पाने को लेकर इतनी चिंतित थी कि माइक द्वारा प्रदर्शित सैकड़ों अन्य प्रेमभावों की ओर उसका ध्यान नहीं गया। उसने माइक को मुक्त होकर परस्पर स्वीकार्य तरीक़े से प्यार जताने का मौक़ा ही नहीं दिया। उसने एक कड़वाहट भरा रवैया अपना लिया।

चौथी ईंट है *खिलवाड़ करना*। पारस्परिक संबंधों में अंतरंगता की जगह खेल ले लेते हैं। इसमें क्षुद्र इरादे और तिकड़में शामिल हैं। सूज़न और रोजर का प्रेम प्रसंग "तुमने मेरा दिल दुखाया, मैं तुम्हारा दुखाऊँगी," जैसे खेल का उदाहरण है। कुछ खेल तनाव, आक्रामकता, निकटता की चाह आदि से निपटने के लिए परस्पर सहमति से खेले जाते हैं। मगर भीतर ही भीतर दोनों प्रतिभागियों को पता होता है कि यह खेल वास्तविक नहीं हैं। तिकड़म, दुराव-छुपाव और भावनात्मक अलगाव साथ चलते हैं। इन खेलों को परस्पर पारदर्शिता और वास्तविक अंतरंगता के भय से जारी रखा जाता है।

पाँचवीं ईंट *दमित भावनाएँ* हैं। दमन वह प्रक्रिया है, जिसके तहत हम दूसरों से ही नहीं, बल्कि खुद से भी अपनी भावनाएँ छिपाते हैं। हम अपने भाव इसलिए छुपाते हैं कि वह अति शक्तिशाली, अक्सर ग़लतफ़हमी के शिकार और तार्किकता की कसौटी पर अस्थिर दिखाई देते हैं।

हिमखण्ड का 90 प्रतिशत भाग डूबा रहता है। भावनाओं पर भी यही अनुमान लागू होता है। हमारे द्वारा व्यक्त भाव वास्तविक भावनाओं का सिर्फ़ छोटा सा हिस्सा होते हैं। अपनी गुप्त भावनाओं से हम अनजान रहते हैं और उजागर होने पर उनकी तीव्रता हमें हैरत में डाल देती है।

एक परामर्श सत्र में माइक ने बताया कि वह पहली बार भावनाओं का अनुभव कर रहा था, पर उसे नहीं पता था कि इन्हें कैसे ज़ाहिर किया जाए, क्योंकि लंबे समय तक उसने इनका दमन किया था।

मेरी एक निकट संबंधी महिला ने अपने कुछ मित्रों पर विश्वास कर उनके समक्ष भीतरी भावनाएँ उजागर कर दीं, पर इसने एक ऐसे घटनाचक्र को जन्म दिया, जिसकी परिणति आहत अनुभव और आरोप-प्रत्यारोप में हुई। महिला का निष्कर्ष था- "अब मैं कभी अपनी गहन भावनाएँ अभिव्यक्त नहीं करूँगी।"

पर दमन इसका उत्तर नहीं है। यह हमारे आत्म-स्वरूप का सबसे गहन, सशक्त और इंद्रधनुषी हिस्सा है - भावनाओं की खरी अभिव्यक्ति अपनी और अपनों से जुड़े लोगों की उन्नति में सहायक हो सकती है। भावों का दमन संबंधों में उदासीनता या टूटन ला सकता है।

छठी ईंट है *शिथिलता*! माइक ने कभी सूज़न को अपने श्रेष्ठतम आत्म-स्वरूप का पता नहीं चलने दिया। सुबह वह दफ़्तर जाने की हड़बड़ी में रहता। शाम को घर पर भी काम करता। अंततः सोने के लिए जाते वक़्त उसकी सारी ऊर्जा ख़त्म हो चुकी होती। सूज़न के शब्दों में माइक काम के प्रति दीवाना था।

जब व्यक्ति थकान का अनुभव करता है, तो उसके दिमाग़ और शरीर आत्मसंरक्षण या बची-खुची ऊर्जा के संरक्षण पर केंद्रित होते हैं। वह सुनने-समझने या भावनात्मक आदान-प्रदान की क्षमता नहीं रखता।

सातवीं ईंट *समय का दबाव* है। अक्सर हम सुनते हैं, "फ़िलहाल मेरे पास इस बारे में चर्चा करने का वक़्त नहीं है।" सैकड़ों चीज़ों की योजना के दबाव में हम अंतरंगता की ख़ुशी खो देते हैं। हमें अंतरंगता आराम की चीज़ नज़र आने लगती है। अर्थात् ऐसी चीज़, जो तब सुहाती है, जब हमारे पास "फ़ालतू वक़्त" हो। वस्तुतः हमारे पास तब तक समय नहीं होगा, जब तक हम उन संबंधों की रचना के लिए समय नहीं निकालेंगे, जिन्हें हम परस्पर फलते-फूलते देखना चाहते हैं।

गहरी मित्रता के लिए दस प्रतिबद्धताएँ

अंतरंगता की रुकावटों को उसी प्रकार ध्वस्त किया जा सकता है, जैसे उसे बनाया गया था, अर्थात् एक बार में एक ईंट हटाकर, मगर अवरोध हटाने और सेतु बनाने के लिए प्रतिबद्धता ज़रूरी है। यही अंतरंगता के लक्ष्य से आपको जोड़ती है। यह योजना के अनुरूप सोच-विचार के लिए आपके मस्तिष्क को सचेत करती है, यह अपने तय कार्यक्रम पर निरंतर दृढ़ रहने के लिए हमें निर्देशित करती है और हमारे संवाद को पटरी पर रखती है।

प्रतिबद्धता एक व्यक्तिगत विषय है। निम्नलिखित प्रतिबद्धताओं को पढ़कर तब तक कोई फ़ायदा नहीं होगा, जब तक आप इन्हें अपना नहीं लेते। अन्य प्रभावी संवाद प्रक्रियाओं की तरह अंतरंगता भी दोतरफ़ा मामला है। यदि दूसरा व्यक्ति आपकी परवाह नहीं करता, तो अंतरंगता स्थापित नहीं होगी, किंतु परवाह का संबंध जानने से है और जानने का बाँटने से और बाँटना ऐसी चीज़ है, जिसे आप कर सकते हैं। यदि आप निम्न प्रतिबद्धताओं को अपनी योजना में शामिल करने का चुनाव करते हैं, तो आप पारस्परिक कौशल और निकटता के विकास की सही राह पर हैं :

1. *मैं मित्र बनूँगा* : यदि आप मित्र बनाना चाहते हैं, तो मित्र बन जाएँ। उन ख़ूबियों के बारे में सोचें, जो आप अपने मित्र में चाहते हैं। उनकी सूची बनाएँ। अपने आपसे पूछें कि किस ख़ूबी पर आपको अभ्यास की ज़रूरत है। फिर उन ख़ूबियों के विकास में प्रतिबद्धता दर्शाएँ।

2. *मैं अपने मित्र के लिए वही संतुष्टि, सुरक्षा भाव और विकास की रचना करूँगा, जो मैं अपने लिए चाहता हूँ* : यह हैरी स्टैक सुलीवन की प्रेम प्रक्रिया संबंधी शास्त्रीय व्याख्या का बदला हुआ रूप है। इसके भीतर अवरोधों को नष्ट करने की विस्फोटक क्षमता और सहभागिता के निर्माण की रचनात्मक शक्ति है। श्रेष्ठ मित्र बनने की यह श्रेष्ठ विधि है।

3. *साथ के लिए मैं समय निकालूँगा* : एक अध्ययन के अनुसार, शादीशुदा जोड़े 24 घंटे में से सिर्फ़ 27.5 मिनट परस्पर वार्तालाप में ख़र्च करते हैं, जबकि टेलीविज़न देखने में 6 घंटे से भी ज़्यादा समय बिताते हैं। प्रेम को क्रियात्मक बनाने के लिए समय चाहिए। मित्रता बढ़ाने के लिए भी समय ज़रूरी है। भावनाओं को अभिव्यक्त तथा स्पष्ट करने के लिए वक़्त की दरकार होती है। विचार को इकट्ठा होने, जुड़ने, व्यवस्थित होने और फिर दूसरे तक पहुँचने का समय चाहिए। व्यक्ति के वास्तविक अभिप्राय से जुड़े भावों और विचारों की अभिव्यक्ति के लिए भी समय आवश्यक है।

4. *मैं अपने मित्र की विशिष्टता का लुत्फ़ उठाऊँगा* : सच्ची मित्रता एक-दूसरे को अपने वास्तविक स्वरूप में लेने, स्वतंत्र और विशिष्ट होने के लिए प्रेरित करती है। रक्षात्मक या किसी अन्य कारणवश ख़ुद का प्रतिरूप अपने मित्र में खोजने से बचें। परस्पर मतभेदों को लेकर भी धैर्य न खोएँ। मतभेद को सहयोग प्राप्ति के लिए आपके बातचीत के कौशल की चुनौती के बतौर देखें। निकटस्थ व्यक्तियों में भिन्नता को अपनी पहचान को खंडित करने के बजाय पुष्ट करने वाले पूरक भाव की तरह देखना चाहिए। दूसरे व्यक्तियों में उस मतभिन्नता को प्रोत्साहित करें, जो सार्थक मूल्यों का प्रतिनिधित्व करती हो, साथ ही अपने श्रेष्ठतम गुणों का भी विकास करें।

5. *मैं अन्य व्यक्तियों की आलोचना, प्रताड़ना और निर्णयात्मक आकलन से बचूँगा* : यह रवैया उचित है क्योंकि हममें से कोई भी पूर्ण नहीं है। "परस्पर आदान-प्रदान का नियम" स्पष्ट करता है कि यदि आप दूसरों के लिए फ़तवा जारी करेंगे, तो आपको भी इसका सामना करना पड़ेगा। व्यक्ति और उसके कार्यकलाप में फ़र्क़ करें। दूसरे *व्यक्ति* के *कार्य* से सहमत न होते हुए भी आप उसे सहयोग कर सकते हैं। यह विशिष्टता आपके स्वर और शारीरिक भाषा से प्रदर्शित होगी। निजी सहयोग का अंदाज़ नकारात्मक व्यवहार को बदलने का शानदार माहौल बनाता है। यह सकारात्मक परिवर्तन को प्रेरित करता है।

6. *मैं सराहना की शुरुआत करूँगा* : जब दो व्यक्तियों के पास कठिन क्षणों में आत्म-गौरव के सीमित स्रोत हों, तो पारस्परिक पलटवार चक्र तेज़ी से घूमता है। परस्पर आदान-प्रदान का सिद्धांत यहाँ इस प्रकार लागू होता है : "यदि तुम मेरी भावनाओं को आहत करोगे, तो मैं तुम्हारी करूँगा। तुम मुझे ओछी बात कहोगे, तो मैं भी कहूँगा।" बचपन से हमारा अभ्यास इस सिद्धांत में दक्ष कर देता है, किंतु परस्पर आदान-प्रदान का सिद्धांत सकारात्मक अर्थों में भी ठीक वैसा ही प्रभावी हो सकता है, जैसा पारस्परिक पलटवार के मामले में होता है। स्वस्थ दांपत्य एवं मित्रता में प्रशंसाभाव साफ़ नज़र आता है। प्रत्येक साथी एक-दूसरे में श्रेष्ठतम की अभिव्यक्ति करने के लिए परस्पर आदान-प्रदान के सिद्धांत से प्रेरित होता है।

प्रशंसाभाव का आदान-प्रदान बिना प्रयास के जारी नहीं रह सकता। तनाव, खीझ, अतिश्रम, समय का दबाव, थकान और सैकड़ों अन्य रोज़ के दबाव, ये सभी सकारात्मक स्थितियों के प्रवाह को रोकते हैं। किसी न किसी को शुरुआत कर ख़ामोशी का गतिरोध तोड़ते हुए प्रतिक्रिया के दुष्चक्र को टालना चाहिए।

निम्नांकित शुरुआती वक्तव्य धीरे-धीरे, भावनात्मक दूरी घटाकर व्यक्तियों के आंतरिक संबंधों को विकसित करने की शक्ति रखते हैं। जैसे :

"आपके सोचने का ढंग मुझे अच्छा लगता है।"
"आपके साथ रहते हुए मुझे अच्छा लगता है।"
"आपने मेरा दिन ख़ुशगवार बना दिया।"
"आपकी मित्रता मेरे लिए मूल्यवान है।"
"आपने मेरी ज़िंदगी रोशन कर दी।"

7. *मैं अपनी भावनाओं और विचारों को सुनकर उनके अनुसार कार्य करूँगा* : चिकित्सकीय अनुभवों से पता चला है कि जब निर्णय के बग़ैर भावनाओं पर विशेष ध्यान दिया जाता है, तो वे रोचक संवाद की

सशक्त प्रेरक तत्व बन जाती हैं। लिहाज़ा भावनाओं को सुनें... सिर्फ़ आघात या असफलता ही नहीं, बल्कि आशावाद और विजय की भावनाएँ भी। जब पति अपने बॉस को विशिष्ट रिपोर्ट सौंपने की चर्चा करें, तो पत्नी को यह कहने के बजाय कि "क्या वह तुम्हें वेतन वृद्धि देंगे?" यह कहना चाहिए, "वाह! यह तो बड़ी अच्छी बात है।" भावों को समझने के लिए शब्दों को सुनिए। तर्क की कसौटी पर परखना, तथ्यों का स्पष्टीकरण, अपने विचार पर चर्चा-यह सब बाद में हो सकता है। यदि आप भावों की अभिव्यक्ति के साथ उन्हें नहीं पकड़ेंगे, तो आपका संवाद निरर्थक रहेगा। निकट संबंधों में भावना हमेशा महत्वपूर्ण होती है, बजाय उन विचारों के, जो उन्हें घेरे रहते हैं। भावना पर केंद्रित हों, फिर आपके मित्र आपको मित्र समझेंगे।

8. *मैं समझे जाने की अपेक्षा समझने पर ज़ोर दूँगा* : अंग्रेज़ी शब्द Understand का तात्पर्य है उसी ज़मीन पर खड़े होना, जहाँ दूसरा व्यक्ति खड़ा है। यह "दूसरे व्यक्ति के जूते पहनकर चलने" जैसा है। अर्थात् उसके नज़रिये से वास्तविकता को अनुभव करना। हम कभी अन्य व्यक्ति को पूरी तरह नहीं समझ सकते क्योंकि सच्चाई हमारे द्वारा उसका तात्पर्य ढूँढ़ने के साँचे पर आँकी जाती है। फिर भी हम उसे पूरी तरह समझने के क़रीब आ सकते हैं। कुछ समय के लिए अपनी व्याख्या से मस्तिष्क को पृथक कर हम किसी विषय को दूसरों के नज़रिये से देखने का प्रयास कर सकते हैं।

संवाद का प्रत्येक क्षण नया प्रयास चाहता है। अंत के क्षणों की समझ मददगार होती है, पर यह ख़ुद ही वर्तमान तक नहीं पहुँचती। क्योंकि भावनाओं और विचारों में निरंतर बदलाव आता रहता है, लिहाज़ा प्रत्येक संवाद में सुनने-समझने पर केंद्रित होकर किए गए निश्चयात्मक प्रयास ज़रूरी हैं।

9. *अंतरंगता के लिए मैं संघर्ष करूँगा* : ज़्यादातर संघर्षों में दो तरीक़े समान हैं : भावनाओं और विचारों के दो भिन्न जगत टकराते हैं, दुश्मनी भरे शब्दों तथा क्रियाकलाप का विस्फोट होता है, फिर आहत भावनाओं की परिणति अलगाव में होती है, मगर झगड़ने का एक तरीक़ा

ऐसा भी है, जो अंततः अलगाव के बजाय अंतरंगता में परिवर्तित हो सकता है, अर्थात् एक ऐसा द्वंद्व जिसमें दोनों प्रतिभागी जीत सकते हैं। इस प्रकार के संघर्ष के लिए सिर्फ़ तीन नियम हैं :

अ. चीख़ना, चिल्लाना, अपमान, धोखाधड़ी, अपशब्द, ग़लतियाँ दर्शाना, यह सभी कमर के नीचे किए जाने वाले अनुचित वार हैं और इनसे बचना चाहिए।

ब. प्रत्येक प्रतिभागी को अपना नज़रिया रखने से पूर्व *दूसरे व्यक्ति की संतुष्टि* तक किसी विषय पर उसका दृष्टिकोण अपने मुख से दोहराना चाहिए। उदाहरण के लिए एक पति कह सकता है : "तुम इस बात पर लज्जित हो कि मैंने कल रात पार्टी में ख़ुद को बेवक़ूफ़ी के साथ पेश किया।" पत्नी इस व्याख्या को स्वीकारे या संशोधित करे, तब पति अपनी राय रखे।

स. द्वंद्व का लक्ष्य दूरियों, स्पर्धा, दूसरे की क़ीमत पर विजय के बजाय अंतरंगता, समझबूझ और निकटता होना चाहिए।

हमारे झगड़े में यह तीन नियम काफ़ी परिवर्तन ला सकते हैं। यद्यपि यहाँ आहत भावनाएँ, रक्षात्मक रुझान, असुरक्षा बोध, नाराज़गी, व्यवहार में बदलाव की ज़रूरत सभी कुछ होगा। मगर वाक़ई चोट पहुँचाने वाली घूँसेबाज़ी नहीं होगी। प्रत्येक व्यक्ति को दूसरे की बात सुननी ही पड़ेगी। प्रत्येक व्यक्ति समान लक्ष्य की ख़ातिर समान सतह पर पहुँचने के लिए संघर्षरत होगा। ऐसी जंग में कोई कैसे हार सकता है?

10. *मैं भलमनसाहत वाले सवाल पूछूँगा* : पूरी तरह ईमानदारी से पूछा गया एक प्रश्न ऐसा है, जो संबंधों को चमत्कारिक रूप से ठीक करने की क्षमता रखता है। कुछ लोगों को यह प्रश्न पूछने में परेशानी होती है, क्योंकि वे इस विचार के साथ बड़े हुए हैं कि वे हमेशा सही हैं। उनके अनुसार संभवतः किसी विचार या नज़रिये का ही ग़लत साबित होना उस नज़रिये के बजाय *स्वयं* उनके अपने व्यक्तित्व को नकारा जाना है। ऐसे लोग अपनी उपयोगिता को भली भाँति परिभाषित नहीं कर पाते।

किंतु जब हम इस हास्यास्पद अवधारणा से आगे निकलते हैं, जब कोई व्यक्ति मानने लगता है कि ग़लती स्वीकार लेने पर भी उसका व्यक्तिगत मूल्य कम नहीं होगा, तब वह यह प्रश्न बेझिझक पूछ सकता है - "क्या तुम मेरी ग़लती या इस समस्या में मेरे योगदान को माफ़ करोगे?" कड़वाहट का पर्वत एक क्षण में पिघल सकता है। हज़ार मील की मनोवैज्ञानिक दूरी पल भर में ख़त्म हो सकती है। यक़ीन नहीं आता? इन दंपतियों से पूछें, जिन्होंने यह सवाल कभी अपने साथी से पूछा है। उन रिश्तों की विवेचना करें, जहाँ क्षमा भाव अपनाया जाता है। आप चमत्कारिक उपचार पाएँगे।

मैं जब सवाल करता हूँ, तो दोषारोपण नहीं करता। मैं यह फ़ैसला नहीं करता कि कौन "सही" था और कौन "ग़लत"। दोषारोपण एकतरफ़ा नहीं होता। "उलझने के लिए दो लोग ज़रूरी हैं।" परंतु सौहार्द्रजनक प्रश्न यह संवाद आगे भेजता है : "समस्या में अपनी भूमिका मैं स्वीकार करता हूँ। मेरी विनती है कि तुम मुझे वह प्यार लौटाओ, जिससे मैं वंचित महसूस करता हूँ।"

सच्ची मित्रता पनपने पर क्या होता है? प्रत्येक साथी खुलकर बात करने और ध्यानपूर्वक सुनने को तत्पर नज़र आता है। यहाँ तक कि छोटे-मोटे महत्वहीन तथ्य भी कुशलता व व्यग्रतापूर्वक ग्रहण किए जाते हैं। इस प्रक्रिया में कुछ घटित होता है। आदर, आत्म-गौरव, सकारात्मक नज़रिया फलता-फूलता है। टूट रहे दांपत्य में भी अंतरंग चर्चा जोश, रोमांच और प्रेम के पुनर्जीवन की सर्वश्रेष्ठ संभावना जगाती है।

अंतरंग संवाद का अर्थ है - उच्चतम अनुभव। अंतरंग संवाद का सम्मिलित प्रभाव हमेशा गहरा, जोशीला, आत्म-गौरव और दूसरों की ज़िंदगी की उन्नति में सहभागी बनने का भाव लिए होता है। शीर्ष संवाद की प्रक्रिया में अवलोकित समस्याएँ कम दमनकारी और समाधान अधिक आसान होते हैं। इस स्तर के संवाद में आप अंधेरे से बाहर जाकर रोशनी में प्रविष्ट होने, एकाकी विचारों के ठंडेपन से दूसरों के साथ सामंजस्य

रखने वाले अपने विचारों की गर्मजोशी और ख़ुशी का अनुभव करने के लिए प्रेरित होते हैं।

अंतरंग संवाद स्थापित करने के लिए अभ्यास

निम्नलिखित प्रश्न हमारे विचार और भावनाओं की तह तक पहुँचते हैं। यदि आप प्रेमपूर्वक इन प्रश्नों को पूछेंगे और प्रेमपूर्वक जवाब सुनेंगे, तो अंतरंग संवाद बढ़ेगा। समय का सही चयन महत्वपूर्ण है। जीवनसाथी, मित्र अथवा पारिवारिक सदस्य के साथ उचित समय का चुनाव कीजिए। एक ही बार में तमाम प्रश्न न पूछ डालें। उन प्रश्नों पर ध्यान केंद्रित करें, जो मुश्किल लगते हों अथवा अपने प्रश्नों की सूची बनाएँ। प्रत्येक संवाद को निकटता की स्थापना के अवसर की तरह देखें :

कौन सी चीज़ आपको ख़ुशी देती है?

किस बात पर आप चिंतित होते हैं?

आप कब सबसे ज़्यादा सुरक्षा भाव महसूस करते हैं?

कब आपको सर्वाधिक एकाकीपन का अनुभव होता है?

हमारे संबंधों में तुम्हें सबसे जटिल समस्या क्या लगती है?

यदि आपको असफल होने का भय न हो, तो आप कौन सा काम करना चाहेंगे?

यदि आपको अपना जीवन दोबारा जीने का मौक़ा दिया जाए, तो आप कौन सी चीज़ बदलना चाहेंगे।

एक मित्र में आपको कौन सी ख़ूबियाँ चाहिए?

यदि आपके जीवन का सिर्फ़ एक माह बाक़ी हो, तो आप किस प्रकार जीना चाहेंगे?

आपको कौन सी चीज़ उम्मीद बँधाती है?

आप परिपूर्णता के भाव के लिए क्या बनना चाहेंगे?

हम अपने यथार्थपरक लक्ष्यों की तरफ़ कैसे बढ़ सकते हैं?

विजय पाने की दिशा में

कार्ययोजना

1. दांपत्य साथी या निकट मित्र से इस अध्याय में वर्णित सात "ईंटों" के बारे में चर्चा करें, जो लोगों के बीच अवरोध खड़े करती हैं। उदाहरण के लिए, आपके रिश्ते में कौन सी ईंटें सर्वाधिक परेशानी का कारण हैं? वे कैसे अस्तित्व में आईं? आप कैसे उन्हें हटा सकते हैं?

2. हमेशा अपने संबंधों की परेशानी का ज़िक्र न करें। उन जोश भरे कारणों पर भी ध्यान दें, जो आपको एक-दूसरे के क़रीब लाते हैं।

3. अपने संवाद साथी को सकारात्मक, परस्पर संतुष्टिदायक संबंध के प्रति अपनी प्रतिबद्धता के बारे में बताएँ। अपने लक्ष्य की ओर अग्रसर होने के लिए अपने रिश्तों की शक्ति और "निकट मित्रता की दस प्रतिबद्धताओं" का उपयोग करें। सहज आचरण में लाए जा सकने वाले लक्ष्यों का चयन कीजिए अर्थात् वे क़दम, जो निकटता बनाने के लिए अगले 24 घंटे में उठाए जा सकते हैं।

4. "अंतरंग संवाद के अभ्यास" खंड से ऐसे तीन-चार प्रश्न चुनें, जिन पर आप और आपका साथी ध्यान देना चाहते हैं। एक काग़ज़ पर इनके उत्तर लिखें। संगोष्ठियों में भाग लेने वाले हज़ारों वैवाहिक युगलों का अनुभव है कि लिखित उत्तरों का आदान-प्रदान उनके संवाद में एक चमत्कारिक आयाम जोड़ता है। आप भी यह कर सकते हैं।

10

झगड़े मिटाएँ

अनुभव ने मुझे यह सिखाया है कि समूहों (परिवार) में झगड़े उनके स्वस्थ होने के आकलन का पैमाना नहीं हैं। वास्तविक पैमाना यह है कि इन झगड़ों को कितनी जल्दी और किस तरह दूर किया जाता है।[1]

थॉमस गॉर्डन, *लीडरशिप इफ़ेक्टिवनेस ट्रेनिंग*

दो मनोवैज्ञानिक एक साथ एक लिफ़्ट में चढ़े। उनके कार्यालय क्रमशः तीसरी और दसवीं मंज़िल पर थे। जब तीसरी मंज़िल आई, तो पहला मनोवैज्ञानिक दूसरे की ओर मुड़ा, उसके मुँह पर थूका और लिफ़्ट से उतर गया। दूसरे मनोवैज्ञानिक ने अपना आपा खोए बग़ैर रुमाल निकाल कर मुँह पोंछ लिया। हैरान लिफ़्ट चालक ने पूछा; “उसने आपके मुँह पर क्यों थूका?” पहले मनोवैज्ञानिक ने एक क्षण रुककर सोचा और कहा “मुझे नहीं मालूम। वैसे भी यह उसकी समस्या है, मेरी नहीं।”

पारस्परिक तनाव को सुलझाने का यह *एक* तरीक़ा है, पर इससे बेहतर तरीक़े भी हो सकते हैं! यह अध्याय आपके और अन्य व्यक्तियों के बीच झगड़ों को दूर करने पर केंद्रित है। इसके पहले कि एक-दूसरे

के मुँह पर थूकने की नौबत आ जाए, इसे पढ़ डालें।

लोगों के बीच कुछ झगड़े आमंत्रण योग्य ही नहीं, स्वास्थ्यकर भी हैं। झगड़े न होना एक तरह से समानता का प्रतीक हो सकता है, जो मानवीय असफलता का बदतर रूप है। मतभेद की ईमानदार अभिव्यक्ति किसी रिश्ते को असुरक्षाबोध से नई समझबूझ की ओर ले जा सकती है। यह सच है कि स्वस्थ मतभेद का नतीजा हमेशा सहमति में नहीं निकलता, मगर अंततः इनसे शत्रुता के निराकरण के लिए कामचलाऊ समाधान मिल जाते हैं।

इसके विपरीत अस्वस्थ तनाव का लक्षण है निरंतर कलह- तू-तू मैं-मैं, लगातार वाद-विवाद, छोटी-मोटी बातों पर झड़पें, खा जाने वाली ख़ामोशी। कलह लोगों को दूर करती है। यह हमारे विवेक और सोच समझ की चाह को नष्ट कर देती है। पारस्परिक संबंधों को अर्थपूर्ण बनाने के लिए हमें झगड़े सुलझाने के तरीक़े ढूँढ़ने चाहिए।

लोगों के झगड़ने के कारण

लोगों के बीच झगड़े के क्या कारण हैं? यह प्रश्न अजीब है, क्योंकि अक्सर हम जिसे झगड़े का कारण समझते हैं, वह गहरे विश्लेषण के बाद किसी गंभीर समस्या का लक्षण मात्र साबित होता है, फिर भी इस प्रश्न की उपयोगिता है। इससे हमें पता चलता है कि आख़िर हम क्यों ज़ुबानी वाद-विवाद में उलझते हैं और समस्या के प्रति सचेत होकर हमें क्या समाधान तलाशने चाहिए।

निम्न बिंदु कलह के सामान्य कारणों की आकलन सूची पेश करते हैं। याद रखें कि निरंतर होने वाले कलह के कई कारण हो सकते हैं। अपनी परिस्थिति के अनुरूप निम्न बिंदुओं के सामने लिखे अक्षर पर निशान बनाएँ, जो आप पर असर करते हों- आप = Y (यू), जीवनसाथी = S (स्पाउज़), बच्चे = C (चिल्ड्रन) और अन्य व्यक्ति = O (अदर पर्सन) जो आपके लिए महत्वपूर्ण हों (जैसे, मित्र, व्यवसाय सहयोगी, पड़ोसी) :

झगड़े के कारण	*आप*	*साथी*	*बच्चे*	*अन्य*
1. तनावपूर्ण वातावरण	Y	S	C	O
2. थकान	Y	S	C	O
3. समय का दबाव	Y	S	C	O
4. आर्थिक चिंताएँ	Y	S	C	O
5. भिन्न विश्वास	Y	S	C	O
6. विरोधाभास	Y	S	C	O
7. बेईमानी, झूठ बोलना	Y	S	C	O
8. आलोचना	Y	S	C	O
9. अभिभावकों का हस्तक्षेप	Y	S	C	O
10. भाई-बहन से स्पर्धा	Y	S	C	O
11. व्यावसायिक निर्णय	Y	S	C	O
12. घर के कामकाज	Y	S	C	O
13. आत्म-गौरव का अभाव	Y	S	C	O
14. लापरवाह रवैया	Y	S	C	O
15. स्वार्थीपन	Y	S	C	O
16. मनमौजी स्वभाव	Y	S	C	O
17. असुरक्षाबोध	Y	S	C	O
18. बढ़ती उम्र का संकट	Y	S	C	O
19. यौन समस्याएँ	Y	S	C	O
20. अनुचित मान्यता	Y	S	C	O

निरंतर कलह का कारण बाह्य कारकों से ज़्यादा आंतरिक तनाव होता है। सामान्यतया आंतरिक तनाव से ग्रस्त व्यक्ति शिथिल होने लगता है क्योंकि उसकी अधिकतर शक्ति एक-दूसरे की विपरीत इच्छाओं के बीच तालमेल बैठाने में ख़र्च हो जाती है। यह थकान चिड़चिड़ेपन में बदलकर समझबूझ के प्रयास की इच्छा को कम करती है। आंतरिक

तनाव से ग्रस्त व्यक्ति अक्सर दर्शाने की कोशिश करते हैं कि वे विवाद के लिए ज़िम्मेदार नहीं है। उदाहरण के लिए –

मुझ पर क्यों अँगुली उठा रहे हो? मैंने क्या किया?
यह मेरी नहीं, तुम्हारी ग़लती है!
तुमने हमें इस झंझट में क्यों डाला?

आंतरिक तनाव से पीड़ित व्यक्ति जब तक अपनी व्यक्तिगत समस्या के निराकरण का उत्तरदायित्व समझ न ले, वह हर जगह विवाद का कारण होगा। उन्हें पेशेवर परामर्श की ज़रूरत हो सकती है। इसके अलावा वे ऐसे संवाद सहयोगी से चर्चा कर अपने झगड़ों को सुलझा सकते हैं, जो फ़ैसला देने पर उतारू हुए बग़ैर उसकी बात सुनने को तैयार हो।

बोलचाल फिर से कैसे शुरू की जाए

एक बार झगड़ा हो जाने पर बातचीत करना मुश्किल हो जाता है। वस्तुतः झगड़े का कारण वार्तालाप भी हो सकता है, यदि वह शत्रुवत् और अड़ियल भावों पर केंद्रित हो। परंतु वही संवाद अगर निम्न चार विशिष्ट उद्देश्यों और उनसे संबंधित संदेश द्वारा निर्देशित रहे तो वह सर्वश्रेष्ठ उपचार साबित हो सकता है :

उद्देश्य	***संदेश***
1. समस्या को परिभाषित करें	("मैं सुनता हूँ...")
2. सहमति तलाशें	("मैं सहमत हूँ...")
3. भावनाओं को समझें	("मैं समझता हूँ...")
4. शांत होकर अपनी राय ज़ाहिर करें	("मैं सोचता हूँ...")

ये चार उपाय विवाद उन्मूलन *(कांफ्लिक्ट रिसोल्यूशन)* सी.आर. के लिए सरल किंतु सशक्त मॉडल हैं। संवाद साथी से बोलचाल का रिश्ता क़ायम करने के लिए सी.आर. मॉडल उपयोगी हो सकता है।

सी.आर. मॉडल का उपयोग करने के लिए सबसे पहले *समस्या को परिभाषित* करें। क्या आप और आपके साथी को पता है कि समस्या क्या है? क्या आप दोनों इसी विषय पर बात कर रहे हैं? विमर्शवेत्ता एस.आई. हयाकावा ने भ्रम की उलझन से बढ़ने वाली ग़लतफ़हमी के प्रभाव का वर्णन इस प्रकार किया है :

> हम सभी ने सामाजिक समारोहों या बैठकों में अनुभव किया होगा कि श्रीमान 'अ' ने कुछ कहा, श्रीमान 'ब' ने उसे कुछ अलग समझा और श्रीमान 'अ' के ग़लत समझे गए कथन को लेकर बहस शुरू कर दी। फिर श्रीमान 'अ' अपने बारे में श्रीमान 'ब' द्वारा व्यक्त की गई टिप्पणी (जो श्रीमान 'अ' द्वारा नहीं कहे गए वक्तव्य के संबंध में उचित हो सकती थी), को आधार मानकर अन्य वक्तव्यों के ज़रिये अपने कथन को वैध कहने में जुट गए। इन अतिरिक्त वक्तव्यों को श्रीमान 'ब' ने फिर ग़लत समझा, जिससे अन्य भ्रांतिपूर्ण कथनों की शुरुआत हुई, जिन्होंने श्रीमान 'अ' को श्रीमान 'ब' के बारे में ग़लत राय बनाने पर मजबूर किया। कुछ ही मिनटों में वार्तालाप मूल विषय से कोसों दूर भटक गया।[2]

ग़लतफ़हमी से उपजी मान्यता को "मैंने आप को कहते सुना कि..." जैसे कथन से टालें। वार्तालाप को तब तक आगे न बढ़ाएँ, जब तक कि अपने साथी की संतुष्टि तक आपका नज़रिया साफ़ न हो जाए।

दूसरी बात यह कि *सहमति की तलाश करें*। आपके साथी के दृष्टिकोण में कोई ऐसी बात ज़रूर होगी, जिससे आप सहमत हो सकें- जिसमें कुछ सच्चाई हो। यह कहें कि "मैं इससे सहमत हूँ" और फिर उन विषयों पर ध्यान केंद्रित करें, जिस पर आप दोनों ईमानदारी से राज़ी हों। जैसे :

> मैं मानता हूँ कि मैंने कुछ कठोर बातें कहीं।
>
> मैं मानता हूँ कि हम दोनों थके हुए हैं।

मैं सहमत हूँ कि आपके भाई का आशय सही था।

मैं सहमत हूँ कि मैंने वही ग़लतफ़हमी दोहराई।

इस चरण में आपको सक्रियता से सुनने की ज़रूरत होगी - यही इसकी शक्ति है। इसके अलावा यह सकारात्मक भी है। आप *सहमति* के क्षेत्रों की तलाश करते हैं। आप जब ऐसे क्षेत्र पा लेते हैं, जिसमें आप दोनों अपने नज़रिये बाँट सकते हैं, तो आपका संवाद आतंकित करने वाला नहीं होता। नतीजतन आपका साथी भी आक्रामक तेवर ढीले कर परस्पर तनाव को शिथिल करने में मददगार होता है। "मैं सहमत हूँ" का संदेश असहमतिजनक विषय को सीमित रखता है। यह वार्तालाप की कड़वाहट घटाकर विवाद के निदान की ओर ले जाता है।

तीसरा बिंदु है *भावनाओं को समझना*। आपके साथी की भावनाओं से महत्वपूर्ण किसी बहस में कुछ नहीं होता। यह कहते हुए कि "मैं समझता हूँ, आप क्या महसूस कर रहे हैं," अपने कथन में वह शब्द जोड़ें, जो आपके अनुसार संवाद साथी की भावना है। ऐसा शब्द चुनें, जो विचार या व्यवहार के बजाय भावना को व्यक्त करता हो। उदाहरण के लिए, आप निम्नलिखित शब्दों में से एक इस्तेमाल कर सकते हैं :

क्रोधित	परेशान
उदास	अनमने
रक्षात्मक	अनिश्चित
आहत	प्रतिशोधग्रस्त
चिंतित	उल्लसित
बेचैन	हर्षपूर्ण
भयभीत	विश्वस्त

दूसरे की भावनाओं के प्रति संवेदनशीलता दर्शाती है कि आप उसे समझना चाहते हैं। यदि आप किसी भाव की ग़लत व्याख्या करते हैं, तो साथी आपको बता देगा। जब आप सही भाव वर्णित करते हैं, तो इससे कलह की आशंका घटती है क्योंकि प्रत्येक व्यक्ति अपने स्तर पर

भावनाओं की विवेचना चाहता है।

चौथा बिंदु है, *आप अपना दृष्टिकोण शांत होकर बताएँ*। "मैं सोचता हूँ..." या "मेरी नज़र में..." कहते हुए अपना नज़रिया सीमित शब्दों में रखें। जैसे :

> मुझे लगता है कि आपने हमारी पूर्व सहमति को नज़रअंदाज़ कर दिया।
> मेरे विचार से आप ज़रूरत से ज़्यादा शराब पी रहे हैं।
> मैं सोचता हूँ कि मुझे काम से घर आने पर पंद्रह मिनट बग़ैर रोक-टोक के आराम का मौक़ा चाहिए।
> मेरे विचार से मेरे अध्ययन का महत्व पहले है और खेल का बाद में।

यह तय करें कि क्या आप कलह दूर करने के प्रति वाक़ई गंभीर हैं? यदि हैं, तो तू-तड़ाक, निम्नस्तरीय टिप्पणियों, निर्णय केंद्रित विवेचना से बचें। चीख़-पुकार घटना के प्रति कमज़ोर और बचकानी प्रतिक्रिया है। अपना स्वर धीमे रखते हुए दृढ़तापूर्वक बोलने का चुनाव करें। धमकी के भाव को घटाने का प्रयास करें, क्योंकि आतंकित करने वाला संवाद अस्थायी रूप से "विजयी" लग सकता है, किंतु यह कलह को दूर नहीं करता।

आपसी संबंधों में नाटकीय परिवर्तन विवाद दूर कर ही लाया जा सकता है। लोग विवाद के बीच इल्ज़ाम लगाते हैं, जिससे सहजता के बजाय तलखी बढ़ती है। किंतु जब सी.आर. मॉडल का प्रयोग किया जाता है, तो विवाद का केंद्र बिंदु एक-दूसरे पर आक्रमण के बजाय परस्पर समस्या के समाधान पर केंद्रित हो जाता है। हम आगे प्रदर्शित चित्रों से इसकी व्याख्या कर सकते हैं।

विषय का केंद्र बिंदु बदलते ही पारस्परिक संबंधों में उसके अनुसार ही परिवर्तन आता है :

1. लोग आक्षेप नहीं, संवाद करते हैं।
2. लोग रक्षात्मक होने के बजाय अधिक आज़ादी से बात करते हैं।
3. वे क्रोधित हुए बग़ैर बेहतर समझ अर्जित करते हैं।

इस अध्याय के आगे के भाग में हम चार स्तरीय विवाद उन्मूलन (सी.आर.) मॉडल को जीवनसाथी, अभिभावक-बच्चे और व्यावसायिक संबंधों पर लागू करेंगे। प्रत्येक उदाहरण में विवादित संवाद से उन संवादों की तुलना करें, जो सी.आर. मॉडल पर आधारित होकर विवाद उन्मूलन की ओर उन्मुख हो :

वार्तालाप के ज़रिये वैवाहिक समस्याओं से बाहर आना

विवाद का क्षेत्र : वित्तीय समस्या

पति : इस चेकबुक को देखो! तुमने इसका बैलेंस देखे बग़ैर ज़्यादा राशि ख़र्च कर दी! मुझे लगता है तुम पाँच डॉलर का दंड भरकर ही मानोगी! तुमसे ऐसी मूर्खता हो कैसे जाती है?

विवाद पैदा करने वाला संवाद	*विवाद सुलझाने वाला संवाद*
पत्नी : तुम खुद बैलेंस का ख़्याल नहीं रखते! मुझ पर क्यों चिल्ला रहे हो?	*पत्नी* : (चरण-1) मैंने सुना, तुम मेरी ग़लती पर नाराज़ हो। क्या वाक़ई यही समस्या है?
पति : क्योंकि जब भी हमारे खाते से ज़्यादा राशि निकलती है, हमेशा तुम ही इसकी ज़िम्मेदार होती हो।	*पति* : हमने बचत की कोशिश की, पर लगता है कि हम कभी पर्याप्त बचत नहीं कर सकते।
पत्नी : तुम्हें लगता है तुम सर्वगुण सम्पन्न हो? पिछली बार जब हमने पैंतीस डॉलर का दंड भरा था, क्योंकि	*पत्नी* : (चरण-2) मैं मानती हूँ कि बचत हमारे लिए मुश्किल है। आख़िर हर चीज़ इतनी महंगी है। हमें वाक़ई अर्थदंड के

चित्र –10.1

तुम रिहायशी इलाक़े में तेज़ रफ़्तार से कार चला रहे थे!

पति : और उसका क्या, जब तुमने गाड़ी घर की दीवार से ठोंक दी थी? 385 डॉलर पानी में गए!

अतिरिक्त भार से बचना चाहिए।

पति : मुझे अफ़सोस है कि अब हम उस स्कीइंग दौरे पर नहीं जा पाएँगे, जिसकी हम लंबे समय से तैयारी कर रहे थे।

पत्नी : (चरण-3) मैं समझती हूँ कि तुम परेशान हो।

पति : हाँ, मैं वाक़ई परेशान हूँ!

पत्नी : (चरण-4) मुझे लगता है हमें अब चेकबुक की बेहतर देख रेख करनी चाहिए। इससे भी बढ़कर हमें अपने ख़र्च पर नज़र रखते हुए भ्रमण इत्यादि के लिए कुछ पैसा बचाकर रखना चाहिए। मैं तुम्हारे साथ इसके लिए सहयोग करने पर राज़ी हूँ।

टिप्पणी : विवादजनक संवाद मूल विषय से भटककर आरोप-प्रत्यारोप की दिशा में बढ़ रहा है। विवाद सुलझाने वाला संवाद पति की परेशानी के मूल कारण को स्पष्ट करने में सफल रहा। उसकी आरंभिक खोज बैंक से ज़्यादा राशि निकालने से उपजी थी। बाद में मूल परेशानी के स्पष्ट होते ही पति-पत्नी आपसी विवाद ज़्यादा आसानी से सुलझा सकते हैं।

विवाद का क्षेत्र : यौन संबंधी परेशानी

पत्नी : तुम क्या समझते हो? मैं कोई मशीन हूँ? तुम्हें

लगता है, बटन दबाते ही मैं स्वचालित हो जाऊँगी ?

विवाद पैदा करने वाला संवाद

पति : तुम कोई हरकत ही नहीं करतीं। तुम मशीन नहीं बर्फ़ का टुकड़ा हो!

पत्नी : तुम भी बेडरूम में ख़ास जोशीले नहीं रहते हो। याद है पिछले हफ़्ते क्या हुआ था ?

पति : तुम मुझे दोष दे रही हो ? एक बर्फ़ के टुकड़े से कौन प्यार करना चाहेगा ?

विवाद सुलझाने वाला संवाद

पति : (चरण-1) मैंने सुना कि मेरे किसी कार्यकलाप से तुम्हें लगता है मैं कुछ ख़ास चाहता हूँ।

पत्नी : हाँ, मुझे लगता है, हमारी यौन गतिविधि मशीननुमा हो गई है। हम उपकरण की तरह बर्ताव करते हैं।

पति : (चरण-2) मैं सहमत हूँ कि यह कभी-कभी ऐसा ही प्रतीत होता है। (चरण-3) और मुझे लगता है कि तुम ख़ुद को वस्तु की तरह प्रयुक्त होते महसूस कर रही होगी।

पत्नी : हाँ, बिलकुल।

पति : (चरण-4) मैं सोचता हूँ कि हम एक-दूसरे से जो चाहते हैं और जो महसूस करते हैं, उस पर अधिक विचार-विमर्श करना चाहिए। मैं भी कभी-कभी अपने आपको तुम्हारे द्वारा प्रयुक्त होते महसूस करता हूँ। मेरे ख़्याल से हममें से कोई भी इस प्रकार का रिश्ता नहीं चाहता है।

टिप्पणी : ज़्यादातर "यौन समस्याएँ" वाक़ई यौन संबंधी होती ही नहीं हैं, किंतु उनकी शुरुआत दांपत्य संबंध की साधारण तनातनी से होती है।

विवाद की बुनियाद निर्णय प्रधान, अपमानजनक, शत्रुवत् रवैये पर खड़ी होती है, जबकि विवाद उन्मूलन मुक्त, ग़ैररक्षात्मक, संवेदनशील भावना पर आधारित होता है। इस बात की पूरी संभावना है कि पति संवाद के खेल में जीतेगा क्योंकि वह पत्नी को भी जीतने के लिए सहयोग दे रहा है।

विवाद का क्षेत्र – बढ़ती उम्र का संकट

पत्नी : हमारी ज़िंदगी ठहर गई है, रोमांच और मनोविनोद ग़ायब हैं। हम 45 वर्ष के हो चुके हैं और हमारे पास दिखाने लायक़ कोई उपलब्धि नहीं है।

विवाद पैदा करने वाला संवाद	***विवाद सुलझाने वाला संवाद***
पति : छोड़ो इसे! तुम्हारे पास नया बंगला है। पिछले साल मैंने तुम्हें कार ख़रीद कर दी। फिर किसलिए यह बखेड़ा खड़ा कर रही हो?	*पति* : (चरण-1) मैंने सुना, तुम्हें लगता है कि हम नीरस ढर्रे पर चल रहे हैं।
पत्नी : क्योंकि सूज़न...	*पत्नी* : हाँ, ख़ासकर जब मैं सूज़न की ज़िंदगी की तरफ़ देखती हूँ।
पति : सूज़न! तुम हमेशा सूज़न का ज़िक्र करती रहती हो! तुम्हें लगता है उसके पास सबकुछ ठीक है? उसके पास ख़ुद का घर भी नहीं है। तुम्हें पता है कि तुम्हारी दिक्क़त क्या है? तुम किसी और पटरी पर चल रही हो!	*पति* : (चरण-2) मैं सहमत हूँ कि सूज़न ज़्यादा ख़ुश नज़र आती है। सूज़न की ज़िंदगी के बारे में ऐसा क्या है, जो तुम पसंद करती हो?
पत्नी : (*मूक आक्रोश की मुद्रा*)	*पत्नी* : वह बहुत आत्मविश्वासी है। वह उन्नति के पथ पर नज़र आती है।

पति : (चरण-3) मैं समझता हूँ कि कोई व्यक्ति किसी दूसरे आश्वस्त व्यक्ति से तुलना पर किस प्रकार दुःखी महसूस करेगा।

पत्नी : मुझे नहीं लगता कि वह मुझसे ज़्यादा प्रतिभाशाली है। मैं ख़ुद को फ़ालतू या अपूर्ण नहीं मानती। परंतु वह उसी दिशा में आगे बढ़ रही है, जिस तरफ़ उन्नति चाहती है। मुझे यह भी पता नहीं कि मैं क्या चाहती हूँ।

पति : (चरण-4) मैं सोचता हूँ कि हमें इस समस्या के निराकरण से पूर्व इसकी पड़ताल करनी चाहिए। सूज़न और उसके पति को डिनर पर बुलाने के बारे में तुम्हारा क्या विचार है? हम तब उनसे उनके जीवन सूत्र का रहस्य जान सकेंगे।

टिप्पणी : हमारी ज़िंदगी में किसी कारण से तनाव होता है। वह बर्बादी के कगार पर पहुँचाने वाले कलह को जन्म दे सकता है; अथवा, यदि कोई चाहे, तो उसे बेहतर उपयोगी वार्तालाप के प्रेरक की शक्ल भी दी जा सकती है। उपरोक्त संवाद निर्णय प्रधान, क्रोधित, रक्षात्मक वार्तालाप और विवाद घटाकर रचनात्मक समाधान की इच्छा दर्शाने वाले वार्तालाप के बीच अंतर को स्पष्ट करता है।

यक़ीन मानिए आप वैवाहिक समस्याओं से निजात पा सकते हैं! संभवतः पहले प्रयास में आपको अधिक उन्नति न दिखे, किंतु यदि आप निरंतर सी.आर. मॉडल पर अमल करेंगे, तो अपने जीवनसाथी को अपने साथ चलने के लिए प्रेरित कर सकते हैं।

पारिवारिक तनाव पर नियंत्रण

विवाद का क्षेत्र - भाई-भाई के बीच स्पर्द्धा

जिम : (एक बच्चा) कार्ल (दूसरे बच्चे से) : तुम्हारी नाक बड़ी है। कान भी बेडोल हैं और तुम कचरे के डिब्बे की तरह बदबूदार हो!

विवाद पैदा करने वाला संवाद		***विवाद सुलझाने वाला संवाद***	
अभिभावक	: चुप रहो! तुम गधे हो क्या? तुम्हें अपने भाई से ऐसे बात नहीं करनी चाहिए!	*अभिभावक*	: (चरण-1) जिम, <u>मैंने सुना</u> तुम कुछ बुरी बात कह रहे थे। आख़िर क्या समस्या है?
जिम	: आप मुझ पर ही क्यों चिल्लाते हैं? आपको सुनना चाहिए था कि यह बड़बोला मेरे बारे में क्या कह रहा था!	*जिम*	: कार्ल ने मुझे स्कूल बस में सबके सामने मरियल कहा!
अभिभावक	: मुझे कुछ नहीं सुनना है। तुम बच्चे मुझे पागल कर दोगे। तुम दोनों अपने कमरों में जाओ!	*अभिभावक*	: कार्ल, क्या हुआ?
जिम और कार्ल	: मगर...	*कार्ल*	: पर इससे खिड़की भी नहीं खोली जाती...

अभिभावक : चुप रहो! जाओ।

जिम : पर यह इसकी ग़लती थी!

कार्ल : मैंने कुछ ग़लत नहीं किया!

अभिभावक : मुझे कितनी बार तुम्हें बताना होगा ?! ?

जिम : वह जाम थी!

अभिभावक : जिम, तुम्हें जो हुआ, वह कैसा लगा ?

जिम : मैं ग़ुस्से में हूँ! मेरे ख़्याल से कार्ल मेरा मज़ाक उड़ा रहा था।

कार्ल : नहीं मेरा ऐसा कोई इरादा नहीं था...

अभिभावक : (चरण-2) कार्ल, मैं मानता हूँ कि तुम्हारा ऐसा कोई मतलब नहीं रहा होगा और (चरण-3) मैं समझ सकता हूँ जिम कि तुम्हें बुरा लगा होगा। (चरण-4) मैं सोचता हूँ तुमको माफ़ी माँग लेनी चाहिए, कार्ल, और तुम दोनों भविष्य में सतर्क रहो कि तुम्हारी किसी बात पर दूसरे को कैसा महसूस होगा।

टिप्पणी : विवाद प्रधान वार्तालाप में समाधान नहीं मिलता। भले ही "चुप रहो और अपने कमरों में जाओ!" जैसा आदेश तनाव घटाने वाला लगे, पर यह अस्थायी प्रभावी ही दिखता है। जिम और कार्ल के बीच नाराज़गी बनी रहेगी। इससे भी बढ़कर अभिभावक दोनों बच्चों से ख़फ़ा हैं। तीनों व्यक्तियों के बीच दमित आक्रोश कभी भी उभर सकता है।

विवाद सुलझाने वाले वार्तालाप में अभिभावक जिम को उसकी भावनाएँ व्यक्त करने के लिए प्रेरक की भूमिका निभाते हुए कार्ल को समझौते के लिए तैयार करते हैं।

विवाद का क्षेत्र : अड़ियल व्यवहार

बच्चा : मैं नौ बजे सोने के लिए नहीं जाऊँगा! मेरा कोई भी दोस्त ऐसा नहीं करता!

विवाद पैदा करने वाला संवाद	***विवाद सुलझाने वाला संवाद***
अभिभावक : मैं जब तुम्हारी उम्र का था, मुझे साढ़े आठ बजे सोने के लिए भेज दिया जाता था।	*अभिभावक* : (चरण-1) मैंने सुना तुम इतने बजे सोना नहीं चाहते, क्योंकि तुम्हारे मित्र भी इस वक़्त नहीं सोते।
बच्चा : यह पुराने ज़माने की बात है। हमारी उम्र का कोई बच्चा साढ़े आठ या नौ बजे नहीं सोता।	*बच्चा* : हाँ, यह सच है!
अभिभावक : मुझे इसकी परवाह नहीं तुम क्या सोचते हो! वही करो जो मैं चाहता हूँ।	*अभिभावक* : (चरण-2) मैं मानता हूँ कि तुम्हारे दोस्त तुम्हारी अपेक्षा देर से सोने जाते हैं। (चरण-3) और मैं यह भी समझ सकता हूँ कि तुम हमारी भिन्न व्यवस्था से नाराज़ हो। परंतु (चरण-4) मुझे लगता है तुम्हें समझना चाहिए कि हम दूसरों की देखा-देखी अपने कार्यक्रम निर्धारित नहीं करते। दस मिनट बाद

नौ बज जाएँगे। मैं उम्मीद करता हूँ कि तुम तब तक सोने चले जाओगे।

टिप्पणी : बच्चों का अड़ियलपन उनके विकास का अंग है। अभिभावकों की सत्ता की चौखट पर दस्तक देने का यह बच्चों का अपना अंदाज़ है। अभिभावकों को याद रखना चाहिए कि वे प्रेमपूर्ण, किंतु दृढ़ वार्तालाप से बच्चों के साथ प्रभावी आधिकारिकता दर्शा सकते हैं। हिचकिचाहट भरे वार्तालाप को कमज़ोर व अनिश्चित मानकर बच्चे अभिभावकों से टकराने की ज़ुर्रत करेंगे। विनती या बहस प्रभावी नहीं होती। शांत, किंतु निश्चयात्मक वार्तालाप और कार्य प्रभावशाली रहता है।

नौकरी में विवाद का प्रबंधन

विवाद का क्षेत्र : विरोधाभास

रोजर : तुम्हें नहीं पता, तुम क्या कह रहे हो!

विवाद पैदा करने वाला संवाद	***विवाद सुलझाने वाला संवाद***
पीट : देखो, मैंने इस समस्या का अध्ययन किया है। मैं जानता हूँ कि मैं सही हूँ। हम केवल इसी तरीक़े से अपनी उत्पादन समस्या दूर कर सकते हैं।	*पीट* : (चरण–1) मैंने सुना, आपको लगता है कि मैं ग़लत हूँ। (चरण–2) मैं मानता हूँ कि मैं ग़लत हो सकता हूँ।
रोजर : नहीं, यह ग़लत है! मुझे कितनी बार बताना होगा कि यह कारगर नहीं है। मैं यहाँ तुमसे पहले से कार्यरत हूँ। मेरा जानने का हक़ है।	*रोजर* : शायद मैं भी ग़लत हो सकता हूँ।

पीट : (चरण-3) मैं समझता हूँ कि कि आप हमारी उत्पाद संबंधी समस्या को लेकर चिंतित होंगे।

रोजर : हाँ, बिलकुल।

पीट : (चरण-4) मुझे लगता है हमें दोनों प्रस्तावों पर विचार करना चाहिए। साथ मिलकर ही हम यह समस्या सुलझा सकते हैं।

टिप्पणी : प्रत्यक्ष विरोधाभास किसी भी विवाद का एक प्रमुख कारण होता है। यह दूसरे व्यक्ति को बचाव की मुद्रा में डालकर उसे "मुँह छुपाई" के लिए मजबूर करता है। इस "विवाद उन्मूलन" में पीट ने रोजर का ग़ुस्सा यह दर्शाकर शांत किया कि वह उसकी बात सुन रहा है और ग़लत कोई भी हो सकता है। यहाँ ध्यान "कौन सही है" पर केंद्रित होने के बजाय समस्या निवारण पर है।

विवाद का क्षेत्र : टकराव

कर्मचारी : आप हमेशा मुझ पर नज़र रखते हैं!

विवाद पैदा करने वाला संवाद	***विवाद सुलझाने वाला संवाद***
प्रबंधक : सही है! और तुम्हें पता है, मैंने क्या पाया? मैं बताता हूँ, तुम देर तक कॉफ़ी ब्रेक पर जाते हो, तुम्हारा रवैया ढीलाढाला है।	*प्रबंधक* : (चरण-1) मैंने सुना, तुम नहीं चाहते कि मैं तुम पर नज़र रखूँ।
कर्मचारी : मैं भी आपके बारे में कुछ तथ्य जानता हूँ। पिछले हफ़्ते आपने दो	*कर्मचारी* : बिलकुल!

घंटे का भोजनावकाश लिया था! और तीन सप्ताह पहले आप मि. डगलस के साथ मुलाक़ात भूल गए थे, जिससे कंपनी को हज़ारों डॉलर की चपत लगी।

प्रबंधक : तुम नौकरी से निकाले जाते हो!

कर्मचारी : यह आख़िरी बार नहीं है!

प्रबंधक : (चरण-2) मैं सहमत हूँ कि तुम्हें मेरे द्वारा अपने ऊपर नज़र रखना ठीक नहीं लगेगा। (चरण-3) मैं समझ सकता हूँ कि तुम असहज महसूस करते होगे।

कर्मचारी : मैं असहज महसूस करता हूँ। मुझे लगता है आप सोचते हैं कि मैं पर्याप्त काम नहीं कर रहा।

प्रबंधक : क्या सचमुच ऐसा ही है?

कर्मचारी : जी नहीं।

प्रबंधक : क्यों नहीं?

कर्मचारी : मुझे पिछले महीने से भारी सिरदर्द ने जकड़ रखा है।

प्रबंधक : टॉम, मैं माफ़ी चाहता हूँ। तुमने किसी डॉक्टर को दिखाया?

कर्मचारी : मुझे अपने डॉक्टर से मिलना होगा, पर मैं इसे टाल रहा था।

प्रबंधक : (चरण-4) टॉम मुझे लगता है कि तुम्हें जितनी जल्दी हो, अपने डॉक्टर से मिलना चाहिए। हमें तुम्हारी परवाह है और हम तुम्हें इस प्रतिष्ठान में कार्यरत देखना चाहते हैं, पर हमें तुमसे अपने समय नियोजन और रवैये के साथ काम की गुणवत्ता में कुछ सुधार की भी दरकार है। क्या तुम अपने डॉक्टर से परामर्श के बाद इस दिशा में कुछ प्रयास करोगे?

कर्मचारी : जी, बिलकुल।

टिप्पणी : विवाद पैदा करने वाले संवाद में प्रबंधक ज़रूरत से ज़्यादा सख़्ती दर्शा रहा है। वह कर्मचारी की वास्तविक समस्या जाने बग़ैर उसे प्रतिक्रिया के लिए उकसा रहा है। विवाद सुलझाने वाले संवाद में चरण 1,2 और 3 से प्रबंधक कर्मचारी को सहजता की ओर ले जाता है। कर्मचारी के मुक्त रवैये से प्रबंधक को जानने में मदद मिलती है कि समस्या की जड़ आलस्य नहीं, कुछ और है। वह समस्या को परिभाषित कर ख़राब कार्यशैली का मूल कारण जानता है। वह कर्मचारी के स्वास्थ्य में व्यक्तिगत रुचि लेकर प्रभावशाली तरीक़े से उसे अपने व्यवहार में सुधार लाने के निर्देश भी दे देता है।

विवाद उन्मूलक मॉडल को भिन्न समस्याओं पर लागू करते वक़्त हमने देखा कि किस प्रकार विवाद पैदा करने वाले और विवाद सुलझाने वाले संवाद में कुछ बातें दोहराई जाती हैं। निम्न निर्देशावली से स्पष्ट हो जाएगा कि हमें किन बातों से बचना चाहिए और किनका अभ्यास करना चाहिए :

विवाद उन्मूलक निर्देशावली

विवाद जनक व्यक्ति	*विवाद निवारक व्यक्ति*
1. तुरंत मान लेता है कि समस्या को वह जानता है।	1. समस्या की पड़ताल हेतु समय देता है।
2. हावी होकर अपना पक्ष सही ठहराना चाहता है।	2. टकराव से बचने के लिए सहमति की तलाश कर विवाद निवारण के संकेत देता है।
3. सुनता नहीं, सिर्फ़ बोलता है।	3. दूसरे व्यक्ति की भावनाओं को जानने के लिए उसकी बात को सुनता है।
4. जज़्बातों को विकल्प व कार्यकलाप पर हावी रहने देता है।	4. अपनी बात शांतिपूर्वक लेकिन दृढ़ता के साथ रखता है।

पिछले कुछ वर्षों में हमने पाया कि व्यक्तियों के समूहों के साथ घरों में भी विवाद तेज़ी से बढ़ रहे हैं। विवाद प्रेरक व्यक्तियों में समान रूप से संकीर्ण मानसिकता व स्वार्थीपन की प्रवृत्ति देखी गई। अपनी अड़ियल माँगों से ऐसे व्यक्ति अपने पारस्परिक संबंध ही नहीं ख़राब करते, बल्कि आगे चलकर सामाजिक मूल्यों को भी भारी क्षति पहुँचाते हैं। यह अध्याय तालमेल बैठाने के मूलभूत भाव और परस्पर आदर की बात करता है, जो सिर्फ़ विवाद के समाधान ही नहीं, बल्कि परस्पर सभी के हितों के संरक्षण के लिए भी ज़रूरी है।

विजय पाने की दिशा में कार्ययोजना

1. एक अनसुलझे विवाद को परिभाषित करें, जिसका अनुभव आपको निम्न क्षेत्रों में हो रहा हो :

अ. जीवनसाथी ....

ब. बच्चे ....

स. व्यवसाय सहयोगी ....

2. इसी समस्या को अन्य व्यक्ति के नज़रिये से देखें :

अ. जीवनसाथी ....

ब. बच्चे ....

स. व्यवसाय सहयोगी ....

3. ऊपर वर्णित एक या अधिक विवाद के लिए एक "विवाद निवारक" उपाय की कल्पना करें, जो आपके द्वारा "मैंने सुना...", "मैं सहमत हूँ...," "मैं आपके भाव समझ सकता हूँ...," और "मैं सोचता हूँ...," जैसे चार चरण वाले सी.आर. (विवाद उन्मूलक मॉडल) की अभिव्यक्ति अपनाने पर कारगर होगा।

4. अब इस सी.आर. मॉडल को वास्तविक रूप से इन व्यक्तियों के साथ चर्चा में लागू करें। अपने रवैये में आवश्यक बदलाव लाकर फिर प्रयास करें। परिणाम को नीचे लिखें :

अ. जीवनसाथी ....

ब. बच्चे ....

स. व्यवसाय सहयोगी ....

11

लोगों को अपने साथ सहयोग के लिए मनाएँ

लोगों को प्रभावित करना उन्हें अपनी इच्छा के अनुरूप चलने के लिए प्रेरित करने की कला है।

अज्ञात

जिस वक़्त मैं यह अध्याय लिख रहा हूँ, मेरा 11 साल का बेटा जूडसन अपनी पहली परेड के लिए एक पहिए वाली साइकल चलाने का अभ्यास कर रहा है। मैं उसकी उपलब्धि पर गौरवान्वित हूँ। बाइक कोई भी चला सकता है, पर एक पहिए वाली साइकल चलाने के लिए प्रबल इच्छाशक्ति, कौशल और अभ्यास की ज़रूरत होती है। शुरुआत में बार-बार नाकामी और घुटने छिलवाने के बाद आख़िरकार जूड ने परेड के लिए ज़रूरी कौशल जुटा लिया है।

जब आप अपने मनचाहे कौशल का विकास कर लेते हैं, तो ऐसी ही "परेड" में शामिल होने का एहसास होता है। लोग आपकी ओर ज़्यादा ध्यान देते हैं। इच्छाशक्ति और अभ्यास से आप सीख पाएँगे कि किस प्रकार असाधारण तौर पर अपने मनचाहे प्रयासों को ऐसे कौशल

में बदला जा सकता है, जिसे लोग सराहें।

लोगों को मनाना उन्हें अपने साथ सहयोग के लिए राज़ी करना है। चाहे आप यूनिसेफ़ के लिए धन जुटा रहे हों, बीमा पॉलिसी बेच रहे हों या अपने तरुण पुत्र को नैतिक शिक्षा का पाठ दे रहे हों, मनुहार लोगों को अपनी इच्छानुरूप कार्य करने पर राज़ी कर ही लेती है। वस्तुतः हर कोई वही नहीं चाहेगा, जो आप चाहते हैं या आपके पास है। किंतु जब भी सहमति संभव होगी, अनुरोध से आप सर्वसम्मति बना सकेंगे। आदर्श रूप से यह आपके श्रोता को ऐसे निर्णय पर राज़ी करती है, जो आप दोनों के लिए हितकर हो।

मान-मनुहार का अर्थ जोड़-तोड़ नहीं है। तिकड़म का लक्ष्य सहयोग नहीं, नियंत्रण होता है। इसकी परिणति जीत और हार में होती है। यह दूसरे का हित नहीं चाहती। कुछ क्षेत्रों में दूसरों को तिकड़मबाज़ी से नीचा दिखाना हुनर समझा जाता है। परंतु जोड़-तोड़ के हिमायती यह नहीं समझते कि इससे लोग आहत होकर दूर चले जाते हैं। तिकड़म के शिकार लोगों को आक्रोश, अविश्वास और घबराहट का अनुभव होता है। वे भविष्य में अपनी इच्छा के विरुद्ध कार्य करने पर राज़ी नहीं होंगे और ख़ुद को इस्तेमाल किया जाते देखना नहीं चाहेंगे।

तिकड़मबाज़ के विपरीत मनुहारकर्ता दूसरे पक्ष के आत्म-गौरव को प्रोत्साहित करता है। परिणामस्वरूप लोग बेहतर प्रतिक्रिया दर्शाते हैं क्योंकि उन्हें ज़िम्मेदार, स्वनिर्देशित व्यक्ति की तरह अपने साथ बर्ताव की अनुभूति होती है। अंततः तिकड़म की अपेक्षा मनुहार के अधिक प्रभावी होने का यही कारण है। विमर्शकर्ता एस.आई. हयाकावा लिखते हैं :

> यदि यह सच है कि प्रत्येक व्यक्ति अपनी आत्म अवधारणा को संरक्षित व प्रोत्साहित करने की कोशिश कर रहा है, तो आपका संदेश सिर्फ़ इस वजह से आगे नहीं पहुँचता कि आप मुखर होकर तर्कपूर्वक उसे प्रस्तुत कर रहे हैं, बल्कि इसलिए कि उसका अभिप्राय श्रोता को अपने हित अथवा आत्म अवधारणा के अनुकूल लगता है। यदि आपके संदेश में छिपा अर्थ श्रोता को उसकी आत्म अवधारणा को प्रोत्साहित करने वाला महसूस होगा, तो वह स्वागतयोग्य तथा ग्रहण करने लायक़ होगा।[1]

आत्म अवधारणा को पुष्ट करने वाले मनुहारपूर्ण संदेश के लिए कुशल प्रयास की ज़रूरत होती है, क्योंकि मनुहार का आधार परिवर्तन है और परिवर्तन आसान नहीं होता। अधिकतर व्यक्ति परिवर्तन के लिए तब तक राज़ी नहीं होते, जब तक उन्हें इसके लाभप्रद परिणाम न दिखाई दें। परिवर्तन की प्रक्रिया मुश्किल है। इसके लिए योजना बनाने की आवश्यकता होती है।

येल विश्वविद्यालय के मनोवैज्ञानिक विलियम मैकग्यूरे की राय में सहयोग प्राप्ति की प्रक्रिया को जब हम पाँच चरणों में विभक्त करते हैं, तो वह अधिक आसानी से हमारी इच्छा का प्रबंधन करती है। ये पाँच चरण इस प्रकार हैं - *ध्यान, समझ, विश्वास, संग्रहण* और *क्रिया*। मैकग्यूरे के अनुसार "श्रोता को अधिकतम मनुहार प्रभाव में लाने के लिए इन सभी चरणों से गुज़रना ज़रूरी है। हर चरण अपने अगले चरण की पूर्णता पर निर्भर है।"[2]

चित्र 11.1 में दर्शाया गया है कि मनुहारपूर्ण संदेश का सिर्फ़ रुचि जगाना पर्याप्त नहीं, बल्कि उसमें सक्रियता जगाने के लिए प्रेरित करने वाली स्पष्टता, विश्वसनीयता और स्मरणशीलता भी होनी चाहिए। मनुहार शक्ति का अर्थ अपने संवाद में इन पाँचों चरणों में दक्षता हासिल कर लोगों को कार्य विशेष के लिए प्रेरित करना है। आप यह दावे से नहीं कह सकते कि श्रोता की प्रतिक्रिया क्या होगी, परंतु जब आप इन चरणों का उपयोग करते हैं तो आश्वस्त हो सकते हैं कि आपने अपनी मनुहार शक्ति का सर्वोत्तम प्रयोग किया।

ध्यान जीतें

मनुहार प्रधान क्रिया की ओर पहला क़दम श्रोता का ध्यानाकर्षण है। इस ध्यानाकर्षण के बग़ैर बोलने का अर्थ है गेंद को लक्ष्य बनाए बिना हवा में बल्ला घुमाना। इसमें कोई संपर्क नहीं होता। आप पहली बुनियाद ही नहीं रख पाते। अपनी मंज़िल तक पहुँचने के लिए आपका श्रोता की रुचि और बर्ताव से संपर्क ज़रूरी है।

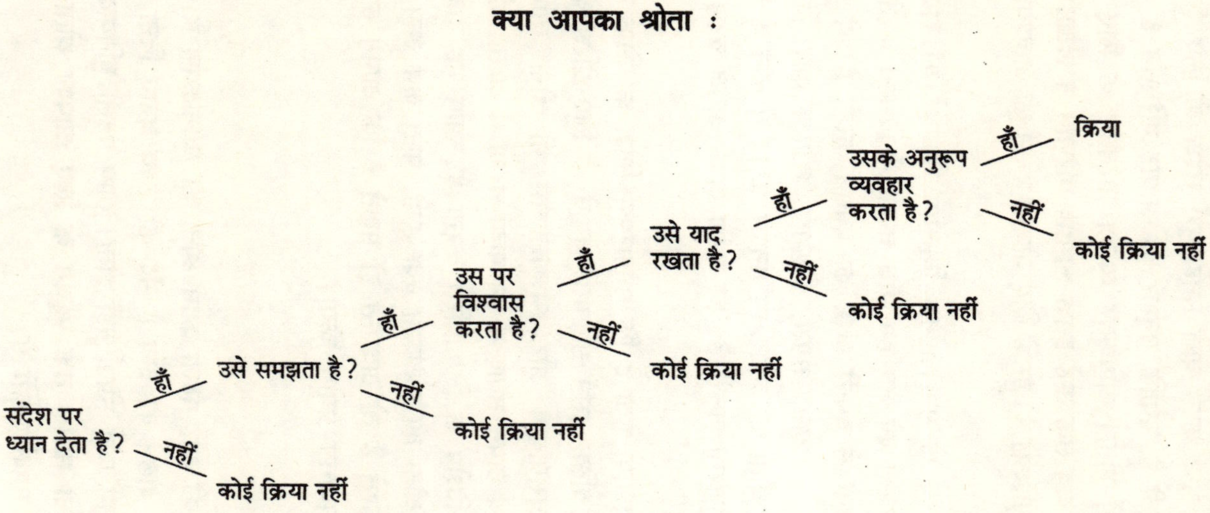

चित्र 11.1 डेविड जी मायर्स की पुस्तक *सोशल साइकोलॉजी* (न्यूयॉर्क : मैक्ग्रॉ हिल 1983, पृष्ठ 275) में येल विश्वविद्यालय के सामाजिक मनोविज्ञानी विलियम मैकग्यूरे द्वारा सुझाए गए निर्देश का डेविड मायर्स द्वारा रूपांतर।

सिद्धांत-1 : अपने संदेश को श्रोता की रुचि और बर्ताव के अनुकूल बनाकर ही ध्यान जीता जा सकता है।

मगर श्रोता की रुचि और व्यवहार की जानकारी कैसे मिले? ख़ुद को उनकी स्थिति में रखकर देखिए। ख़ुद से (अथवा सीधे श्रोता से) निम्न प्रश्न पूछकर उनका दृष्टिकोण जानें :

1. चर्चा में अपने साथी को अच्छे से समझने के लिए मुझे किस जानकारी की ज़रूरत है? श्रोता हमारे संवाद विषय को किस प्रकार लेता है? इससे कौन सी भावनाएँ जुड़ी होती हैं?
2. सामने वाले व्यक्ति के दृष्टिकोण पर उसकी ज़िंदगी में आ रहे बदलावों का क्या प्रभाव है?
3. यदि मेरी राय अलग है, तो श्रोता उसे कितना महत्वपूर्ण मानता है?
4. मेरा संदेश श्रोता की रुचि और रवैये की पूरी तस्वीर में किस प्रकार सही बैठ सकता है?
5. हम दोनों के बीच समान रुचियाँ व मूल्य कौन से हैं?

जब आपके पास इन सवालों के जवाब होंगे और श्रोता के नज़रिये से आप चीज़ों को देख सकेंगे, तो उसे अपने अनुसार चीज़ों को देखने के लिए मनाने में सफल होंगे।

पुस्तक *द लैंग्वेज एंड थॉट ऑफ़ द चाइल्ड* में मनोविज्ञानी जीन पीजेट लिखते हैं कि "एक बच्चे का वार्तालाप आत्मकेंद्रित प्रतीत होता है। इसलिए नहीं कि वह सिर्फ़ अपने बारे में बात करता है, बल्कि इस कारण क्योंकि वह श्रोता के दृष्टिकोण से ख़ुद को रखकर नहीं देखता।"[3] ध्यानाकर्षण के लिए इसके विपरीत चलने की ज़रूरत होती है। सुनने का ऐसा तरीक़ा, जो आपको श्रोता से उपयुक्त प्रश्न पूछकर उसके वैचारिक स्तर को समझने में मदद करे। यह प्रश्न सिर्फ़ सहयोग ही नहीं, वरन् समझबूझ की प्राप्ति के लिए भी वास्तविक रुचि से भरे हों।

उस पारस्परिक आदान-प्रदान सिद्धांत का स्मरण करें, जो बतौर बालक आपने अनुभव किया था – "तुम मुझे मारोगे, तो मैं भी तुम्हें

पीटूँगा!" मान-मनुहार में यह इस प्रकार कारगर होता है - "यदि आप मेरी स्थिति को समझने में दिलचस्पी दिखाएँगे, तो मैं भी आपको सुनकर आपकी स्थिति समझने की कोशिश करूँगा।" लिहाज़ा श्रोता के भावों को समझने के लिए आप अपने सक्रिय श्रवण (देखें अध्याय-4) और प्रश्न पूछने (देखें अध्याय-6) के कौशल का इस्तेमाल करें। चाहे लंबी व्याख्या अथवा अपनी बात दोहराकर स्पष्ट करें कि आप श्रोता की स्थिति समझते हैं। ऐसा कहें :

"मैं समझता हूँ आपका अभिप्राय है..."
"आप कहना चाहते हैं..."
"यदि मैं आपका दृष्टिकोण मानूँ, तो मुझे चाहिए कि..."

आपके द्वारा श्रोता को समझने की कोशिश कभी व्यर्थ नहीं जाती। यह आपको श्रोता की आपत्तियों के अनुरूप अपना संदेश ढालने में बहुमूल्य जानकारी उपलब्ध कराती है। यह आपके श्रोता की मानसिक व भावनात्मक रुचियों से सीधे जुड़ने वाले संवाद में मदद करती है।

याद रखें कि आपके श्रोता का दृष्टिकोण सिर्फ़ वैचारिक ही नहीं, भावनात्मक "रंगत" लिए भी होता है। यदि आप इस रंग से परिचित नहीं होंगे, तो आपको सही तस्वीर नज़र नहीं आएगी। उदाहरण के लिए, यदि आप किसी प्रतिष्ठान के निर्देशक को कोई प्रबंधकीय कार्यक्रम बेचना चाहते हैं और वह तैयार नहीं होता, तो इस हिचकिचाहट के पीछे मूल्य नहीं, बल्कि निर्देशक द्वारा अपनी कलई खुल जाने का भय भी प्रमुख कारण हो सकता है। जब आप पूरी तस्वीर देखेंगे, तो अपना संदेश पारस्परिक मूल्यों और अनुभवों के आधार पर समायोजित कर पाएँगे। यह साझा समझ श्रोता का ध्यान जीतने में सेतु का कार्य करेगी।

विषय विवेचना की समझ बढ़ाएँ

मनुहार प्रक्रिया का दूसरा चरण श्रोता को आपका संदेश गहराई से समझने में मदद करना है। आपके लिए जो स्पष्ट है, ज़रूरी नहीं कि

श्रोता के लिए भी हो। उसने आपकी तरह आपके विचारों को नहीं सोचा होगा। उसे स्पष्ट भाषा, अभिप्राय और उदाहरणों की ज़रूरत होगी, जो उसके अनुभवों से मेल खाए।

सिद्धांत-2 : स्पष्ट भाषा और ठोस उदाहरण विषय विवेचना में मददगार होते हैं।

आपने कभी अपने वार्तालाप को जाँचा है? हमारी भाषा ज़्यादातर "आप जानते हैं" जैसे कामचलाऊ शब्दों या "काम निकाल लेने की क्षमता" वाले फ़ैशनेबल शब्दों से भरी होती है। एक शासकीय प्रार्थनापत्र यह अर्थहीन वाक्य पाया गया :

> एकीकृत प्रबंधकीय लचीलेपन के फ़ायदे के लिए यह ज़रूरी है कि पूरी संगठनात्मक क्षमता बरकरार रखी जाए, ताकि व्यवस्थित आधारभूत प्रवाह और संवेदी नीति नियोजन की परिणति परिपूरक प्रबंधकीय क्षमता में हो।

इस शब्दावली का प्रयोग चाहे ख़ाली जगह भरने या आधिकारिक नज़र आने के उद्देश्य से किया गया हो, किंतु श्रोता के दिमाग़ में यह बैठ नहीं पाएँगे। हर एक शब्द दूसरे से किसी विशिष्टता, तैयारी या प्रभाव के बग़ैर जुड़ता है। हमारा संवाद ऐसा नहीं होना चाहिए! संवाद तभी आकर्षक, स्पष्ट और अनुरोधपूर्ण होगा, जब हम सरल, सशक्त और चित्रात्मक शब्दों का इस्तेमाल करेंगे।

व्यावहारिक मनोविज्ञानियों ने पाया कि सरल, स्पष्ट संवाद के अलावा ठोस उदाहरण भी विषय विवेचना में सहायक होते हैं। लोगों के अनुभव के संदर्भ बिंदु पर खरे न उतरने वाले संदेश समझने में मुश्किल होते हैं और उन्हें शीघ्र भुला दिया जाता है। जॉन ब्रेन्सफ़ोर्ड व मार्सिया जॉन्सन के प्रयोग से लिए गए निम्न अंश को पढ़कर आप इस तथ्य को परख सकते हैं :

> यह प्रक्रिया काफ़ी सरल है। सर्वप्रथम आप चीज़ों को भिन्न समूहों में विभक्त करें। एक ढेर भी पर्याप्त होगा, हालाँकि यह इस पर निर्भर

> करता है कि काम कितना है। एक बार प्रक्रिया पूरी होने पर इन्हीं वस्तुओं को पहले से अलग समूह में व्यवस्थित किया जाता है, फिर उन्हें सही जगह पर रखा जा सकता है। अंततः वह सभी वस्तुएँ एकाधिक बार प्रयुक्त होंगी और यह चक्र दोहराया जाएगा। बहरहाल, यह जीवन का एक अंग है।[4]

अब इस प्रक्रिया के "सरल" चरणों को अपनी याददाश्त के आधार पर दोहराने की कोशिश करें।

आपने यह कैसे किया? अधिकतर लोग नहीं समझ पाते, जब तक उन्हें न बताया जाए कि यह प्रक्रिया कपड़े धोने का वर्णन है। अब उपरोक्त अंश फिर पढ़ें और याददाश्त के आधार पर उन्हें दोहराएँ। यह आसान है? हाँ, क्योंकि यह प्रक्रिया जानी-पहचानी है। आपका श्रोता भी आपकी बात पूरी तरह समझने के लिए इसी प्रकार के चिर-परिचित संदर्भ चाहता है।

ब्रेन्सफोर्ड और जॉन्सन के प्रयोग से पता चलता है कि हमारी समझ किसी सामान्य सत्य के अनदेखे प्रदर्शन की अपेक्षा विशिष्ट वर्णन से बढ़ती है। लीडर इस तथ्य को जानते हैं और इसका इस्तेमाल करते हैं। जब मार्टिन लूथर किंग जूनियर को अपना हिंसा का संदेश समूचे राष्ट्र को समझाने की ज़रूरत पड़ी, तो उन्होंने लिखा :

> "हम... तनाव के रचयिता नहीं हैं। हम सिर्फ़ पहले से गुप्त किंतु, जागृत तनाव को सतह पर उजागर कर लाते हैं। हम उसे सबके सामने लाते हैं, जहाँ इसे देखा-परखा जा सके।"[5]

किंग का तर्क है कि छुपे हुए तनाव को उजागर किया जाना ज़रूरी है। मगर यह एक अमूर्त परिकल्पना है। इसे ठोस उदाहरणों के साथ जोड़ा जाना चाहिए। किंग ने यह इस प्रकार किया :

> "जिस प्रकार एक घाव तब तक ठीक नहीं होता, जब तक उसे अपनी पूरी कुरूपता के साथ हवा और प्रकाश के प्राकृतिक उपचार के समक्ष खुला न छोड़ा जाए, उसी तरह अन्याय को भी उजागर कर उसे

मानवीय चेतना और राष्ट्रीय राय की हवा के समक्ष संभावित उपद्रव की चिंता किए बग़ैर लाना ज़रूरी है, ताकि उसका उपचार किया जा सके।"[6]

आप चाहे समाज के बड़े वर्ग या फिर इक्के-दुक्के व्यक्ति से बात कर रहे हों, यह ज़रूरी है कि प्रत्येक श्रोता प्रतिक्रिया ज़ाहिर करने से पहले आपके शब्दों को पूरी तरह समझे। अपनी प्रस्तुति की स्पष्टता बढ़ाने के लिए ख़ुद से निम्न प्रश्न पूछें :

क्या मेरा व्याख्यान स्पष्ट और व्यर्थ शब्दों से मुक्त है?

क्या मेरा मुख्य संदेश श्रोता के लिए अर्थपूर्ण है?

क्या मैंने विषय विवेचना में सुस्पष्ट भाषा और ठोस उदाहरण का प्रयोग किया है?

विश्वास पैदा करें

सफल मनुहार के लिए तीसरा चरण आपके संदेश में विश्वसनीयता जगाना है। विश्वास आपके कथन की मनोवैज्ञानिक स्वीकृति है, जिसके बग़ैर आप मनचाहा सकारात्मक नतीजा नहीं पा सकेंगे।

इस "हाँ" के लिए लोगों को कैसे राज़ी करें? इसका उत्तर कई कारकों पर निर्भर करता है, जिसमें आपके वर्तमान और पूर्व के कार्य, आपका व्यक्तित्व, सामाजिक स्तर, स्पष्टता, खरापन और मौन संकेत (उपस्थिति, आवाज़, धाराप्रवाह क्षमता, बोलने की रफ़्तार, शारीरिक हाव-भाव इत्यादि) शामिल हैं। बहरहाल, विश्वास बनाने के लिए दो कारक प्रमुख हैं : अपने संदेश के प्रति उत्साह और अपने नज़रिये के समर्थन में प्रमाण का प्रदर्शन।

सिद्धांत-3 : विश्वास का निर्माण जोश व प्रमाण से होता है।

जोश आपके श्रोता को बताता है कि अपने कथन पर आपका पूरा विश्वास है। आपको वाचाल, चालाक, सनसनी प्रिय या प्रख्यात होने की

आवश्यकता नहीं है; बल्कि आपको अपने कथन पर विश्वास रखना और दर्शाना चाहिए। जब आप अपने संदेश के प्रति उत्साह दर्शाते हैं, तो आपकी एक करिश्माई शख़्सियत उभरती है, जिससे श्रोतामंडली बच नहीं सकती। जोश ही विश्वास को पुष्ट करता है।

जोश की रहस्यमय शक्ति इसमें है कि यह लोगों को चमत्कृत कर डालता है। लोग सोचने पर मजबूर हो जाते हैं कि आप अपने विचार को लेकर इतने रोमांचित क्यों हैं? इस रहस्य के ख़ुलासे के लिए वे संकेत ढूँढ़ने लगेंगे। वे किसी विशेष अभिप्राय के लिए आपकी बात सुनेंगे, जो शायद उनसे छूट गई हो। जब यह होता है, तो आप अनुरोधपूर्ण स्थिति निर्मित कर देते हैं, क्योंकि दार्शनिक ब्लेज़ पास्कल ने कहा था - "लोग अपने द्वारा ढूँढ़े तर्कों से ज़्यादा आश्वस्त होते हैं, न कि किसी अन्य व्यक्ति के ज़रिये खोजे गए तथ्यों से।"[7] आपका जोश श्रोता को आपका दृष्टिकोण जानने की राह पर दिमाग़ दौड़ाने के लिए मजबूर कर देता है।

विश्वास की सृष्टि करने में प्रमाण दूसरी कड़ी है। प्रमाण ऐसी सूचना है, जो सत्यापित की जा सकती है। उदाहरणस्वरूप :

> "यदि हम अगले पाँच वर्षों में दस प्रतिशत वृद्धि दर का लक्ष्य रखें, तो आप देखेंगे कि हमारे उत्पाद की माँग वर्तमान निर्माण क्षमता से ज़्यादा हो जाएगी।"
>
> "आप कहते हैं कि आपको पचास पृष्ठ एक बार में नत्थी करना है। देखिए, ये मशीन किस प्रकार यह काम करती है।"
>
> "मैं इस निवेश को लेकर आपकी हिचक समझ सकता हूँ। जॉन कॅम्पेनरो, जिन्होंने मुझे आपके पास भेजा, उन्होंने भी ऐसी शंका जताई थी। बहरहाल, इस कार्यक्रम के तीन हफ़्ते बाद ही उन्होंने मुझे यह पत्र लिखा, जिसे आप भी पढ़ सकते हैं।"

विश्वसनीय होने के लिए आपका प्रमाण प्रासंगिक, भरोसेमंद और सुलभ होना चाहिए। यह जानने के लिए कि आपका प्रमाण आपके श्रोता को आश्वस्त करेगा अथवा नहीं, श्रोता के नज़रिये को दिमाग़ में

रखते हुए खुद से निम्न सवाल पूछें :

1. क्या यह जानकारी श्रोता को समस्या के बारे में मेरा बताया समाधान समझने में मददगार है? (प्रासंगिकता)
2. क्या श्रोता इस जानकारी को विश्वसनीय मानेगा? क्या वह इन तथ्यों को जुटाने वाले व्यक्ति या मूल स्रोत पर यक़ीन करेगा? (विश्वसनीयता)
3. यदि श्रोता चाहे तो क्या वह मेरे तथ्यों की सत्यता परख सकता है? (उपलब्धता)

विश्वसनीय प्रमाण आपके श्रोता द्वारा पूछे जा सकने वाले प्रश्नों व आपत्तियों के उत्तर देता है और आप पर भरोसा करने के लिए उसे तैयार करता है। आपका उद्देश्य खुद को सही साबित करना नहीं, बल्कि श्रोता को यह यक़ीन दिलाना है कि आपके सुझाव पर अमल कर वह सही क़दम उठा रहा है।

संग्रहण याददाश्त बढ़ाएँ

मनुहार के लिए चौथा चरण आपके संदेश को यादगार बनाना है। यदि श्रोता आपका कथन याद नहीं रख पाता, तो आपके मनुहार संबंधी पहले के सारे चरण व्यर्थ हो जाएँगे। सक्रिय परिणाम के लिए ज़रूरी है कि श्रोता उस दिशा का स्मरण करने में समर्थ हो, जिधर चलने के लिए आपने उसे मनाया है।

अध्ययन से ज्ञात होता है कि जानकारी तब भली भाँति याद रखी जाती है, जब उसे उचित अंतर से बार-बार दोहराया जाए। व्यावहारिक मनोविज्ञानी लिन हैशर ने पाया कि दोहराई गई जानकारी एक बार व्यक्त जानकारी से ज़्यादा भरोसेमंद होती है। अन्य प्रयोगों से पता चला है कि किसी संवेग की बारंबार प्रस्तुति लोगों की इसके प्रति रुचि को बढ़ा देती है। जो ज़्यादा विश्वसनीय और पसंदीदा होगा, उसे ज़्यादा समय तक याद रखा जा सकेगा।

सिद्धांत-4 थोड़े-थोड़े अंतर से किया गया दोहराव याददाश्त को बढ़ाता है।

थोड़े-थोड़े अंतराल सहित दोहराव की शक्ति का लाभ उठाएँ। स्वयं से पूछें : "मैं अपनी प्रस्तुति में लोगों को क्या चीज़ सबसे ज़्यादा याद रखवाना चाहता हूँ? मैं किस प्रकार अपने विचारों को पुनः अभिव्यक्त करूँ, जिससे वे यादगार बन जाएँ?" कई बार आप अपना मूल विचार किसी एक वाक्य या अपने संदेश में बार-बार प्रयुक्त शब्द में समेट सकते हैं। मार्टिन लूथर किंग, जूनियर ने अपने भाषण "आय हैव अ ड्रीम" में इस सिद्धांत के चमत्कारिक परिणाम प्राप्त किए।

कुछ मामलों में आप श्रोता को अपने द्वारा प्रस्तुत तथ्यों पर ध्यान केंद्रित करने के बजाय उन तथ्यों को उसके द्वारा व्यक्त प्रतिक्रिया द्वारा स्मरण करवाना चाहते हैं। इसके लिए अपने भाषण में वही प्रश्न दोहराएँ या फिर व्याख्यान के अंत में इसके सामने आने की भूमिका बनाएँ। 1980 में रोनॉल्ड रेगन व जिमी कार्टर के बीच हुई राष्ट्रपति चुनाव संबंधी बहस में रोनॉल्ड ने अपने द्वारा प्रस्तुत तथ्यों के बजाय इस तार्किक प्रश्न के दोहराव से अपने श्रोताओं के दिमाग़ में अविस्मरणीय प्रभाव उत्पन्न किया : "क्या आप चार वर्ष पूर्व की अपेक्षा आज ज़्यादा सुखी हैं?" इस प्रश्न ने उन्हें बहस के साथ चुनाव जिताने में भी मदद की। लिहाज़ा ज़रूरी नहीं कि आपका लक्ष्य तथ्यों का दोहराव हो, बल्कि श्रोता को आपके व्याख्यान की सकारात्मक प्रतिक्रिया का स्मरण कराना होना चाहिए।

यदि परिस्थिति अनुकूल हो, तो श्रोता से पूछें कि आपके व्याख्यान का प्रत्येक बिंदु उसके लिए क्या मायने रखता है? यह आपके विचारों को उसके दिमाग़ में उतारने के लिए प्रेरित करेगा। अभिभावक अपने बच्चे से सहजतापूर्वक यह प्रश्न कर अनावश्यक विवाद टाल सकते हैं : "सिंडी, मैंने तुमसे क्या करने को कहा था?" एक प्रबंधक कह सकता है : "इस रिपोर्ट को पूरा करने के बाद मैं आपसे इसके विशिष्ट बिंदुओं के बारे में पूछूँगा, ताकि उन पर विचार-विमर्श कर हम उन्हें अमल में

ला सकें।" यदि आपका श्रोता आपके विचार अथवा उन विचारों पर अपनी प्रतिक्रिया दोहरा सकता है, तो वह उन्हें याद भी रख सकेगा।

क्रिया की माँग करें

मनुहार का पाँचवाँ और अंतिम चरण लोगों से क्रियात्मक क़दम की माँग करना है। आप रोचक, स्पष्ट, विश्वसनीय, अविस्मरणीय विचार प्रस्तुत कर सकते हैं, किंतु यदि श्रोता उन पर अमल नहीं करता, तो आप अनुरोध में असफल रहेंगे। क्रिया ही मनुहार का अंतिम परिणाम है।

किसी से अनुरोध करते समय आपका लक्ष्य क्या है? श्रोता से आप किन क़दमों की अपेक्षा रखते हैं? शायद आप श्रोता से चाहते हैं कि :

वह आपके द्वारा बेचे जा रहे उत्पाद का मूल्य दे।
व्यवहार में परिवर्तन लाए।
चैरिटी (अनुदान) में योगदान दे।
आपकी तनख़्वाह में बढ़ोतरी या पदोन्नति दे।

यह कुछ भी हो, आप अपनी इच्छा पर अमल की माँग कीजिए।

सिद्धांत-5 क्रिया की माँग करें

जब हमारा मनुहार का प्रयास नाकाम होता है, तो इसका कारण हमारे द्वारा दूसरे व्यक्ति को इस पर अमल की माँग करने में हिचकिचाहट दर्शाना है। हम मान लेते हैं कि श्रोता "संदेश को ग्रहण" कर हमारे विचारों पर स्वयं अमल हेतु प्रेरित होगा, पर सामान्यतया ऐसा नहीं होता। हमारे श्रोता पर एक साथ निरंतर कई विचारों की बौछार होती रहती है। एक अध्ययन के अनुसार सामान्य व्यक्ति का मस्तिष्क प्रतिदिन दस हज़ार विचारों से जूझता है। इनमें से कुछ ही विचार क्रियात्मक रूप ले पाते हैं। क्रिया के लिए हमें इसकी माँग करनी चाहिए।

क्रिया के लिए अपनी माँग स्पष्ट और केंद्रित रखें। जैसे :

"यदि आप इस ऑफ़र का लाभ उठाना चाहते हैं, तो कृपया पाँच बजे

के पहले दफ़्तर में मुझे फ़ोन करें।"

"मैं तुम्हें शुक्रवार की शाम डिनर पर ले जाना चाहता हूँ। क्या मैं तुम्हें सात बजे फ़ोन करूँ?"

"आपका अनुदान ज़ेनिफ़र की तरह ज़रूरतमंद बच्चे की मदद कर सकता है। मैं चाहूँगा कि आप विकलांग बच्चों के कोष के लिए अपना चेक आज रात बाहर जाने से पूर्व श्रीमती जॉन्सन को दे दें।"

तुरंत क्रिया की माँग सामान्यतः अच्छी होती है। सफल सेल्समेन अपनी बात करने के पश्चात हफ़्ते-दो हफ़्ते की प्रतीक्षा के बजाय तुरंत चेक या हस्ताक्षर की विनती कर देते हैं। जितना ज़्यादा अंतराल होगा, आपके विचार का आकर्षण भी घटता जाएगा। विचार जब ताज़ा हो, तभी चोट करें।

यदि आप अपने लिए पर्याप्त सहयोग न मिल पाने से हताश हैं, तो मनुहार के इन पाँच सिद्धांतों पर विचार करें। आप ज़रूर किसी एक सिद्धांत की अवहेलना कर रहे हैं। इन मूलभूत तकनीकों के अनुरूप अपने संदेश की फिर से समीक्षा कर आप अपना दिन बचा सकते हैं। सिर्फ़ यह याद रखें :

1. आप अपने संदेश को श्रोता की रुचि और रुझान के अनुरूप ढाल कर उसका ध्यान जीत सकते हैं।
2. स्पष्ट भाषा और ठोस उदाहरण विषय विवेचना की समझ को बेहतर बनाते हैं।
3. विश्वास की सृष्टि जोश और भरोसेमंद प्रमाण से पैदा होती है।
4. बार-बार दोहराव याददाश्त को बढ़ाता है।
5. क्रिया पाने के लिए इसकी माँग करें।

अपनी अनुरोध संबंधी क्षमता से आरंभिक सफलता पाने के बाद इसे जारी रखें। अपनी अपेक्षा का स्तर कुछ ऊँचा उठाएँ, इन पाँच सिद्धांतों के संदर्भ में अपनी प्रस्तुति को संशोधित कर फिर कोशिश करें। जब आप

ऐसा करेंगे, तो आपके आत्मविश्वास में वृद्धि होगी। आप अगली "परेड" की प्रतीक्षा करेंगे, जहाँ लोगों का ध्यान आप पर केंद्रित हो।

अपनी पहली परेड में ध्यानाकर्षण जीतने के बाद मेरा बेटा अपने कौशल को छह फ़ीट ऊँची एक पहिए वाली साइकल पर आज़माना चाहता है।

विजय पाने की दिशा में कार्ययोजना

1. किसी ऐसे व्यक्ति पर ध्यान केंद्रित करें, जो मनुहार की कला में माहिर हो और फिर इन प्रश्नों के उत्तर दें : "आपको वह व्यक्ति मनुहार कुशल क्यों लगता है?" वह मनुहार के पाँच चरणों में से कितने अमल में लाता है? वह मनुहार के हर चरण को कैसे इस्तेमाल करता है? (मसलन- वह आपका ध्यान कैसे जीतता है? वह बात समझने में आपकी मदद कैसे करता है? वग़ैरह।)

2. अब उन क्रियाओं के बारे में सोचें, जिन्हें आप दूसरे व्यक्ति द्वारा अमल में लाते देखना चाहते हैं। जैसे : आप अपने किशोरवय पुत्र को वीकएंड में रात्रि 11 बजे तक घर पर देखना चाहते हैं या अपने बॉस से वेतनवृद्धि की उम्मीद रखते हैं। निम्न प्रश्नों के उत्तर में अपने विचार लिखकर सहयोग की माँग विकसित करें :

मैं अपने श्रोता का ध्यान कैसे जीत सकता हूँ?

मैं श्रोता से जो अपेक्षा रखता हूँ, उस विषय की विवेचना की क्षमता उसमें कैसे बढ़ा सकता हूँ?

मैं उसे कैसे यक़ीन दिलाऊँ कि वह मुझसे सहयोग कर सही निर्णय लेगा?

अपने विचार अथवा मेरे विचारों पर उसकी सकारात्मक प्रतिक्रिया को यादगार कैसे बना सकता हूँ?

मैं मनचाही क्रिया कैसे प्राप्त कर सकता हूँ?

12

सफलता का लुत्फ़ उठाएँ

अपने होठों के प्रतिफल से मनुष्य उत्तम चीज़ों का लुत्फ़ उठाता है।[1]

किंग सोलोमन

व्यक्तिगत सफलता - आपके लिए इसके क्या मायने हैं? आपको किस चीज़ से सर्वाधिक ख़ुशी मिलती है? आपके जवाब आपके परिवारजनों या मित्रों के बारे में अलग-अलग हो सकते हैं। फिर भी सफलता को आप चाहे जैसे परिभाषित करें, आपके द्वारा अनुभव की गई अच्छी चीज़ें तब भरपूर होती हैं, जब आप अपने उच्चतम स्तर पर संवाद करते हैं।

शीर्ष संवाद अनुभव

इस पुस्तक को पढ़ते हुए और अपने संवाद के लक्ष्य की ओर अग्रसर रहते हुए, आपने अपना कौशल बढ़ा लिया होगा और उपलब्धियों को नए स्तर पर पहुँचा लिया होगा। आप "शीर्ष वार्ताकार" बनने के पथ पर हैं।

इस भाग को पढ़ते हुए आप इस पुस्तक में वर्णित 12 प्रमुख संवाद

लक्ष्यों की ओर ख़ुद को बढ़ते देखें और अपनी कल्पना एक शीर्ष वार्ताकार के रूप में करें।

1. आप जीतने के लिए अपना लक्ष्य निर्धारित करते हैं : शीर्ष वार्ताकार के बतौर आप जीत के लिए संकल्पित हैं। आप प्रत्येक संवाद में शामिल होते हुए ग़लतफ़हमी, ग़लत निर्णय और बेचैनी जैसी तमाम दिमाग़ी बाधाओं को दूर करते हैं। कभी-कभी आप असफल भी होते हैं। पर जब आप असफल होते हैं, तो इसका कारण जानना चाहते हैं। आप स्पष्ट सफलता के लिए अपने लक्ष्य का पुनर्परीक्षण कर उस दिशा में आगे बढ़ने का प्रयास करते हैं। आपको पता है कि संवाद का खेल खेलने का एकमात्र मतलब है, इसे जीतना; इसके लिए आप खेल की योजना बनाते हैं। आप उपयोगी रणनीति बनाते हैं। लक्ष्य को संशोधित करते हैं। सबसे बढ़कर ख़ुशी की बात यह है कि संवाद के खेल में जब आप जीत हासिल करते हैं, तो आप संवाद में जीतने में अपने साथी की भी मदद करते हैं।

2. आप जो कुछ बन सकते हैं, वह बनते हैं : एक शीर्ष वार्ताकार के बतौर आप जानते हैं कि अपनी कमज़ोरियों का विश्लेषण और ख़ूबियों का विस्तार किए बग़ैर अपने सामर्थ्य का उच्चतम उपयोग नहीं किया जा सकता। लिहाज़ा आप क्या हैं और क्या बनना चाहते हैं इसका वास्तविक आकलन करते हैं। पिछली ग़लतियों को सही ठहराने में आप समय बर्बाद नहीं करते। आप ख़ुद को सही बनाए रखने की कोशिश करते हैं, ताकि आपके शब्द भी सही नज़र आएँ। यह लक्ष्य आपके संवाद में एक सकारात्मक परिवर्तन लाता है - जिसका अर्थ है कम रक्षात्मकता, ज़्यादा खुलापन और बेहतर समझबूझ।

3. आप नकारात्मक संवाद आदतों को दूर करते हैं : शीर्ष वार्ताकार के बतौर *आप* अपने संवाद का स्तर निर्धारित करते हैं। आपके शब्द, रुझान, लक्ष्य, रणनीति और व्यक्तिगत प्रतिबद्धता; ये सभी आपके चयन पर निर्भर रहने वाले विषय हैं। नतीजतन आप अपने संवाद को

नुक़सान पहुँचाने वाली ग़लत आदतों को प्रभावी तरीक़े से दूर कर सकते हैं।

4. आप गंभीरतापूर्वक सुनते हैं : शीर्ष वार्ताकार के बतौर आप गंभीरता से बात सुनने को समय देते हैं। आप वक्ता साथी के दिल और दिमाग़ की गहराई तक उतरते हैं। आप प्रश्न पूछकर उत्तर को गंभीरतापूर्वक सुनते हैं - सिर्फ़ शब्दों पर ही नहीं, उनके पीछे छिपी भावनाओं पर भी ध्यान देते हैं। प्रत्येक उत्तर पर टीका-टिप्पणी कर साथी को पीछे हटने पर मजबूर करने के बजाय आप उसे उसकी बात कहने में मदद करते हैं। कभी-कभार आप कुछ टिप्पणियों को महत्वहीन समझकर नज़रअंदाज़ कर देते हैं, परंतु अन्य साधारण नज़र आने वाली टिप्पणियों पर प्रतिक्रिया करते हैं, क्योंकि वे अवचेतन में दबी किसी भावना या विचार को व्यक्त करती हैं। शीर्ष वार्ताकार के रूप में आप श्रेष्ठतम को बाहर लाकर शेष का परित्याग कर देते हैं। आपका इनाम वह ख़ुशी है, जो मानवीय संबंधों से मिलती है।

5. आप जानते हैं कि संवाद किस प्रकार कार्य करता है : शीर्ष वार्ताकार के बतौर आप अपने शब्दों के प्रभावों का अध्ययन करते हैं। एक दक्ष चिकित्सक की तरह आप किसी समस्या को पहचानने व उसके समाधान के लिए एक से अधिक औज़ारों या नज़रियों का प्रयोग करते हैं। फ़ीडबैक आपके कथन को बेहतर तरीक़े से कहने में मदद करता है और आप सुनी हुई बात को ज़्यादा सही रूप में ग्रहण कर पाते हैं। शीर्ष वार्ताकार के बतौर आप उस अज्ञानी इंसान से सर्वथा अलग नज़र आते हैं, जो नहीं जानता कि वह उबाऊ, बक-बक और मूल विषय से पूरी तरह हटकर बातचीत कर रहा है। संवाद प्रक्रिया की ज़रा सी ग़लती भी आपकी पकड़ में आ जाती है। आप जानते हैं कि समझबूझ में आवश्यक समायोजन कैसे किया जाए।

6. आप लोगों का ध्यान जीतते हैं : शीर्ष वार्ताकार के बतौर आप लोगों में दिलचस्पी लेते हैं। आप अपने संवाद साथी के रोचक

व्यक्तित्व और चरित्र को उजागर करने वाले प्रश्न पूछते हैं। आप अपने साथी के प्रति श्रेष्ठ धारणा रखकर उसे अपनी बात को बेहतर तरीक़े से बोलने में मदद करते हैं। नतीजतन आप जब बोलते हैं, तो श्रोता आपको सुनता है। शीर्ष वार्ताकार के बतौर आप विविध विषयों पर विश्वास के साथ बोलते हैं, क्योंकि आपने अपनी वास्तविक भावनाओं और विचारों को समझने के लिए वक़्त दिया है। आप अपने दृष्टिकोण को लेकर रक्षात्मक या आक्रामक नज़र नहीं आते, क्योंकि आप अपने कथन को लेकर आश्वस्त हैं, भले ही वह किसी असहमत श्रोता वर्ग के सामने हो। इसके साथ ही आप अन्य विकल्पों के प्रति खुला नज़रिया रखते हैं और अगर कोई नज़रिया आपके दृष्टिकोण से बेहतर है, तो आप अपनी सोच बदलने के लिए भी तैयार रहते हैं। संवाद में आपको आनंद मिलता है। आप सुनकर ख़ुश होते हैं।

7. आप में ना कहने का साहस है : शीर्ष वार्ताकार के बतौर आपको पता होता है कि कब हाँ कहना है और कब नहीं। जब उचित हो, आप हाँ कहते हैं क्योंकि दिली तौर पर आप एक सकारात्मक व्यक्ति हैं। आपकी प्रतिक्रिया निर्धारित करने वाला मूलभूत तथ्य दूसरों की सोच नहीं, बल्कि वह है, जो *आप* अपने मूल्यों के संदर्भ में सोचते हैं। लिहाज़ा आपके पास हाँ या ना कहने का आंतरिक मानक है। जब आप ना कहते हैं तो इसमें दृढ़ता होती है, पर किसी का विरोध नहीं होता। यह जवाबी हमले को आमंत्रित नहीं करता, न दबाव के द्वार खोलता है। स्पष्ट और प्रकट होने के कारण आपके अभिप्राय पर दोबारा संशय की ज़रूरत नहीं होती। आप प्रामाणिक रहते हैं।

8. आप बच्चों का सम्मान करते हैं : शीर्ष वार्ताकार के बतौर आप बच्चों का सम्मान करते हैं। अपने बचपन को याद कर आप उसी प्रकार बच्चों से वार्तालाप करते हैं, जैसी एक बच्चे के रूप में वयस्कों से अपने लिए अपेक्षा रखते थे। बच्चों की बात सुनने, उनके प्रश्नों का उत्तर देने और उनके नज़रिये से इस रहस्यपूर्ण दुनिया को देखने में आपको

आनंद मिलता है। बच्चे भी प्रतिक्रियास्वरूप आपका आदर करते हैं। वे अपनी वास्तविक भावनाओं को आपके साथ बाँटते हैं। वे अपनी बात समझे जाते देख अच्छा महसूस करते हैं। फिर वे निर्देशों और महत्वपूर्ण मूल्यों को सीखने के लिए ज़्यादा उत्सुक हो जाते हैं।

9. आप अंतरंगता पाते हैं : श्रेष्ठ वार्ताकार के बतौर आप अपने निकटतम व्यक्तियों की उतनी ही परवाह करते हैं, जितनी ख़ुद की। आप जानते हैं कि अंतरंगता का जन्म आपके द्वारा परिवार और मित्रों के हित की चिंता करने से होता है, हमदर्दी और करुणा के विकल्प महज़ शब्द नहीं हो सकते। आत्म अभिव्यक्ति हमेशा विवेक के साथ संतुलित होनी चाहिए। आप निकटता के ख़तरों से भी परिचित हैं, परंतु आपको परस्पर संतुष्टि और ख़ुशी की क्षमता का भी आभास है। आप जानते हैं कि प्रतिबद्धता और परवाह अलगाव की संभावना को दूर रखते हैं। इस प्रकार आप अपने नज़दीकी व्यक्तियों के प्रति कभी धोखा न देने या सहमति न तोड़ने की भावना के साथ प्रतिबद्ध होते हैं। विश्वास, अपने मूल चरित्र की स्वतंत्रता और अपनी भावनाओं को भयभीत हुए बग़ैर व्यक्त करने की स्वेच्छा - ये तत्व आपके संवाद को आत्म की खोज और आंतरिक संतुष्टि का भाव प्रदान करते हैं।

10. आप टकराव टालते हैं : श्रेष्ठ वार्ताकार के बतौर आप विवाद से घबराते नहीं हैं। आप तनाव को नज़रअंदाज़ नहीं करते, किंतु आपको पता है कि लगातार तनाव किस प्रकार संबंधों को नुक़सान पहुँचा सकता है। जब आपका सामना ग़लतफ़हमी और किनारे किए जाने से होता है, तो आप निम्न बिंदुओं पर अमल कर विवाद सुलझाने की कोशिश करते हैं : (1) आप समस्या को परिभाषित करते हैं; (2) आप सहमति के क्षेत्र तलाशते हैं; (3) आप भावनाओं को समझने की चेष्टा करते हैं; और (4) आप संयत होकर अपने विचार रखते हैं। आपका संवाद "हम, हमें, हमारा... आप क्या सोच रहे हैं?... हमारे संवाद के बारे में आपका क्या विचार है?... हम किस प्रकार समस्या का समाधान

कर सकते हैं?... आइए सोचें... सहयोग करें... समस्या का निराकरण करें" जैसे सकारात्मक शब्दों और वाक्यों से परिपूर्ण होता है।

11. आप सहयोग पाते हैं : श्रेष्ठ वार्ताकार के बतौर आप लोगों को अपने साथ सहयोग के लिए मनाने की कोशिश करते हैं। तिकड़म, धोखेबाज़ी, दबाव की नीति – ये सभी आपकी शैली और मूल्यों के लिए अजनबी हैं। इसके बजाय आप अन्य व्यक्तियों के अनुरूप ख़ुद को समायोजित कर ध्यान जीतते हैं। आप श्रोता को अपनी बात अच्छी तरह समझाने के लिए ठोस और स्पष्ट उदाहरणों का उपयोग करते हैं। आप जोशीले हैं, क्योंकि आपको सहयोग के पारस्परिक लाभ का अंदाज़ा है। आप अपने दृष्टिकोण के महत्त्व का प्रमाण देते हैं। परिणामतः आप अतिविश्वसनीय होते हैं। जब आप क्रिया की माँग करते हैं, तो यह आपको सामान्यतः प्राप्त हो जाती है।

12. आप सफलता का लुत्फ़ उठाते हैं : श्रेष्ठ वार्ताकार के बतौर आप एक सफल ज़िंदगी का लुत्फ़ उठाते हैं। लक्ष्य निर्धारण एवं रणनीति आपके दैनिक जीवन का अंग बन चुके हैं। फलस्वरूप जब आप अपने संवाद साथी से बात करते हैं, तो इसमें दिलो-दिमाग़ शामिल होते हैं। प्राथमिक अनुभव के आधार पर आपको अध्याय-1 में वर्णित कथन के सत्य की जानकारी होती है कि – जीवन के किसी भी क्षेत्र में सफलता के लिए बेहतर संवाद से महत्वपूर्ण कुछ भी नहीं है। निश्चित रूप से, जैसा कि कहा जाता है, "अपने होठों के प्रतिफल से मनुष्य उत्तम चीज़ों का लुत्फ़ उठाता है।"

सकारात्मक आदतों की लत

कुछ लोग प्रतिदिन तीन, पाँच या दस मील तक दौड़ने और पसीना बहाने का साहस कैसे जुटा पाते हैं? मनोविज्ञानी विलियम ग्लासर के अनुसार जब एक धावक अपनी शारीरिक क्षमता के विशिष्ट स्तर पर पहुँच जाता है, जब वह अपने प्रयास के फलस्वरूप शारीरिक, मानसिक, भावनात्मक

जोश का अनुभव करता है - तो यह एक प्रकार की "सकारात्मक लत" होती है। वह परिश्रम जारी रखता है क्योंकि उसे अपने प्रयास से मिलने वाले फ़ायदे का आभास है।

सकारात्मक लत ही आपको संवाद दक्षता के उच्चतम स्तर तक ले जाने के प्रयास में सहयोगी बनेगी। शुरुआती तौर पर किसी नए नवेले धावक की तरह आपको भी थकान और हताशा का अनुभव हो सकता है। किंतु यदि आप *विशिष्टता* (Specific), *परिमाण आकलन* (Measurable), *निश्चयात्मक* (Affirmative), *वास्तविकता* (Realistic) व *समय नियोजन* (Time-constricted) (SMART) संबंधी लक्ष्य को सामने रखकर इस तक पहुँचने की व्यावहारिक रणनीति पर अमल करेंगे, तो आपका संवाद अधिक आसान, कम तनावपूर्ण, भयमुक्त और स्वतंत्र होगा। अधिक संतुष्टि का यह भाव आपके संवाद संबंधी प्रयास की सकारात्मक लत या आदत पैदा कर सकता है।

कभी हौसला न खोएँ! जब आप अपने शीर्ष संवाद कौशल का सतत अभ्यास करते हैं, तो अन्य व्यक्ति और स्वयं के बीच समझबूझ का बंधन मज़बूत कर वैचारिक प्रवाह को क़ायम रखते हैं। आप शीर्ष स्तर पर क्रियात्मकता का आनंद लेते हैं। आपको उथले व्यक्तियों से भी उच्चतम कौशल के साथ तालमेल बैठाने का अनुभव होता है। ऐसा कौशल ख़ुशी से भरपूर है। जब आप इसका अनुभव कर लेंगे, तो आपको श्रेष्ठतम से कम कोई चीज़ मंज़ूर नहीं होगी। आपको शीर्ष संवाद की सकारात्मक लत हो जाएगी।

वर्तमान परिस्थिति

जीवन के अंतिम क्षणों में आप अपने महत्वपूर्ण आत्मीय संबंध का आकलन किस प्रकार करना चाहेंगे? आपकी याददाश्त में सर्वाधिक ख़ुशी देने वाले क्षण कौन से होंगे? आप कौन से अनुभवों को बदलना चाहेंगे? क्या आपने संतुष्टि, घर-परिवार, मित्र और कार्यस्थल में संवाद कौशल के विकास के सारे प्रयत्न किए हैं?

दुर्भाग्यवश कई व्यक्ति अपनी ज़िंदगी के सबसे बेशक़ीमती क्षणों में अपने साथ धोखा करते हैं। वे एक से दूसरी त्रासदी और ग़लतफ़हमी की तरफ़ बिना यह जाने मुड़ते रहते हैं कि सही योजना के ज़रिये समस्या का समाधान ढूँढ़ा जा सकता है। वे असफलता की क़ैद में ख़ुद को घिरा हुआ महसूस करते हैं, पर अतीत में जो कुछ हुआ, उसे बदला नहीं जा सकता! जब तक यह शाश्वत सत्य हमारी समझ में नहीं आता, हम पिछली भूलों या कहे गए शब्द को वापस लेने की कामना के साथ बहुत अधिक शक्ति ख़र्च कर डालते हैं। निश्चित रूप से पिछली ग़लतियों से सबक़ लेने की ज़रूरत होती है, अन्यथा हम उन्हें फिर दोहराएँगे। मगर हमारा प्रमुख लक्ष्य वर्तमान कार्य प्रबंधन के ज़रिये भविष्य की ओर उन्मुख होना चाहिए।

वर्तमान क्षण का प्रबंधन किया जा सकता है। यदि मैं सिर्फ़ एक संवाद से अपनी तमाम पूर्व ग़लतियों को सुधारने की बेचैनी दिखाऊँ, तो मैं हताशा में घिर जाऊँगा। किंतु यदि मैं वर्तमान की ग़लतफ़हमियों को दूर करने की चेष्टा करूँ, तो वर्तमान और भविष्य के प्रति आशा जागेगी।

संभवतः आप अपने परिवार, मित्रों व व्यावसायिक सहयोगियों के साथ संबंधों के लिहाज़ से एक दोराहे पर खड़े हों - एक ऐसा क्षण, जब इनसे रिश्तों की जाँच-परख करने की ज़रूरत हो। अब आप जवाबी हमले पर आधारित बातचीत के तरीक़े का चयन करेंगे या उस राह पर चलेंगे, जो संवाद के शीर्षस्थ अनुभव तक ले जाती है - अर्थात् "होठों से मिले प्रतिफल" का स्वाद चखेंगे? आपका चयन ही सारा फ़र्क़ तय करेगा।

सफल वार्ताकार का मत

मेरे विचार से सफल संवाद क़ायम करने में परिवार, मित्र या व्यवसाय सहयोगी का अपना महत्व है। यद्यपि मैं अपने प्रति उनकी प्रतिक्रिया नियंत्रित नहीं कर सकता, पर उनके प्रति अपनी प्रतिक्रिया पर मेरा नियंत्रण है। मैं अपनी ग़लतियाँ स्वीकार कर उन्हें दुरुस्त कर सकता हूँ।

में संवाद कला को समझ कर, आपसी संबंधों में लक्ष्य निर्धारित करके और संवाद कौशल विकसित करने के प्रति संकल्पित होकर पुरानी आदत को भी बदल सकता हूँ।

बच्चे या वयस्क मेरी बात ध्यानपूर्वक सुनते हैं क्योंकि मैं भी उनकी बात पूरे ध्यान से सुनता हूँ और उनका सम्मान करता हूँ। मित्र मेरे साथ अपनी भावनाओं को खुलकर बाँटते हैं, क्योंकि उन्हें पता है कि मैं सच्चा मित्र बनना जानता हूँ।

विवाद पैदा होने पर मैं उसके निराकरण के लिए स्पष्ट योजना पर कार्य करता हूँ। मुझे पता है कि लोगों को अपने साथ सहयोग के लिए कैसे मनाया जाए। मैं आपसी संबंधों में सफलता का लुत्फ़ उठाता हूँ, क्योंकि मैंने लोगों का ध्यान आकर्षित करने वाली वाणी बोलने की कला सीख ली है।

विजय पाने की दिशा में कार्ययोजना

अपने संवाद कौशल के विकास और अपनी दक्षता के स्तर को ऊँचा उठाने के लिए निम्न प्रश्नों को अपने विकास के प्रेरक के बतौर प्रयुक्त करें। प्रत्येक माह अपने उत्तर संशोधित करें।

1. *आपको किन परिवर्तनों की अब भी आवश्यकता है?* इस प्रश्न के उत्तर में अपनी मदद के लिए आप प्रथम अध्याय में वर्णित आत्म विवेचना पर लौटना चाहेंगे। उन क्षेत्रों की पड़ताल करें, जिन पर आपको ज़्यादा काम करने की ज़रूरत लगती हो और सुधार के लिए प्रतिबद्धता दर्शाएँ।

2. *अपनी प्रगति को आप कैसे परखेंगे?* अपनी प्रगति का ब्यौरा रखने के लिए एक रजिस्टर रखें। यादों में दर्ज कुछ प्रमुख वार्तालाप में इस्तेमाल किए गए शब्दों के आधार पर अपनी ख़ूबी और कमज़ोरी की पड़ताल करें। अपनी प्रगति के आकलन में किसी मित्र की भी मदद ली जा सकती है।

3. *लक्ष्य प्राप्ति का आभास आपको किस प्रकार हो?* अपने लिए *विशिष्ट, परिमाण योग्य, अधिकारिक, वास्तविक, समय नियोजित* (SMART) लक्ष्य निर्धारित करें। अपेक्षित संवाद व्यवहार को निश्चित कर उसे पाने की समय सीमा तय करें। उदाहरण के लिए, "दिनांक .... तक मैं .... कार्य संपादित कर लूँगा।"

4. *लक्ष्य प्राप्ति पर आप ख़ुद को कैसे पुरस्कृत करेंगें?* पुरस्कार का महँगा होना ज़रूरी नहीं है। सफलता के लिए कोई भी प्रत्यक्ष इनाम पर्याप्त है। जैसे अपने निकटस्थ मित्र को खाने पर ले जाएँ, फ़िल्म देखने जाएँ, पसंदीदा गाने सुनें या पार्टी आयोजित कर लुत्फ़ उठाएँ।

5. *लक्ष्य में असफलता पर आप क्या करेंगे?* कभी हताश न हों। असफल होने पर आवश्यक सुधार करें, फिर कोशिश में जुट जाएँ।

6. *संवाद लक्ष्य की ओर अग्रसर रहने के लिए आप ख़ुद को किस प्रकार प्रेरित करेंगे?* यह सुनिश्चित करें कि आपके लक्ष्य सुस्पष्ट हैं और वे ऐसे कार्यों से संबंधित हैं, जिन पर *आपका* नियंत्रण संभव हो। अपने लक्ष्य पाने से मिलने वाले फ़ायदों की कल्पना करें। सफल वार्ताकार के मत संबंधी अंश को बार-बार पढ़ें। यह विश्वास रखें कि आप अपने सुस्पष्ट, उपयोगी, व्यक्तिगत संवाद लक्ष्य को प्राप्त कर सकेंगे।

लेखक परिचय

वार्ताकार, परामर्शदाता, पादरी और धार्मिक नेता डॉ. पॉल डब्ल्यू स्वेट्स लोगों द्वारा एक-दूसरे को समझने और जीवन की पूर्णता के अनुभव की प्राप्ति में सहायता के लिए संकल्पित हैं। उन्होंने मिशिगन विश्वविद्यालय से अंग्रेज़ी साहित्य में डॉक्टरेट की उपाधि प्राप्त की और भाषा के प्रभावी लेखन और श्रवण, प्रभावी संवाद के अध्ययन पर अपना शोध केंद्रित किया।

पॉल स्वेट्स ने "द आर्ट ऑफ़ टॉकिंग सो दैट पीपल विल लिसन" और "हाऊ टु टॉक सो योर टीनेजर विल लिसन" शीर्षक से दो किताबें लिखी हैं और उनके कई लेख भी प्रकाशित हुए हैं। वे अपनी पत्नी जेनिस और दो बच्चों (जूडसन व जेसिका) के साथ मेम्फिस, टेनेसी में रहते हैं।

डॉ. स्वेट्स ने अभिभावकों के लिए किशोरों और किशोर होते बच्चों से संबंधित पेरेंटिंग एजुकेशन सेमिनार भी लिखा है। *हाऊ टु टॉक सो योर टीम विल लिसन* सेमिनार के बारे में जानकारी प्राप्त करने के लिए टोल फ़्री नं. (800) 447-4322 पर संपर्क करें अथवा लिखें:

पर्सनल डेवलपमेंट सिस्टम्स

1132 लॉंग्रीन ड्राइव

मेम्फिस, टेनेसी 38120

नोट्स

अध्याय 1

1. नॉर्मन विन्सेन्ट पील, *यू कैन इफ़ यू थिंक यू कैन* (न्यूयॉर्क : फ़ॉसेट्ट क्रेस्ट 1974), पृष्ठ–12 से उद्धृत।

अध्याय 2

1. रॉल्फ़ वाल्डो इमर्सन, मिशेल जे. मैहनी की *सेल्फ़ चैंज : स्ट्रैटेजीज़ फ़ॉर सॉल्विंग पर्सनल प्रॉब्लम्स* (न्यूयॉर्क : नॉर्टन), पृष्ठ–13 से उद्धृत।
2. रॉल्फ़ वाल्डो इमर्सन।
3. थॉमस ए. हैरिस, *आय एम ओके – यू आर ओके* (न्यूयॉर्क : हार्पर एंड रो, 1969), पृष्ठ–113 से उद्धृत।
4. मार्क ट्वेन, सोसिल ऑस्बोर्न की *रिलीज़ फ़्रॉम फ़ियर एंड एंग्ज़ाइटी* (न्यूयॉर्क : पिलर, 1977), पृष्ठ–11 से उद्धृत।
5. जॉन बी. वॉटसन, *बिहेवियरिज़्म* (न्यूयॉर्क : नॉर्टन, 1924), पृष्ठ–8 से उद्धृत।
6. वेंडेल जॉन्सन, *योर मोस्ट इनचांटिड लिसनर* (न्यूयॉर्क : हार्पर एंड रो, 1956), पृष्ठ–88 से उद्धृत।

7. जॉन मैक्के, जेम्स डॉब्सन की *हाइड ऑर सीक* (ओल्ट टैपन, एन. जे. : रेवेल, 1974), पृष्ठ–7 से उद्धृत।
8. पॉल तॉर्निएर, *टू अंडरस्टैंड ईच अदर* (अटलांटा, जीए. : जॉन नॉक्स प्रेस, 1962), पृष्ठ–30 से उद्धृत।

अध्याय 3

1. नॉर्मन कज़िंस, *ह्यूमन ऑप्शंस* (न्यूयॉर्क : नॉर्टन, 1981), पृष्ठ–46, 47 से उद्धृत।

अध्याय 4

1. सेनेसा, टेलर काल्डवेल की *द लिसनर* (न्यूयॉर्क : बैंटम, 1960), पृष्ठ–6 से उद्धृत।
2. पेंसिल्वेनिया लॉ इनफोर्समेंट जर्नल में मूलरूप से प्रकाशित।
3. "आर्ची बंकर," थॉमस बैनविले की *हाऊ टू बी हर्ड* (शिकागो : नेल्सन–हॉल, 1978), पृष्ठ–67 से उद्धृत।
4. विलियम शेक्सपियर, अर्ल कोली की *लिसनिंग एज़ ए वे ऑफ़ बिकमिंग* (वैको, टेक्सास : रिजेंसी, 1977), पृष्ठ–116 से उद्धृत।
5. वेंडेल जॉन्सन, *योर मोस्ट इनचांटिड लिसनर* (न्यूयॉर्क : हार्पर एंड रो, 1956) पृष्ठ–21 से उद्धृत।
6. जोसेफ़ टी. बेयली, *द लास्ट थिंग वी टॉक अबाउट* (एल्जिन, इलिनॉइस : डी. सी. कूक, 1969), पृष्ठ–40–41 से उद्धृत।

अध्याय 5

1. मार्क ट्वेन, *राइट बेटर, स्पीक बेटर* (न्यूयॉर्क : रीडर्स डाइजेस्ट एसोसिएशन, 1977), पृष्ठ–386 से उद्धृत।
2. जॉन गॉटमैन, *ए कपल्स गाइड टु कम्युनिकेशन* (कैम्पेन, III.: रिसर्च प्रेस, 1977), पृष्ठ–19 से उद्धृत।
3. कार्ल रोजर्स, "कम्युनिकेशन : इट्स ब्लॉकिंग एंड फ़ेसिलिटेशन," *ईटीसी : ए रिव्यू ऑफ़ जनरल सिमेंटिक्स 9*, क्र. 2 ; इंटरनेशनल सोसायटी ऑफ़ जनरल सिमेंटिक्स के कॉपीराइट 1952 के तहत।
4. आईबिड।
5. मार्क ट्वेन, *द कम्पलीट शॉर्ट स्टोरीज़ ऑफ़ मार्क ट्वेन*, चार्ल्स नाइडर, ईडी. (न्यूयॉर्क : डबलडे, 1957) के "बक फैनशॉज़ फ़्यूनरल" के पृष्ठ–73 से उद्धृत।

अध्याय 6

1. वेंडेल जॉन्सन, *योर मोस्ट इनचांटिड लिसनर* (न्यूयॉर्क : हार्पर एंड रो, 1956),

पृष्ठ-193 से उद्धृत।
2. *पाम बीच पोस्ट,* मार्च 5, 1979, पृष्ठ-सी-3 से उद्धृत।
3. हैरी लॉरेन और जेरी लुकास, *द मेमोरी बुक* (ब्रायरक्लिफ़ मैनर, न्यूयॉर्क : स्टीन एंड डे, 1974), पृष्ठ-67-68 से उद्धृत।

अध्याय 7

1. जॉन हॉल्ट, *हाऊ चिल्ड्रन फ़ेल* (न्यूयॉर्क : डेल्टा, 1964), पृष्ठ-34 से उद्धृत।
2. आरन हास, *टीनेज सेक्सुअलिटी - ए सर्वे ऑफ़ टीनेज सेक्सुअल बिहैवियर* (न्यूयॉर्क : मैक्मिलन, 1981) से *पाम बीच पोस्ट* के 19 जनवरी, 1980 अंक के पृष्ठ-ए-14 से उद्धृत।
3. अब्राहम मेस्लोव, *टूवर्ड अ सायकोलॉजी ऑफ़ बीइंग* (न्यूयॉर्क : वैन/नोस्ट्रैंड रेनहोल्ड, 1968), पृष्ठ-106 से उद्धृत।
4. ब्लेज़ पास्कल, डब्ल्यू. एफ़. ट्रॉटर (न्यूयॉर्क : वॉशिंगटन स्क्वेयर प्रेस, 1965) द्वारा अनुवादित *पेंसीस : थॉट्स ऑन रिलीज़न एंड अदर सब्जेक्ट्स* के पृष्ठ-137 से उद्धृत।

अध्याय 8

1. हैम जी. गिनोट, *बिटविन पैरेंट एंड चाइल्ड* (न्यूयॉर्क : मैक्मिलन, 1965) पृष्ठ-21 से उद्धृत।
2. डब्ल्यू. लिविंगस्टोन लार्नेड, डेल कार्नेगी की *हाऊ टु विन फ्रेंड्स एंड इन्फ़्लुएंस पीपल* (न्यूयॉर्क पॉकेट बुक्स, 1940), पृष्ठ - 239-40 से उद्धृत।
3. एस.आई. हयाकावा, *सिम्बॉल, स्टेट्स एंड पर्सनैलिटी* (न्यूयॉर्क : हारकोर्ट, बेस एंड वर्ल्ड, 1963) पृष्ठ-47 से उद्धृत।
4. एरिक फ़्रॉम, *द आर्ट ऑफ़ लविंग* (न्यूयॉर्क : हार्पर एंड रो, 1956) पृष्ठ-23 से उद्धृत।
5. ब्रूस नेरैमोर, *हेल्प, आय एम ए पैरेंट* (ग्रैंड रैपिड्स, मिशिगन : ज़ोंडरवैन, 1972) पृष्ठ-41 से उद्धृत।
6. बेंजामिन स्पॉक, *रेडबुक्स पैरेंट एंड चाइल्ड* (न्यूयॉर्क : रेडबुक, 1976) पृष्ठ-10 से उद्धृत।
7. एलिस गिनोट, "हाऊ टु ड्राइव योर चिल्ड्रन सैन," *लेडीज़ होम जर्नल,* अगस्त 1977, पृष्ठ-48 से उद्धृत।
8. प्लेटो, फ़्रांसिस एम. कॉर्नफ़ोर्ड (न्यूयॉर्क : ऑक्सफ़ोर्ड यूनिवर्सिटी प्रेस, 1941) द्वारा अनुवादित *द रिपब्लिक* बुक II के पृष्ठ-69 से उद्धृत।

9. यूरी ब्रोनफ़ेन्ब्रेनर, *टू वर्ल्ड्स ऑफ़ चाइल्डहुड : द यूएस एंड यूएसएसआर* (न्यूयॉर्क : रसेल सेज़ फ़ाउंडेशन, 1970) पृष्ठ-102-3 से उद्धृत।
10. जेसी जैक्सन, *टाइम* के 10 जुलाई, 1978 के अंक के पृष्ठ-46 से उद्धृत।

अध्याय 9

1. डैग हैमर्स्कजोल्ड, *मैकिंग्स* (न्यूयॉर्क : नॉप्फ़, 1964), पृष्ठ-40 से उद्धृत।

अध्याय 10

1. थॉमस गॉर्डन, *लीडर इफ़ेक्टिवनेस ट्रेनिंग* (न्यूयॉर्क : वेडन, 1979) पृष्ठ-146-47 से उद्धृत।
2. एस. आई. हयाकावा, *सिम्बॉल, स्टेटस एंड पर्सनैलिटी* (न्यूयॉर्क : हारकोर्ट, ब्रेस एंड वर्ल्ड, 1963) पृष्ठ-34-35 से उद्धृत।
3. नेशनल पीस एकेडमी, 110 मैरीलैंड एव., एन.ई., वॉशिंगटन, डी.सी. 2002 की अनुमति से पुनर्प्रकाशित मलिक की ड्रॉइंग्स से लिया गया।

अध्याय 11

1. एस. आई. हयाकावा, *सिम्बॉल, स्टेटस एंड पर्सनैलिटी* (न्यूयॉर्क : हारकोर्ट, ब्रेस एंड वर्ल्ड, 1963) पृष्ठ-45-46 से उद्धृत।
2. विलियम जे मैकग्यूरे की गार्डनर लिंडसे और एलियट एरॉन्स द्वारा संपादित *हैंडबुक ऑफ़ सोशल साइकोलॉजी* (रीडिंग, मास, एडीसन - वेस्ले) पृष्ठ-3:173 से उद्धृत।
3. जीन पीजेट, *द लैंग्वेज एंड थॉट ऑफ़ द चाइल्ड* (एटलांटिक हाईलैंड्स प्रेस, 1973) द्वारा संपादित *विज़ुअल इन्फ़ॉर्मेशन प्रोसिडिंग* के "कंसीडरेशन ऑफ़ सम प्रोब्लम्स ऑफ़ कम्प्रेहेन्सन" से उद्धृत।
4. जॉन ब्रेन्सफ़ोर्ड एंड मार्सिया जॉन्सन, *विज़ुअल इन्फ़ॉर्मेशन प्रोसेसिंग* के "कंसीडरेशन ऑफ़ सम प्रॉब्लम्स ऑफ़ कम्प्रेहेन्सन, ईडी.डब्ल्यू.जी.चैज़ (न्यूयॉर्क: एकैडमिक प्रेस, 1973) से उद्धृत।"
5. मार्टिन लूथर किंग, जूनियर, *व्हाय वी कान्ट वेट* (न्यूयॉर्क : हार्पर एंड रो, 1963), पृष्ठ-88 से उद्धृत।
6. आईबिड।
7. ब्लेज़ पास्कल, गेराई आई. नीरेनबर्ग और हेनरी एच. कालेरो की *मेटाटॉक : गाइड टु हिडन मीनिंग्स इन कनवर्सेशंस* (न्यूयॉर्क : साइमन एंड शुस्टर, 1973), पृष्ठ-77 से उद्धृत।

अध्याय 12

1. न्यूयॉर्क इंटरनेशनल बाइबल सोसायटी की *होली बाइबल : न्यू इंटरनेशनल वर्ज़न*, कॉपीराइट 1978 की प्रोवर्ब्स 13:2 से उद्धृत।